Diogenes Taschenbuch 24689

Joachim B. Schmidt, geboren 1981, aufgewachsen im Schweizer Kanton Graubünden, ist 2007 nach Island ausgewandert. Seine Romane *Tell* und *Kalmann* waren Bestseller; mit *Kalmann* erreichte er den 3. Platz beim Schweizer Krimipreis und erhielt den Crime Cologne Award. *Tell* war auf Platz 1 der Schweizer Bestsellerliste und erhielt den Bündner Literaturpreis. Der Doppelbürger lebt mit seiner Frau und zwei gemeinsamen Kindern in Reykjavík.

Joachim B. Schmidt

Am Tisch sitzt ein Soldat

ROMAN

Diogenes

Die Originalausgabe erschien 2014 im Landverlag, Langnau
Lizenzausgabe mit freundlicher Genehmigung

Überarbeitete Taschenbuchausgabe
Covermotiv: Foto ›Iceland #912‹ von Santiago Vanegas

Veröffentlicht als Diogenes Taschenbuch, 2023

www.diogenes.ch
100/23/36/1
ISBN 978 3 257 24689 6

Für Rögnvaldur Jónsson.
Undir Dalanna sól hef ég lifað mín ljóð.
(Hallgrímur Jónsson frá Ljárskógum)

TEIL EINS

»Die Isländer haben dicke, plumpe Körper, offenbar zu lang und zu schwer für die Beine, während die Füße groß und flach sind. Das vielleicht charakteristischste Merkmal sind die Augen, die fast immer hart, kalt und ausdruckslos sind. Isländer sind von den meisten Lastern befreit, mit Ausnahme einer nationalen Untugend – Trinken.«

Aus dem Sammelband »The Living Races of Mankind: A popular illustrated Account of the Customs, Habits, Pursuits, Feasts & Ceremonies of the Races of Mankind throughout the World«, erschienen 1902

I

Kaum schlägt das letzte Stündlein, werden sie redselig, sind fast nicht zum Schweigen zu bringen, diese Sünder im Hinterland der Mückenseegegend. Als hätten sie während all den Jahren vor lauter Schuften nicht genug Zeit gehabt, Ungereimtheiten ins Reine zu bringen, Ungesagtes zu sagen.

Rósa, eine robuste Bäuerin, an der die arbeitsreichen Jahre nicht spurlos vorbeigegangen waren, saß mit versteinertem Gesicht am Sterbebett ihrer Schwester. Die Kammer war schmal, nur eine kleine Schirmlampe warf braunes Licht an die Tapeten.

Draußen herrschte Schwärze. Es war eine zahme Winternacht – selbst der Wind blieb für einmal still, als wollte er kein Wort überhören, das drinnen gesprochen wurde. Dieser neugierige Halunke. Wie lange hatte sie noch zu leben? Stunden? Tage, vielleicht.

Rósa hatte ihr ganzes Leben an der Seite ihrer Schwester verbracht, als wäre es ihre fromme Pflicht gewesen, eine Anweisung von ganz oben, sie durch all die Jahre der Entbehrung zu geleiten. Doch die plötzliche Redseligkeit ihrer Schwester machte sie nervös.

»Großer Gott, Rósa! Wir müssen ihm helfen! Wir müssen dem armen Mann doch helfen!«, klagte die Kranke und blickte verwirrt umher, als sei sie von einer Schar Leute umringt.

»Schh! Sei ruhig«, sagte Rósa und strich ihr flüchtig übers schweißnasse Haar. »Ruh dich aus. Keine Sorge, wir werden uns gleich um ihn kümmern.«

»Wo bleibt denn Vater? Wo bleibt er denn!«

»In Jesu Namen!«, entfuhr es Rósa.

Beinahe hätte sie ihrer Schwester die Hand auf den Mund gedrückt, wie sie so plötzlich den Vater erwähnte, als wäre er noch am Leben.

»Er kommt bestimmt gleich«, presste Rósa hervor. »Er kommt gleich.«

»Aber sieh doch, er kann nicht mehr atmen! Luft. Er braucht Luft! Er stirbt noch. Er stirbt!«

Es klopfte. Dr. Baltasar Gunnarsson, der eigentlich direkt und gesellig, dazu korpulent und ungelenk war, trat so behutsam ins Zimmer, als ginge er auf dünnem Eis. Bemerkenswert. Sogleich richtete sich Rósa vom Bett ihrer Schwester auf und stellte sich ihm in den Weg.

»Sie ist schon ganz wirr. Du brauchst dir diese Geistergeschichten nicht anzuhören. Geh ruhig nach Hause!«

»Aber Rósa, meine Gute ...«

Der Arzt neigte sich zur Seite und erhaschte einen Blick auf die sterbenskranke Frau im schmalen Bett. Rósa wich keinen Zentimeter.

»Du hast für sie getan, was du tun konntest. Du kannst ihr nicht mehr helfen. Bist ja schließlich kein Pfaff!«

Nein, ein Pfaff war Baltasar wirklich nicht, auch wenn er sich durchaus zu den regelmäßigen Kirchgängern zählte und daran glaubte, dass Gott Himmel und Erde und alle Menschengeschöpfe erschaffen hatte, selbst solch sture, trollhafte Exemplare wie Rósa eines war. Mit ihr war nicht zu verhandeln. Er kannte die Familie gut, wie alle Menschen hier in der Mývatnsveit. Und er war sich wohl bewusst, dass hier gestorben wurde, wenn gestorben werden musste. Er hatte es schon lange aufgegeben, die Bewohner dieser kargen Gegend von wunderwirkenden Medikamenten und unerhörten Therapien zu überzeugen. Viel eher vertraute man auf Kräutertee und Branntwein. Damit wurden – nicht ohne Erfolg – Lebensgeister geweckt und Hexenzauber aufgehoben. Und wenn es denn Zeit war zu sterben, dann war es eben Zeit, dann brauchte man keinen Herrn Doktor, der in Kopenhagen studiert hatte.

Manche wünschten sich den Pastor ans Sterbebett. Andere waren mit einem guten Stück Harðfiskur oder einer Flasche Brennivín zufrieden. Auf den Arzt verzichtete man gern.

Doch einen Versuch wollte Baltasar Gunnarsson noch wagen. Die Frau litt, denn noch war nicht alles Leben aus ihr gewichen.

»Wenn du willst«, sagte er so sanft er nur konnte, »wenn du willst, kann ich …«

Weiter kam er nicht, denn das Kurbeltelefon, das an der Wand neben der Haustür aufgehängt war, schrillte. Zweimal lang und einmal kurz.

»Wer ruft denn um diese Zeit noch an!«, entfuhr es Rósa. »So spät!«

Sie stieß den Arzt zur Seite, eilte aus dem Zimmer und riss den Hörer vom Apparat.

»Hallo!«, brüllte sie.

Sie hatten auf Steinholt erst seit wenigen Jahren einen Anschluss an die Telefonleitung, und Rósa glaubte noch immer, in die Muschel brüllen zu müssen, um am anderen Ende der Leitung gehört zu werden. Offenbar rief man von einem benachbarten Hof an, um sich über das Befinden der Kranken zu informieren. Alle Höfe südlich des Mückensees hingen an ein und derselben Leitung. Jeder, der den Hörer abnahm, konnte mithören. Zum Donnerwetter. Der Mensch ist ein neugieriges Wesen. Und so blieb natürlich nicht unbemerkt, dass Rósas Schwester so dermaßen krank war, dass der Landarzt höchstselbst bestellt werden musste.

Der zog die Zimmertür zu, um nicht gestört zu werden. Er kauerte sich ans Sterbebett seiner Patientin, nahm ihr den Puls, hörte ihre Herz- und Lungengeräusche ab und maß ihre Temperatur. Er verabreichte ihr eine Dosis Morphium, worauf sie sich schnell beruhigte. Mehr konnte er nicht für sie tun.

Sie schloss erschöpft die Augen und hauchte:

»Er muss es erfahren …«

Baltasar betrachtete sie nachdenklich und murmelte, als er seine Werkzeuge in die Arzttasche steckte:

»Meine Liebe. Es gibt einige, die gern erfahren würden, was du weißt.«

Es machte ihn traurig, sie sterben zu sehen, denn im Gegensatz zu ihrer Schwester hatte sie ein warmes Wesen, wenn sie auch still und verschlossen war. Eine höfliche, ja hübsche Witwe, der man gern begegnete, bei der man jedoch beim Versuch, sie in ein nettes Gespräch zu verwickeln, scheiterte. Und so blieb der Landarzt nicht lange stehen, schüttelte die Melancholie ab, ging behutsam aus dem Zimmer und schlich sich durch die Stube. Die Zeiger der Pendeluhr gingen schon auf Mitternacht zu, und er wünschte sich nichts mehr als einen Tropfen Cognac und dann sein federweiches Bett, das seine Frau schon vorwärmte. Rósa hatte das Telefongespräch abgebrochen und saß erschöpft auf einem Stuhl.

»Sie wird bald einschlafen«, sagte Baltasar und zog sich die Jacke über.

Rósa entgegnete nichts. Starrte nur vor sich auf den Boden und nickte unmerklich.

»Du kannst mich jederzeit anrufen ... Gute Nacht.«

Er zog die Haustür vorsichtig hinter sich zu, atmete die erdige Nachtluft ein und verharrte einen Augenblick. Ein schwaches Außenlicht brannte über dem Hauseingang, zu schwach, um seinen Lichtkegel bis auf den Hofplatz zu werfen, doch stark genug, um den Atem des Doktors aufleuchten zu lassen.

2

Die Bauern in der Mývatnsveit, hoch oben im Norden Islands, sind kauzige Menschen. Da gibt es ziemlich missratene Geschöpfe, die wohl nur am äußersten Rand der Welt geduldet werden. Solche, die jeden Sonntag gescheitelt und rasiert zum Gottesdienst erscheinen, die Zähne schwarz und faulig vom Kautabak – oder von den Flüchen, die sie beim Schwatz vor der Kirche von sich geben, sodass der Pastor verzweifelt die Glocken läutet. Es gibt andere, denen man keinen vollständigen Satz entlocken kann, die ihren Kühen im Stall indes hochphilosophische Referate halten, sodass die Tiere ein Universitätsdiplom verdient hätten.

In einer Großstadt wie Hamburg, zweitausend Kilometer von der Mývatnsveit entfernt, gibt es Gestalten, die den eigentümlichen Island-Bauern in nichts nachstehen. Wahrlich. Dem Schöpfer gehen die Ideen nicht aus.

Jón war in der überheizten Ticketkabine des Kino Royal eingeschlafen, den Kopf schwer auf die Hände gebettet, als plötzlich ein älterer, verwahrloster Mann an die Scheibe klopfte und ihn von weit her in die Kabine zurückholte. Der Penner steckte in einem gelben Herrenanzug, der so schmutzig war, als hätte er damit eine Frittierpfanne geputzt. Langes Haar fiel dem massigen Mann bis auf die schuppenübersäten Schultern herab. Er glotzte Jón auf den

Bauch, während er noch immer an die Scheibe klopfte. Jón räusperte sich, wischte sich den Speichel von den Lippen und legte dem Mann ein Ticket in die Messingschale.

»Für zwei Personen!«, entfuhr es dem Mann mit seltsam melodiöser Stimme, und endlich hörte er mit der Klopferei auf.

Erst jetzt bemerkte Jón, dass hinter ihm eine kleine, runde Dame stand. Im Gegensatz zu ihrem Begleiter war ihre Erscheinung makellos, wenn auch etwas angestaubt. Sie steckte in einem jägergrünen Kleid mit roten Knöpfen und einem eng geschnallten Gürtel. Die Haare waren aufwändig toupiert. Sie rümpfte immerzu die Nase, als hätte sich ein unangenehmer Geruch darin verfangen, dabei versuchte sie lediglich zu verhindern, dass ihr die Schmetterlingsbrille von der Nase rutschte. Sie zog eine Knipsbörse mit vergoldetem Bügel und Blumenmuster aus ihrer Handtasche und drängte sich neben ihren Begleiter – war es ihr Sohn? Tatsächlich sah sie bei näherem Betrachten bedeutend älter aus als der Penner.

Ihr Sohn, oder wie er auch immer mit ihr liiert war, trat nur ein ganz klein wenig zur Seite, um ihr Platz zu machen. So standen sie, Mutter und Sohn, dicht vor Jón. Dieser hielt den Atem an und faltete intuitiv die Hände.

Die Alte begann mit spitzen Fingern Pfennig um Pfennig aus ihrer Knipsbörse zu klauben und behutsam in die Messingschale zu legen. Jón atmete gepresst aus und nahm die ihm zugeschobenen Geldstücke entgegen, stapelte sie auf, um den Überblick nicht zu verlieren. Er zählte flüchtig, legte eine weitere Kinokarte in die Schale, murmelte etwas, das er selbst nicht verstand, dann verschwanden die zwei dicht hintereinander im leeren Kinosaal, der Penner gehetzt voraus, die Alte hinterher.

Jón gähnte und strich sich die Haare aus dem Gesicht. Merkwürdige Menschen gibt es in dieser Stadt, dachte er – als plötzlich die Tür aufgestoßen wurde und der verwahrloste Mann aus dem Kinosaal herausgelaufen kam, als wäre ein Feuer ausgebrochen. Er stellte sich wieder vor die Kabine, schnappte nach Atem, bückte sich und rief: »Dürfen wir sitzen, wo immer wir wollen!?«

3

Am frühen Nachmittag klopfte ein Postbote an Jóns Wohnungstür, wartete, drehte ein Fernschreiben in den Fingern und klopfte erneut. Jón saß zu dem Zeitpunkt im Julian-Reich-Hörsaal der Universität Hamburg und versuchte verzweifelt, den Ausführungen Professor Röders zu folgen, der über den Euler-Liljestrand-Mechanismus referierte. Mal verhedderte sich sein Blick an den Deckenleuchten, mal in den blonden Haaren einer Mitstudentin, die genau vor ihm saß.

Der Postbote ließ den Umschlag durch den Türschlitz gleiten und ging.

Das Klopfen der Studenten auf die Pulte riss Jón aus den Gedanken. Er blieb noch eine Weile im Hörsaal sitzen und schrieb die Stichworte von der Wandtafel ab, bevor sie von einem eifrigen Studenten mit einem Schwamm weggewischt werden konnten. Dabei hatte er gar nicht bemerkt, dass Benno neben ihm stehen geblieben war.

»Hochgradig inadäquat, was sich in Berlin abgespielt hat!«

Benno war ein schmächtiger Bursche und hatte das Gesicht eines Knaben, der sehnlichst auf die Pubertät wartet. Nicht selten wurde er für einen Gymnasiasten gehalten, weshalb er seinen Studentenausweis immer bei sich trug.

Wie üblich stand er viel zu nahe bei Jón, sodass er sich im Stuhl zurücklehnen musste, um Bennos Atem auszuweichen.

»Meinst du die Demo gegen den Schah?«

»Was denn sonst! Diese Faschisten haben unseren Kommilitonen regelrecht exekutiert! Es gab über fünfzig Verletzte!«

»Exekutiert?«

»Ein Kriminalpolizist hat ihm in den Rücken geschossen. Da. Lies das!«

Er legte Jón einen Artikel aufs Pult. *Der Schah von Persien gibt reichlich.*

»Du, Benno. Ich muss mir die Sachen von der Tafel notieren …«

»Hast du nicht mitgeschrieben? Du bist wohl wieder weggetreten!«, lachte Benno und klopfte ihm auf die Schulter. »Junger Mann, Sie müssen früher schlafen gehen!«

Jón biss sich auf die Lippen und schaute sich verstohlen um. Glücklicherweise beachtete sie niemand.

»Wir sehen uns später, ja?«, sagte Jón und betete, dass ihn Benno endlich in Ruhe lassen würde.

Aber der ließ nicht locker.

»Kommst du denn zum Info-Abend?«

»Nein, ich kann nicht. Ich habe Abendschicht im Royal.«

Benno erwiderte nichts, blieb einfach nur dicht vor ihm stehen und schaute ihn an, machte keinerlei Anstalten, sich zu verziehen. Also sagte Jón:

»Heb mir ein Infoblatt auf, ja?«

»Aber sicher!«, sagte Benno, hob die Faust zum Gruß,

machte ein Gesicht, als gälte es, die Welt zu retten, und verzog sich.

Jón atmete erleichtert auf und richtete seine Aufmerksamkeit wieder der Wandtafel zu, die man inzwischen saubergewischt hatte.

Den Rest des Nachmittags verbrachte er im Lesesaal der Universitätsbibliothek, doch es fiel ihm schwer, sich zu konzentrieren.

Vor zwei Tagen war er im Kühlraum umgefallen. Zwei Dutzend Studenten, ein Pathologe, ein Professor und ein Toter waren Zeugen geworden, wie Jón die Beine eingeknickt waren, einem bleichen Messdiener gleich, der den Weihrauch nicht verträgt.

Jón schlug die Bücher zu und schlich sich aus dem Lesesaal. Er schlenderte durch St. Pauli, genehmigte sich ein Fischbrötchen, ging hinunter an die Elbe und setzte sich eine Weile auf eine Bank. Als ihm der Hintern kalt wurde, ging er auf Umwegen ins Kino Royal, wo ihn in der Ticketkabine schon bald der Schlaf übermannte.

Nachdem er die Alte und ihren verwahrlosten Sohn bedient hatte, blieb er noch eine Weile in seiner Kabine sitzen, für den Fall, dass verspätete Kinobesucher aufkreuzten. Doch außer einem Fahrrad fahrenden Schulmädchen, das ihn erst um Feuer und dann um eine Zigarette bat, kam niemand. Er hätte die Kinotüren schon um zehn Uhr verriegeln können; außer dem kuriosen Pärchen wollte sich niemand die Spätvorstellung von *El Dorado* anschauen.

Jón brachte seine langen Beine unter dem Tischchen in eine neue Position, was gar nicht so einfach war. Er war ein hagerer Typ mit stelzenhaften Beinen, die nur knapp unter das niedrige Tischchen passten. Er musste höllisch aufpassen, sich nicht die Knie am Balken zu stoßen. Seine Hände berührten fast den Boden, wenn er krumm auf dem Stuhl saß und die Arme baumeln ließ.

Zehn Minuten nach Vorführungsbeginn verließ Jón die Ticketkabine, riegelte ab, begab sich in den dunklen Kinosaal und ließ sich auf einen Sitz in der hintersten Reihe plumpsen. Der Penner und seine Mutter saßen in der vordersten Reihe, fünf Sitze zwischen sich, die Köpfe gebannt auf die Leinwand gerichtet. Jón legte die Füße hoch und bettete den Kopf auf die Sitzlehne. Er hatte den Film schon ein Dutzend Mal gesehen, also schloss er die Augen, sank in einen losen Schlaf, schrak aber immer wieder auf, wenn auf der Leinwand eine Schießerei losbrach, doch in der zweiten Hälfte fiel er in einen Tiefschlaf, der nicht länger als der Flügelschlag eines Vogels dauerte – so kam es ihm jedenfalls vor. Der Filmvorführer, ein Typ mit langem, glattem Haar und John-Lennon-Brille, weckte ihn.

»Ich mach mal einen Abgang«, sagte er, zog sich seinen Poncho über, gab Jón das Peace-Zeichen und ging.

»Peace«, räusperte sich Jón.

Mutter und Sohn waren längst verschwunden. Jón stolperte schlaftrunken zwischen den Sitzreihen hindurch und steckte den wenigen Abfall, der auf dem Boden lag, in eine Tüte.

War es Zufall, dass er von seiner Heimat geträumt hatte, der Mývatnsveit, dem See, den geduckten, kahlen Hügeln und den sich verlierenden Rinnsalen zwischen den Steinen? Konnte es sein, dass er spürte, dass zu Hause etwas nicht in Ordnung war? Vielleicht hatte ihn die runde Dame an seine

Mutter erinnert. Er hatte gar von ihr geträumt. Sie war im Haus auf Steinholt hin- und hergehuscht, doch ihm war es nicht gelungen, sie aufzuhalten und ihr mitzuteilen, dass er nach Hause gekommen war.

Am frühen Abend fand Niki das Fernschreiben auf dem Boden hinter der Wohnungstür. Sie betrachtete es von beiden Seiten und legte es, da es an Jón adressiert war, auf sein Bett.

Danach nahm sie ein langes Bad und machte sich hübsch. Sie drehte sich vor dem Spiegel einmal um die eigene Achse und deutete ein paar Tanzschritte an. Das tat sie immer, bevor sie ausging. Sie summte eine Melodie, als sie die Tür schwungvoll hinter sich ins Schloss warf. In der Wohnung wurde es wieder still. Nur der Wasserhahn der Badewanne tropfte.

Als Jón um Mitternacht nach Hause kam, ging er geradewegs ins Badezimmer und drehte den Wasserhahn ganz zu, was er oft tat, denn Niki war meist so sehr in ihre Gedanken vertieft, dass sie ihn nur flüchtig zudrehte, die Gasflamme am Herd brennen ließ oder die Wohnungstür abzuschließen vergaß. Achtlos war sie, wenn es um alltägliche Pflichten ging, aufmerksam, wenn es um Angelegenheiten oder das Wohlbefinden ihrer Nächsten ging. Auch diesmal war die Wohnungstür nicht abgeschlossen gewesen. Jón hatte ihr die Zerstreutheit nie zum Vorwurf gemacht, doch an diesem Abend ärgerte es ihn.

Wie kann man denn nur so kopflos sein! Er vermutete, dass Niki mit ein paar Freunden vom Kunststudium wie jeden Donnerstag in den Studentenkeller gegangen war, wo auch er nun erwartet wurde.

Doch Jón blieb zu Hause. Er war müde und nicht in Stimmung. Er warf seine Jacke aufs Bett und bemerkte das Fernschreiben darunter nicht. Er setzte sich eine Weile aufs Klo, blätterte im Studentenblatt und blieb an einem Artikel über »Radikalisierung der Studenten« hängen.

Was ist nun hier eine radikale Gruppe? Offenbar eine, die ein im Ganzen ziemlich konsistentes, zumindest teilweise theoretisch begründetes Programm vertritt, das von dem der Mehrheit der Bevölkerung, vor allem aber vom offiziellen Regierungsprogramm in entscheidenden Punkten abweicht und auf Änderung der politischen und sozialen Struktur der Bundesrepublik gerichtet …

Jón ließ das Blatt zu Boden fallen. Zwar beherrschte er die deutsche Sprache, doch dieser Satz bereitete ihm selbst beim zweiten Durchlesen Kopfschmerzen.

In der Küche öffnete er eine Flasche Bier und trank sie leer. Er hörte dem surrenden Kühlschrank zu, der manchmal aus unerklärlichen Gründen zu rattern begann. Dann brauchte man ihm bloß einen Tritt zu verpassen, damit das Rattern erstarb. Komisch, aber der Kühlschrank – ein Luxuskasten, den Jón in Island nie gehabt hatte – war für ihn der perfekte Trinkbruder. Von ihm fühlte er sich verstanden.

Als hätte der Kühlschrank seine Gedanken gelesen, begann er eifrig zu rattern. Jón ließ ihn eine Weile. Man muss ja schließlich auch zuhören können.

Wieder dachte er an seine Heimat, die ihm nach drei Jahren im Ausland wie ein anderer Planet vorkam. Jón hatte sich schon in Island wie ein Außerirdischer gefühlt und hätte mit seiner Körpergröße durchaus einer sein können. Oder waren es das feuchtkalte Wetter und die dunklen Winter, die ihm auf die Seele schlugen? Seine Landsleute, die er verabscheute? Diese armseligen Stümper. Auf der Welt drehte sich nicht alles nur um den Hering und die Klauenseuche. Sie hatten noch nicht gemerkt, dass eine Revolution im Gange war! Die Welt war gespalten, die Gräben zwischen den Kulturen wurden immer tiefer. Es galt zu handeln, den Mächtigen die Stirn zu bieten. Doch die Isländer schauten nur teilnahmslos zu, als wären sie nicht genauso Erdenbewohner wie jeder andere Furz in Persien oder Bolivien. Zudem war Bier in Island verboten, was überhaupt keinen Sinn ergab, wo doch Schnaps inzwischen legalisiert worden war.

Jón führte die Flasche erneut zum Mund, doch sie war leer, also stand er ächzend auf, verpasste dem Kühlschrank einen Tritt und fischte nach einer weiteren Flasche. Er öffnete sie an der Tischkante, und einen Moment war Jón richtig zufrieden. Er beschloss, nicht mehr an seine Heimat zu denken.

4

Nach der dritten Flasche war der Vorrat alle. Eine Weile noch kauerte Jón vor der offenen Kühlschranktür in der Hoffnung, wenigstens etwas Essbares vorzufinden, doch eigentlich starrte er bloß durch den Kühlschrank hindurch und hinein in den Kühlraum der Universität, wo die Leiche eines alten Mannes aufgebahrt war, graubraun, die Haut seltsam pigmentiert. Sie hatte alle Sanftheit verloren. Die Studenten standen ausgerüstet mit Notizblock und Skalpell im Kreis um den leblosen Körper. Professor Röder erklärte, dass sie in einem ersten Schritt die Haut auf der Brust aufschneiden und wegklappen würden, um dann die Fettschicht abzutragen. Jón versuchte, nicht hinzuhören, versuchte, die zittrigen Finger zu verbergen, den Frosch im Hals hinunterzuschlucken. Der süßliche Formalingeruch kroch ihm in die Nase und schnürte ihm die Kehle zu, Jón versuchte, flach durch den Mund zu atmen. Er schloss die Augen. Professor Röder setzte das Skalpell auf der Brust an und drückte es ins wächserne Gewebe. Und Jón musste hinsehen.

Er wankte wie ein Baum im Wind, dann fiel er, langsam nur, fast wie in Zeitlupe. Notizblock und Skalpell flogen durch die Luft, Holger, der hinter dem langen Isländer stand, fing ihn geistesgegenwärtig auf, nicht aber den Notizblock, und schon gar nicht das Skalpell, doch Jón fiel durch Holger hindurch, durch den Boden der Universität, hinein ins Dunkel, in die Schwärze der Unterwelt, wo ihn tausend Hände in die Tiefe zerrten.

Mit einem Seufzer richtete sich Jón auf und schlug die Kühlschranktür zu. Er brauchte mehr Bier, sofort, um den Formalingeruch hinunterzuspülen. Er griff sich seine Jacke und eilte aus der Wohnung. Das Fernschreiben fiel unbemerkt zu Boden.

5

Jón hastete durch die schwach beleuchteten Straßen zum Studentenkeller, als würde er wie in einem Agentenfilm von einem russischen Spion auf Schritt und Tritt verfolgt. Dabei waren es seine Gedanken, die ihn wie böse Geister bedrängten. Sie flüsterten ihm zu, dass es wohl das Beste wäre, das Medizinstudium abzubrechen. Zum Arzt tauge er nicht. Er sei eben doch nur ein Bauer.

Dicke, revolutionäre Luft wallte ihm entgegen, als er die schwere Pendeltür zum Studentenkeller aufstieß. Der Raum war schlicht, roh und laut, die Wände fingerdick mit Plakaten tapeziert, leere Biergläser und überquellende Aschenbecher schmückten die Tische. Die Studenten taten, als könnten sie sich Bier und Zigaretten leisten. Dabei fehlte es den meisten an Flüssigem, und sie rauchten die Zigaretten bis auf die Filter oder stopften die Pfeifen mit getrockneten Birkenblättern. Manche nippten den ganzen Abend am selben Bier, trugen es mit sich herum, bis es warm und abgestanden war.

Niki saß mit ihren besten Freundinnen Ulla und Trudi sowie einigen anderen Kunststudenten an einem Holztisch. Jón blieb im Eingang stehen und betrachtete sie. Sie war klein und hübsch, hatte kurzes, braunes Haar, eine jungenhafte Frisur, die ihr eine kecke Ausstrahlung verlieh. Niki genoss die Gesellschaft ihrer Freunde, diskutierte mit ihnen über alles Mögliche. Es gab indes eins, das sie noch lieber tat, als mit ihren Freunden an einem Tisch zu sitzen und über Gott und die Welt zu plaudern: Tanzen. Schon wippte sie mit den Beinen und schielte immer wieder ungeduldig zur Tanzfläche hinüber.

Jón war ein denkbar schlechter Tänzer. Dafür war er zu lang und zu schlaksig. Ein Hampelmann mit Schnur und festgefrorenem Grinsen hätte ihn locker ausbooten können.

Niki hatte ihn nur ein einziges Mal dazu überreden können, mit ihr zu tanzen; als sie sich genau hier im Studentenkeller kennengelernt hatten. Jón war erst seit ein paar Monaten in Hamburg gewesen und hatte die deutsche Sprache noch nicht beherrscht.

Wie groß er denn sei, fragte sie ihn, nachdem sie sich ihm in den Weg gestellt und neugierig zu ihm aufgeschaut hatte.

Sie war ein wenig betrunken und überrumpelte ihn mit dieser forschen Frage prompt.

»Keine Ahnung«, antwortete er. »Als sie mir das letzte Mal, ähm, gemessen haben, bin ich eine Meter und achtundneunzig gewesen.«

Jón gab sich große Mühe, einen einfachen Satz zu bilden, um nicht wie ein spanischer Hafenarbeiter zu klingen. Doch die Kleine schien es nicht im Geringsten zu stören, dass er ein Ausländer war.

»Und wann haben sie dich das letzte Mal gemessen?«

»Vor etwa einem Jahr, als ich nach Deutschland gekommen.«

»Man hat dich gemessen, als du nach Deutschland gekommen bist?«

»Als ich nach Deutschland gekommen *bin*«, korrigierte sich Jón. »Wir sind alle untersucht und gemessen worden. Vom Arzt.«

»Wer, *ihr*?«

»Wir Einwanderer. Vom Schiff.«

»Ich wusste gar nicht, dass Einwanderer ärztlich untersucht werden.«

Jón freute sich, dass ihm eine interessante Antwort gelungen war.

»Und wie groß bist du?«, fragte er, und fand seine Frage nun doch etwas ungelenk.

Niki lächelte.

»Dreißig Zentimeter kleiner als du, würde ich sagen.«

»Oder fünfzig, würde *ich* sagen!«, antwortete Jón und wollte sich ohrfeigen.

Doch Niki nahm es ihm überhaupt nicht übel. Sie stellte sich auf die Zehenspitzen.

»Groß genug für dich«, sagte sie. »Willst du tanzen?«

Jón schluckte, doch er ließ sich von Niki auf die Tanzfläche führen. Zum Glück tanzten sie kaum, hielten sich nur in den Armen und lächelten sich von Zeit zu Zeit an. Seither waren sie ein Paar. Es war Niki indes nie wieder gelungen, ihn zum Tanzen zu überreden. Jón fragte sich, wieso sie nicht mit jemandem zusammen sein wollte, der tanzen konnte wie Tom Jones.

Ihr Gesicht hellte sich auf, als sie Jón beim Eingang erblickte. Sie winkte ihn wild zu sich und schob einen Kunststudenten, der neben ihr auf der Wandbank saß, mit beiden Händen von sich, um Platz für ihren Isländer zu schaffen. Jón zeigte hinüber zum Tresen und kippte sich ein imaginäres Bier hinter die Binde. Sie nickte und warf ihm eine Kusshand zu, war wohl schon ein wenig betrunken, denn sie warf für gewöhnlich nicht so schnell mit Kusshänden um sich. Jón bahnte sich einen Weg durch die plappernde Studentenmasse zum Tresen, an dem die Durstigen dicht gedrängt standen. Jedes Mal, wenn der Barmann an Jón vorbeilief, hob Jón den Finger, doch der Barmann war zu beschäftigt, als dass er ihn hätte bemerken wollen, und so stand Jón eine ganze Weile einfach nur da, als gehörte er zum Inventar.

»Moin, moin, der Isländer! Ich hab dir das Info-Blatt mitgebracht!«

Jón schloss einen Moment die Augen, als sich Benno neben ihn an den Tresen zwängte.

»Es war ein echt hitziger Abend, sag ich dir!« Sie standen Schulter an Schulter. »Wir halten morgen eine Trauerkundgebung vor dem Audimax ab. Es soll aber auch ein Protest …«

Benno zückte das Info-Blatt aus seiner Jackentasche und las feierlich:

»… ein Protest gegen die brutalen Übergriffe der Polizisten und die zynischen Äußerungen ihrer politisch Verantwortlichen sein …«

Jón hob den Finger, als der Barmann an ihm vorbeilief. Benno fuhr fort:

»Die zuständigen Politiker, der Bürgermeister und Innensenator sowie der Polizeipräsident müssen zur Rechenschaft gezogen werden –«

»Benno!«, rief Jón. »Gib mir schon das Blatt. Ich kanns ja selbst lesen.«

Benno überreichte es ihm.

»Morgen, um 11:30. Die Vorlesungen werden ausfallen.«

»Ich muss was trinken«, erwiderte Jón. »Du auch?«

»Klar! Ich suche uns zwei Stühle, damit wir uns da drüben bei deiner Herzallerliebsten hinsetzen können.«

»Nein!«, wollte Jón rufen, doch schon bahnte sich Benno einen Weg durch die Studenten.

Der Barmann ignorierte den Isländer weiterhin.

»Til helvítis!«, fluchte Jón nach weiteren, zermürbenden Minuten.

In der Strandperle gab es nicht nur die besten Fischbrötchen, sondern auch billiges Flaschenbier. Dort würde er sich eindecken und zu Hause am Küchentisch die Überreste des Abends hinunterspülen können. Also gab Jón seinen Posten am Tresen auf und zwängte sich wieder durch die Studentenmasse. Er winkte Niki zu, doch sie war inzwischen in ein Gespräch mit dem Kunststudenten vertieft, den sie zuvor von sich geschoben hatte. Sie saßen dicht, um sich im Lärm verständigen zu können. Benno war nirgends zu sehen, war wohl noch immer damit beschäftigt, zwei Stühle aufzutreiben. Wieder winkte Jón seiner Freundin zu, wieder sah sie ihn nicht, Jón rief ihren Namen, sie hörte ihn nicht. Jón ging, sie bemerkte es nicht.

Auf dem Weg zum Elbstrand holte sie ihn ein, kam ihm flatternd hinterhergerannt. Er hatte die Hände in den Jackentaschen vergraben und den Kopf gesenkt.

»Jón! Jetzt bleib doch stehen!«, schrie sie, sodass sich Leute nach ihr umdrehten.

Jón blieb stehen. Einige Burschen auf der gegenüberliegenden Straßenseite lachten. »Jón!«

Sie landete unsanft an seiner Schulter und hielt sich daran fest. »Was ist denn nur mit dir los?«

»Nichts ist los«, brummte Jón, ohne die Hände aus den Jackentaschen zu nehmen und Niki an sich zu drücken. »Ich will doch nur ein Bier.«

Er riss sich los und marschierte weiter. Niki hielt ihn energisch am Arm fest.

»Nein, jetzt stehst du still, Bürschchen! Noch einmal läufst du mir nicht davon!« Jón ließ sich zurückhalten. »So. Red mit mir!«, befahl sie.

Jón redete nicht. Beinahe hätte er geheult, doch er unterdrückte die Tränen mit der angeborenen Willenskraft eines jeden Burschen des isländischen Hinterlandes.

Du hast einen Besseren verdient, dachte er, hätte es auch sagen wollen, doch ein Frosch steckte ihm im Hals.

»Ist es wegen dem Zwischenfall im Präpsaal?«

Wieder riss er sich los und marschierte davon. Niki blieb resigniert stehen.

»Was zum Kuckuck hast du denn? Ist in Island etwas passiert?«

Jón blieb stehen.

»Was sollte denn passiert sein?«, fragte er mürrisch.

»Hast du den Brief nicht gelesen?«

»Welchen Brief?«

»Ein Fernschreiben. Ich habs dir aufs Bett gelegt!«

»Ein Fernschreiben? Von meiner Mutter?«

Niki hielt sich erschrocken die Hand vor den Mund. Sie sagte leise: »Ich glaube, es ist von deiner Tante.«

»Von Tante Rósa?«

Sie nickte ängstlich. Er rannte.

6

Was steht denn im Brief?«, flüsterte Niki.

»Ich gehe nach Hause«, sagte Jón tonlos, zerknüllte das Fernschreiben und ließ es auf den Boden fallen.

»Ich verstehe nicht.«

»Ich gehe nach Island, sobald als möglich.«

»Island? Wieso denn?«

Tränen schossen Niki in die Augen. Sie hatte das Gefühl, dass Jón ihr entglitt.

»Meine Mutter liegt im Sterben«, sagte Jón und war schon weit weg.

7

Niki schlief noch, als sich Jón am nächsten Morgen aus der Wohnung schlich. Mit der Straßenbahn fuhr er zum Bahnhof Altona, löste einen Fahrschein nach Kopenhagen und kontaktierte eine isländische Reederei. Er hatte Glück. Ein Frachter würde am Abend ablegen. Sein Geld – ein Notgroschen, den er im Kühlschrank gebunkert hatte – reichte zwar nicht für die Überfahrt, doch der Kapitän drückte ein Auge zu, sagte, dass sich Jón auf dem Schiff nützlich machen könne.

Als er zurückkam, um seinen Rucksack zu packen, war Niki nicht mehr da. Jón war enttäuscht, dass er ihr nicht würde auf Wiedersehen sagen können. Sie wusste ja gar nicht, dass er sich schon heute davonmachen würde. Bestimmt rechnete sie damit, ihn an der Trauerfeier für den bei einem Protest getöteten Studenten zu sehen. Und doch war er froh, sich nicht von ihr verabschieden zu müssen. Bestimmt hätte es Tränen gegeben. Manchmal war ihm die Zuneigung, die er von ihr erfuhr, fast zu viel, wenn sie sich tröstend um ihn schlang und ihn stolz »mein stummer Schachmeister« nannte und sich ausmalte, wie gescheit ihre Kinder einst sein würden. Sie täuschte sich. Er war kein Schachmeister. Zwar hatte er als Jugendlicher einige lokale Turniere gewonnen und sogar gegen Islands damalige Nummer eins ein Remis gespielt. Er galt wenigstens für kurze Zeit als überraschendes Schachtalent, wie er Niki zu Beginn ihrer Beziehung erzählt hatte, um ihr zu imponieren. Doch dass sein Ritt auf der Erfolgswelle nicht lang angedauert hatte, verschwieg er ihr. Mit knappen achtzehn Jahren war er beim Landesturnier in Reykjavík sang- und klanglos ausgeschieden und weigerte sich seither, an Wettkämpfen teilzunehmen und Schachfiguren überhaupt anzurühren. Jetzt fühlte er sich gegenüber Niki wie ein Falschmünzer. Sie hatte einen Besseren verdient, davon war er überzeugt, auch davon, dass sie diesen Besseren bald finden würde.

Jón seufzte und blieb eine ganze Weile auf Nikis Betthälfte liegen, den Rucksack reisefertig neben sich. Er konnte sich nicht rühren, seine Knochen fühlten sich wie Blei an. Er hätte nach dieser durchwachten Nacht gern schlafen wollen – ein Luxus, den er sich nicht leisten konnte.

So vergingen die Minuten. Draußen vor dem Fenster brummte die Stadt, und sie würde damit nicht aufhören. Sie würde den Isländer nicht vermissen, würde nicht einmal bemerken, dass er weg war. Jón wischte sich die Tränen aus den Augen und richtete sich ächzend auf.

Das Leben geht immer vorwärts, dachte er dumpf. Immer vorwärts. Unaufhaltsam, wie ein Stein, der den Berg hinunterrollt, und wer nicht schnell genug rennt, wird vom Stein überrollt und bleibt liegen. Wie die Bettler am Bahnhof.

Er hinterließ Niki eine Abschiedsnotiz, doch der schwere Rucksack auf der Schulter behinderte ihn beim Schreiben. *Ich fahre heute Nachmittag mit dem Schiff nach Island. Rückkehr unbestimmt.*

Er fügte der kaum leserlichen Notiz noch ein paar wenige Worte bei, die er sogleich wieder durchstrich, doch wenn man lange genug hinsah, konnte man sie entziffern. Da stand: *In Liebe, dein Schachmeister.*

8

Weit kam Jón nicht, wurde flugs auf der Flucht ertappt. Herr Paul, seit einem knappen Jahr Besitzer des Hauses, fing ihn auf der Treppe ab. Beinahe begann Jón zu knurren, denn Paul war nicht leicht abzuwimmeln. Er war ein etwas älterer, irgendwie vornehmer Herr, stets elegant gekleidet, als wäre er ein Baron in seiner Villa und nicht bloß Vermieter in einem schäbigen Mehrstockgebäude, wo außer ein paar Studenten einzig Eigenbrötler wohnten, die ihre Wohnungen nur dann verließen, wenn sie Essen oder Katzenfutter heranschaffen mussten. Ein sonderbar fürsorglicher Typ, irgendwie deplatziert, wenn auch harmlos. Er hatte Jón, schon als sie sich zum ersten Mal im Treppenhaus begegnet waren, Privatunterricht in Deutsch angeboten und darauf bestanden, nichts dafür zu verlangen. Er mache das gern, hatte er sich gerechtfertigt. Er sei gut situiert und habe sonst kaum Verpflichtungen, da er frühpensioniert und alleinstehend sei, die Kinder aus seiner geschiedenen Ehe ausgewandert und so weiter.

Während den einschläfernden Abenden in der Stube des Barons hatte Jón nicht übersehen, dass an den Wänden viel Kunst hing: Dix, Modigliani, Tuke und ein Ivanov-Gemälde, wenn auch nur eine Kopie, wie ihn Niki nach einem Abendessen beim Baron aufgeklärt hatte.

Nach einem halben Jahr war Jón so weit, den Privatunterricht zu beenden – ganz zur Enttäuschung des Barons. Doch der wusste ihn fortan in ein Gespräch zu verwickeln, wenn sie sich im Treppenhaus, im Innenhof oder gar im Tante-Emma-Laden um die Ecke begegneten. So sagte er nun:

»Gehst du auf Reisen?«

»Ja«, antwortete Jón knapp und blieb einige Treppentritte über Herrn Paul stehen.

Dieser wich nicht.

»Osterferien?«

»Nein, ich gehe nach Hause.«

»Nach Island? So plötzlich?«

»Mhm.«

»Das habe ich ja gar nicht gewusst! Mitten im Semester? Wie lange bleibst du denn fort?«

Jón zuckte mit den Schultern.

»Das wird sich zeigen«, sagte er.

Sein Vermieter legte die Stirn in Falten.

»Ist etwas passiert?«

Jón zögerte.

»Meine Mutter … Sie liegt im Sterben.« Er presste die Lippen zusammen.

»Du meine Güte. Du meine Güte!«, sagte der Baron und hielt sich die Hand vor den Mund. An fast all seinen Fingern steckten Ringe.

»Das tut mir von Herzen, von Herzen leid, mein Junge. Von Herzen!«

Er trat bis auf eine Stufe an Jón heran, griff nach dessen Hand und verbarg sie in seinen. Der Baron roch nach edlem

Parfüm. Seltsam, wie Jón die übertrieben sentimentale Anteilnahme tröstete. Vielleicht war das Mitgefühl seines Vermieters gar nicht so übertrieben und sentimental, wie er sich dachte. Der Alte lebte schließlich allein. Bestimmt hatte auch er seine Portion Kummer verabreicht bekommen. Er musste wissen, was Verlust wirklich bedeutete, einsam, wie er war.

Plötzlich wurde sich Jón bewusst, dass er Herrn Paul geradezu anglotzte und dass der Händedruck lange dauerte – sehr lange.

»Danke«, sagte Jón und riss seine Hand aus der Umklammerung.

Herr Paul nahm Abstand und schüttelte gedankenverloren den Kopf.

»Wann fliegst du?«, fragte er mit Grabesstimme.

»Fliegen?«

Jón verlagerte das Gewicht des Rucksackes von einer Schulter auf die andere. Das sei doch viel zu teuer, erklärte er. Ein Frachtschiff fahre ihn von Kopenhagen nach Reykjavík, es lege am Abend ab. Er müsse dann wohl los, auf Wiedersehen …

Doch ganz so einfach ließ ihn der Baron nicht entwischen. Er versperrte ihm den Weg, indem er mit der einen Hand das Treppengeländer festhielt und sich mit der anderen an die Wand stützte.

»Ich wäre nur zu gern bereit, dir Geld für einen Flugschein zu geben. Ein Darlehen natürlich.«

Jón wusste nicht, was er darauf hätte antworten sollen.

»Du brauchst es nur zu sagen, Jón«, fuhr der Alte fort. »Ich würde dir sehr gern helfen. Weißt du, man ist froh, wenn man anständige Mieter hat. Das ist heutzutage nicht mehr selbstverständlich.«

Jón lehnte höflich, aber bestimmt ab. Der Alte sah sich als eine Art Mentor, sprach sich gar eine gewisse Vaterrolle zu. Möglich, dass er in Jón einen Sohn sah, den er verloren oder nie gehabt hatte, und nun versuchte, sich seine Zuneigung zu erkaufen. Dieser sentimentale Tropf.

Niki hatte indes eine andere Theorie: Herr Paul habe es möglicherweise auf junge Buben abgesehen, hochgewachsene, gutbestückte Burschen, wie Jón einer war. Er solle also bitte vorsichtig sein, wie sie ihm augenzwinkernd geraten hatte. Der Alte werde ihn bestimmt noch vernaschen wollen!

»Ich komme schon über die Runden«, sagte Jón kurz angebunden. »Ich habe die Fahrt nach Island doch schon bezahlt. Danke trotzdem.«

Ungeduldig trat er eine Stufe tiefer, und sein Vermieter gab ihm den Weg frei.

»Wann kommst du wieder nach Hamburg?«, rief ihm dieser noch hinterher.

»Ich weiß es nicht, vielleicht in einem Monat«, antwortete Jón, während er die Stufen hinunterrannte.

»Auf Wiedersehen, Jón!«, rief Herr Paul.

»Vielleicht«, brummte Jón, und endlich war er im Freien.

9

Auf dem Schiff hütete Jón meist sein Kajütenbett. Seine Hilfe war nur beim Beladen des Frachters gebraucht worden. Er hatte dem Koch helfen müssen, einige Kisten mit Nahrungsmitteln in die Kombüse zu tragen.

Müdigkeit drückte ihn ins muffige Kissen, er schlief tief und traumlos, als sauge das Meer alle Gedanken und Träume in sich auf.

Als er aufwachte, wusste er weder wie lange er geschlafen hatte noch wie weit draußen sie waren. Das Schiff schraubte sich unaufhaltsam vorwärts, und immer vorwärts. Das dumpfe Wummern des Schiffsmotors und die trockene Luft in der fensterlosen Mehrbettkajüte, einige Meter unter der Wasseroberfläche, wirkten betäubend, sodass Jón bald wieder wegdriftete.

Es musste in der zweiten Hälfte der Nacht gewesen sein, kurz vor der Morgendämmerung, als Jón aus dem Schlaf aufschreckte und sich den Kopf am oberen Kajütenbett stieß. Er rieb sich die surrende Stelle, fluchte leise und hoffte, dass er niemanden in der Kajüte geweckt hatte. Er tastete sich auf die Bordtoilette, erleichterte sich und kletterte sodann über den steilen Niedergang an Deck. Die salzige Meeresluft strömte wohltuend in seine Lungen. Jón stand eine ganze Weile frierend an der Reling und starrte hinaus in die Dunkelheit. Rings um ihn war nur Tintenschwärze. Er lauschte dem Rauschen des Schiffes, das sich durchs Wasser pflügte, immer weiter weg von Europa, weg von Niki, dem einzigen Mädchen, dass er jemals geliebt hatte – Island entgegen, seinem Heimatland. Dahin, wo sich einst Menschen niedergelassen hatten, die eigentlich gar nicht in Island sein wollten, die dennoch anderswo ein neues Leben aufbauen mussten. Steuerflüchtlinge, Mönche, Verbrecher. Wenn seine Mutter gestorben war, würde er seiner Heimat für immer den Rücken kehren, *no loose ends,* wie die Amerikaner sagen. *So long!* Er würde wieder an der Reling stehen, die letzten Überreste der Küste im Rücken, ein neues, großes Leben vor sich. Er freute sich auf diesen Moment.

Schon einmal hatte er Island auf einem Frachtschiff verlassen, dabei hätte er doch zu Hause den Hof übernehmen sollen. Doch er hatte nicht gewollt. Er war kein Bauer. Früh hatte er Steinholt den Rücken gekehrt, war knapp vierzehn Jahre alt gewesen, als er aufs Gymnasium nach Akureyri gegangen war. Darauf hatte er die Hochschule in Reykjavík besucht und sein Brot am Hafen verdient, hatte die Fracht der Trawler entladen, bis er schließlich ein Stipendium bekommen hatte, um in Hamburg Medizin studieren zu können.

Jetzt steuerte er wieder auf Island zu, diesen schwarzen Felsen auf dem mittelatlantischen Rücken, der irgendwo vor ihm im Dunkeln lag. Diese Insel machte es ihren Bewohnern schwer, als zivilisierte Menschen im 20. Jahrhundert zu leben. Wie im Mittelalter musste man immer auf der Hut sein, musste die Berge und Flüsse kennen, die Sprache der Wolken und des Windes beherrschen und musste wissen, wo sich die Trolle herumtrieben. Denn war man einen Augenblick unachtsam, geriet man leicht in einen Wintersturm, wurde von den Trollen hinterrücks überfallen, in einen Fluss geschleudert und ins Meer gespült.

Jón spuckte über die Reling. Hatten sie die Färöer-Inseln schon hinter sich? Das Wasser war wilder geworden, und das Schiff hob und senkte sich.

Auf dem Weg zurück in die Kajüte schubste ihn das Schiff im schmalen Korridor von einer Seite zur anderen. Ein betrunkener Mann kam ihm torkelnd entgegen, sagte etwas auf Färöisch und lachte, doch Jón verstand ihn nicht und tat so, als hätte er ihn gar nicht bemerkt.

Nach ein paar Metern roch Jón Erbrochenes, und bald sah er eine braune Lache Halbverdautes auf dem Boden im Korridor. Jetzt dämmerte Jón, was ihm der Betrunkene eben hatte sagen wollen. Er versuchte, einen Bogen um das Erbrochene zu machen, so gut es der schmale Korridor zuließ, doch das Schiff neigte sich erneut und schubste Jón direkt auf den Fladen, sodass er sich nur mit einem akrobatischen Sprung retten konnte. Die Beine fast zu einem Spagat gespreizt, fing er sich über dem Erbrochenen auf und stützte sich dabei an der Wand ab, als würde er von der Polizei gefilzt.

Das war knapp, dachte er noch, als ein Matrose um die Ecke gebogen kam und sogleich einen wütenden Knurrlaut von sich gab.

»Das ist nicht von mir!«, rief Jón und sprang vom Erbrochenen weg, als hätte er Sprungfedern an den Füßen. Er zwängte sich am Matrosen vorbei, der stehen geblieben war und die Hände zu Fäusten geballt auf seine Hüften stützte.

»Penner«, grollte er und schaute Jón kopfschüttelnd hinterher.

In der Kajüte blieb Jón eine Weile zitternd auf dem Kojenrand sitzen. Er befürchtete, dass man an die Tür pochen und ihn zurück auf den Korridor zerren würde, um ihn das Erbrochene aufwischen zu lassen. Doch niemand kam.

Jón beruhigte sich allmählich, doch der Gestank schien sich in seiner Nase verfangen zu haben. Er wünschte, er hätte festes Land unter den Füßen, wäre nicht in dieser Blechdose gefangen. Er schloss die Augen, lauschte dem Wummern des Schiffsmotors, dem Schnarchen der Männer, mit denen er die Kajüte teilte. Bald legte er sich erschöpft hin und stimmte in den Gesang des schnarchenden Männerchores ein.

10

In Reykjavík stürmte es, wie zu erwarten war, fürchterlich. Es wütete ein Spätwintersturm, wie er für diese Jahreszeit typisch ist. Wer in Island auf den Frühling wartet, wartet vergeblich. Irgendwann, wenn die Stürme vorbei sind, kommt der Sommer. Der Frühling wird in Island resigniert ausgelassen.

Der Regen peitschte den Passagieren wie nasse Kuhschwänze in die Gesichter. Willkommen in Island, ihr Trottel!

Diese Insel weist die Menschen ab, gönnt nur Seevögeln und Fischen ein behagliches Leben. Die Isländer mit ihren Schafen und Pferden, ihren Gummistiefeln und Kaffeemühlen; sie haben hier eigentlich gar nichts verloren.

Jón zog seine Wollmütze tief ins Gesicht, sodass er fast nichts mehr sah. Er versuchte erst gar nicht, den Pfützen auszuweichen, als er durch die Stadt zum Busbahnhof hastete. Zwar kannte er ein paar Leute hier in Reykjavík, ehemalige Mitschüler aus der Gymnasialzeit, entfernte Verwandte, bei denen er mindestens für eine Nacht hätte Obdach finden können. Doch er hatte keine Lust, in fragende Gesichter zu blicken und erklären zu müssen, dass sein Studium in Hamburg nicht nach Plan verlaufen und er den Aufgaben eines Arztes nicht gewachsen war. Oder dass seine Mutter im Sterben lag. Auf Mitleid konnte er verzichten, am besten, er würde erst gar nicht bemerkt, schließlich war er noch immer auf der Flucht. Sie war noch nicht beendet, und so bemerkte ihn niemand. Man drehte sich nicht einmal nach ihm um.

11

Eigentlich trägt er gar keinen richtigen Namen, heißt einfach nur »Gletscherfluss«. Er entspringt den Ausläufern des Vatnajökull-Gletschermassivs, ist eiskalt und milchig grau. Mein lieber Schwan! Wer da hineinfällt, kommt nicht wieder raus. Keine Chance.

Der Gletscherfluss hatte zwei Schafbauern verschluckt, die ins Hochland reiten wollten. Nur ihre klitschnassen, völlig verängstigen Pferde entkamen wie durch ein Wunder dem Eiswasser. Man fand sie weiter unten am Flussufer mit hängenden Köpfen, zitternd. Die zwei Männer fand man nie wieder.

Es wurde angenommen, dass eins der Pferde im dichten Nebel nahe dem Flussufer fehlgetreten und ins Wasser hineingestolpert war. Der Reiter muss vom Sattel gefallen oder von der Flussströmung vom Pferd gespült worden sein. Der andere Reiter muss sodann versucht haben, seinen Kameraden aus den Fluten zu retten – um selbst von der Strömung erfasst zu werden. Es dauerte wohl nicht länger als ein paar Minuten, bis die beiden Männer von der Wasseroberfläche verschwunden waren.

Der Suchtrupp musste bedrückt feststellen, dass die Pferde die besseren Schwimmer waren. Eine missglückte

Rettungsaktion, eine schreckliche Tragödie. Ein ruchloses Land, den Menschen feindlich gesinnt.

Einer dieser Männer war der damalige Bezirkspräsident Theodór Gíslason gewesen. Ein führungsstarker Mann in den Dreißigern, Familienvater, Besitzer von Grímsstaðir und dreihundert Schafen, politisch ambitioniert. Der andere war Jóns Vater gewesen, der Steinholt-Bauer. Ein Zugezogener. Ein Westfjordler. Die beiden seien gute Freunde gewesen, hieß es bei der Gedenkfeier.

Vielleicht fiel es Jón deshalb so schwer, sich mit seinem Heimatland abzufinden, es überhaupt als Heimat zu akzeptieren, weil es das Leben seines Vaters gefordert hatte.

Das Unglück ereignete sich während des Schafabtriebs im Oktober 1942, als Jón knappe zwei Jahre alt war. Eigentlich hätte der Schafabtrieb nur drei Tage und zwei Nächte dauern sollen; so lange brauchte man gewöhnlich, um die Tiere aus dem Hochland in den Ringpferch bei Vogar und von da zurück auf die Höfe zu treiben. Jóns Vater und der Bezirkspräsident waren noch heute, fünfundzwanzig Jahre später, nicht zurückgekehrt.

In der Mývatnsveit erzählt man sich gern Geistergeschichten. Es heißt, dass man die zwei Männer noch immer durchs Hochland reiten sehen kann, wo sie all die Schafe zusammentreiben, die da oben gestorben sind. Solche Geschichten halt. Geschichten, auf die Jón verzichten konnte.

Er dachte darüber nach, ob seine Eltern sich vereinen würden, wenn seine Mutter gestorben war. Wartete sein Vater auf sie, dort oben, oder da draußen, wo auch immer sich die Seelen der Verstorbenen herumtrieben? Und hatte sie ihm seinen frühzeitigen Abgang je verziehen? Sie schien nie wirklich darüber hinweggekommen zu sein, war seit seinem Tod mit keinem anderen Mann zusammen gewesen – Beweis einer treuen Liebe. Oder nicht? Eine tüchtige Frau, Jóns Mutter. Sie hatte das harte Leben in der Mývatnsveit mit ihrer Schwester und ihrem stierköpfigen Vater gemeistert, als hätte sie gar keine andere Wahl gehabt, hatte sich ihrem Schicksal kampflos ergeben. Dabei hätte sie doch ohne Weiteres in die Stadt ziehen können, um ein neues, komfortableres Leben zu beginnen. Sie wäre nicht die Erste gewesen.

Ihr Vater starb Siebenundfünfzig. Doch die zwei Schwestern machten weiter. Sie heuerten Knechte an, die alle zwei Jahre den Namen und das Gesicht wechselten, junge Einzelgänger, wortkarge Typen, die meist schlecht gelaunt waren und sich mit Tieren besser verstanden als mit Menschen. Es waren Burschen, die keinen Ehrgeiz kannten. Es war ihnen gleichgültig, an den Toren zum Hochland magere Wiesen zu mähen, auf einem Hof, der nicht mehr als eine Handvoll Kühe und ein paar Dutzend Schafe tragen konnte. Es waren Typen, die in Ruhe gelassen werden wollten, aus welchen Gründen auch immer, und bevor sich ihre Wurzeln in den steinigen Boden schlagen konnten, zogen sie weiter. Kündigten an einem Tag und waren weg am anderen. Kein Weltuntergang.

Die zwei Schwestern verrichteten selbst auch viel Hofarbeit, melkten die Kühe, meisterten die Heuernte, standen Tag und Nacht Wache, wenn die Schafe lammten. Zwischenzeitlich fertigten sie aus der Milch Butter und Skyr an, kümmerten sich um den Haushalt und die Erziehung des Nachwuchses.

Teufel, das waren harte, arbeitsreiche Jahre! Auch Jón musste schuften, kaum dass er eine Heugabel in den Händen halten konnte. Ach, wenn doch die zwei Schafbauern nur besser aufgepasst hätten, dem Gletscherfluss ferngeblieben und aus dem Hochland zurückgekehrt wären! Jón hätte einen Vater brauchen können.

1942. Ein schreckliches Jahr. Die ganze Welt stand kopf.

»Es passiert immer alles zur selben Zeit«, sagt man, und es stimmt.

Es tobte ein Weltkrieg, auch wenn man davon am Mückensee nur wenig zu spüren bekam. Doch der Krieg tangierte auch die Isländer. Erst hatten sich die Engländer auf der kleinen, aber strategisch wichtigen Insel im Nordatlantik verschanzt, danach machten sich die Amis breit. Hitler hatte indes sein Interesse an der Insel noch nicht verloren. Manchmal schlichen sich deutsche U-Boote in die Fjorde, und es gelang ihnen tatsächlich, das eine oder andere Schiff zu versenken. Ein paar Mal griffen deutsche Bomber die Stellungen der Alliierten an. Doch noch nie war ein Jagdflugzeug so tief ins Landesinnere vorgedrungen wie im Herbst 1942. Eine verrückte Geschichte. Wahrscheinlich hatte es in Seyðisfjörður die Militärbasis der Amis angreifen wollen, war dabei von der Luftabwehr schwer getroffen worden und musste sich einen geeigneten Notlandeplatz suchen.

Rósa, die am offenen Küchenfenster gestanden und das immer lauter werdende Rattern und Stottern des Flugzeuges als Erste wahrgenommen hatte, war aus dem Haus gelaufen. Sie schaute der Straße entlang, weil sie glaubte, ein Lastwagen käme über die Anhöhe gefahren. Doch dann wurde sie des Schattens am grauen Herbsthimmel gewahr, der schwarzen Rauch hinter sich herzog. Dass es ein Jagdflugzeug war, wusste sie sofort, da sie die Bilder der Kriegsmaschinerie in der Zeitung gesehen hatte.

»In Jesu Namen!«

Rósa blieb wie versteinert stehen, schaute zu, wie das Flugzeug plötzlich still und schwer wurde und vom Himmel fiel. Es drehte sich wie ein Eiskunstläufer, vollführte eine Waagepirouette und schlug mit einem ohrenbetäubenden Knall auf der Wiese vor dem Haus auf.

Erst jetzt kam auch der Großvater dahergelaufen. Er hätte den Flieger eigentlich als Erster bemerken müssen, da er draußen beim Schafgehege gearbeitet hatte, doch schon damals hörte er schlecht. O-beinig kam er angestiefelt. In der Rechten hielt er eine Axt, als würde er sich gegebenenfalls auf den Eindringling stürzen, um sein Gehöft wie ein echter Víkingur zu verteidigen. Er sah mit seinem struppigen Bart auch aus wie einer. Er war ein untersetzter, kräftiger Kerl, hatte die Hemdsärmel hochgekrempelt, ein paar Haarsträhnen klebten ihm auf der schweißnassen Stirn. Seine Augen funkelten trunken, sein Atem war schon am Nachmittag hochprozentig. Schnaufend hielt er neben seiner Tochter inne und verharrte genau wie sie, bebend, die Augen weit aufgerissen. Er schaute in den Himmel hoch, ob da vielleicht noch weitere Flugzeuge auf seine Wiese fallen würden, doch da waren nur graue Regenwolken, die lautlos vorbeizogen.

Jóns Mutter stand am Fenster, Klein Jón auf dem Arm. Der schrie und weinte, dass ihm die Tränen nur so über die roten Wangen kullerten.

»Allmächtiger!«, sagte seine Mutter, und immer wieder, »Allmächtiger!«

Oh, wie sehr es sie ärgerte, dass ihr Mann am Morgen ins Hochland aufgebrochen war, um mit den anderen Bauern die Schafe einzusammeln und zurück in die Mývatnsveit zu treiben. Nicht, dass sie sich von ihm hätte beschützen lassen wollen. Vergiss es! Die Frauen im isländischen Hinterland sind nur schwer aus der Fassung zu bringen. Doch ihr Mann war der Einzige auf Steinholt, der ein wenig Englisch sprach. Sie war überzeugt, dass so ein abgestürztes Kriegsflugzeug zu tun gäbe. Bald würde es hier von Militär nur so wimmeln. Typisch. Ausgerechnet heute musste der Flieger auf den Acker fallen! Wieso geschah denn immer alles zur selben Zeit!

Großvater und Rósa verharrten eine ganze Weile auf der Wiese, ohne sich mit der Situation abfinden zu wollen. Sie starrten auf das rauchende Flugzeugwrack, das nun keinen Lärm mehr machte. Der linke Flügel war abgebrochen, die Schnauze des Fliegers völlig verbeult, die Propeller verbogen. Großvater sprach als Erster.

»Der fliegt nicht mehr«, brummte er.

Er hatte den Krieg eifrig in der Morgenzeitung mitverfolgt, die zweimal die Woche mit dem Milchauto geliefert wurde, und deshalb erkannte er alsbald:

»Sowas. Der ist von der Luftwaffe. Ein Nazi!«

Tatsächlich. Zwischen den schwarzen Rauchschwaden konnte man nun deutlich an der Heckflosse das Hakenkreuz erkennen. Doch Großvater stellte es nicht etwa ängstlich oder verächtlich fest, nein. Er sagte es in Ehrfurcht, ja geradezu mit Bewunderung, als seien die Nazis tüchtige

Kerle. Er sagte es wie ein Schneehuhnjäger, der unverhofft einen Eisbären vor die Flinte kriegt.

»Ein Nazi!«

Rósa schaute ihren Vater misstrauisch von der Seite an und kniff die Augen zusammen. Sie wusste natürlich, dass er schon seit der Machtergreifung zu Hitler hielt. Und damit war er ganz bestimmt nicht der Einzige hier in Island.

Es sei erstaunlich, dass die Deutschen schon so weit bis nach Russland vorgedrungen waren, hatte er erst kürzlich am Mittagstisch verlauten lassen. Man müsse es ihnen danken, denn der Russe sei eine Gefahr für ganz Europa.

Er war davon überzeugt, dass Hitler zu Großem fähig war – wenn man ihn denn nur machen lassen würde.

Solche Kommentare gab er manchmal von sich, wenn er die Zeitung las, ohne dass er darum gebeten worden war. Er rief zum Beispiel in die Stille des Hinterlandes, Hitler wolle Europa vereinen, was könne denn daran so falsch sein! Großes könne nicht ohne Verlust erreicht werden. Das habe man doch schon bei Napoleon und Caesar gesehen.

Solche Parolen eben.

Doch auf Steinholt kümmerte sich niemand um sein Geschwätz, denn er war alt und stur. Er war zu kurzsichtig, als dass man ihm den tatsächlichen Stand der Dinge hätte klarmachen können. Die Nachrichten von Kriegsverbrechen, welche die Deutschen begangen haben sollen, tat er ganz einfach als überspitzte Propaganda ab. Es war am einfachsten, den Alten quatschen und mit dem Zeigefinger fuchteln zu lassen. Er hatte schließlich keinen Einfluss auf das Kriegsgeschehen.

Doch nun, da sie einen deutschen Jäger vor dem Haus

liegen hatten, hoffte Rósa, dass ihr Vater seine Bewunderung für die Nazis für sich behalten würde. Immerhin war Island zu dem Zeitpunkt von den Amerikanern besetzt; bestimmt würde schon bald ein ganzes Heer aufmarschieren. »Was willst du eigentlich mit der Axt?«, fragte sie ihn.

»Na, die Pfosten für das Schafgehege zuspitzen«, antwortete er lapidar, ohne den Blick vom Flugzeug abzuwenden.

Er hob die Axt und zeigte damit aufs Wrack, denn nun konnte man deutlich ein Klopfen an der Cockpitscheibe hören.

»Da ist jemand drin!«, sagte er erstaunt, als hätte er immer geglaubt, dass sich die kleinen Flugzeuge am Himmel selbst steuerten.

»In Jesu Namen!«, entfuhr es Rósa, und sie trat ein paar Schritte zurück.

Die flache Hand, die nun verzweifelt an die Cockpitscheibe schlug, hinterließ blutige Abdrücke.

»Er ist eingeklemmt!«, stellte der Großvater fest und stiefelte sofort aufs rauchende Flugzeugwrack zu.

»Allmächtiger!«, stöhnte Jóns Mutter.

Sie stand noch immer am Fenster und versuchte, Klein Jón zu beruhigen, was ihr natürlich nicht gelang, da sie zu aufgewühlt war.

Der Großvater trat nahe ans Wrack heran, spuckte in die Hände und schwang seine Axt hoch in die Luft. Der deutsche Pilot kreischte und hielt sich die Arme schützend über den Kopf, als die Axt auf die verklemmte Cockpitscheibe niederging. Er glaubte wohl, sein letztes Stündlein habe geschlagen. Großvater musste einige Male zuschlagen, bis er endlich eine Öffnung geschaffen hatte, um den Piloten aus dem Wrack zerren zu können. Er packte ihn an der Uniform und riss ihn hoch, ganz wie man einen Schafsbock an der Wolle packt. Er zerrte den Piloten weg vom Wrack und ließ ihn eine Weile allein auf der Wiese sitzen; er wollte trotz allem das Schafgehege in Ordnung bringen, bevor er sich um den Gast kümmern konnte, schließlich erwartete man schon bald eine ganze Herde Schafe aus dem Hochland. Zudem machte der deutsche Pilot ein Gesicht, als brauchte er ein paar Minuten, um sich zu erholen. Er starrte auf seine demolierte Maschine, schlotterte am ganzen Körper und sagte immer wieder die gleichen Worte, die auf Steinholt leider niemand verstand. Als er sich endlich beruhigt hatte, winkte ihn Großvater ins Haus.

Eine knappe Stunde nach der Bruchlandung saß der deutsche Soldat zitternd am Küchentisch, Großvater gegenüber, welcher ihm großzügig Schnaps einschenkte.

»Landi. Selbstgebrannter«, erklärte er stolz.

Das amerikanische Heer ließ auf sich warten. Die Frauen bereiteten das Abendessen zu, Klein Jón kroch ganz aufgeregt auf dem Küchenboden herum. Der Pilot nickte dem Großvater verlegen zu, hob das Schnapsglas an die Lippen, schloss die Augen, schluckte, unterdrückte einen Hustenanfall und nickte dem Alten wieder zu, diesmal mit Tränen in den Augen.

»Das bringt dich im Nu auf die Beine, Soldat!«, sagte der Großvater und leerte sein Glas in einem Zug, ohne zu husten oder die Miene zu verziehen.

Geradezu majestätisch stellte er das leere Glas zurück auf den Tisch. Dabei wich er dem Blick des Soldaten nicht aus. Er wollte ihm klarmachen, dass die Isländer trinkfest und allgemein hart im Nehmen waren.

Der Soldat hatte nicht verstanden, was der Alte eben gesagt hatte, deshalb nickte er nur erneut, presste die Lippen zusammen und ließ den Blick über die Tischplatte wandern. Großvater schenkte nach.

»Die haben dich ganz schön erwischt, Soldat! Du hast Glück, dass du noch am Leben bist! Das war eine holprige Bruchlandung!«

Großvater sprach sehr laut, wohl in der Annahme, dass der deutsche Pilot eher Isländisch verstand, wenn nur laut genug gesprochen wurde.

»Damit fliegst du nicht mehr nach Hause, Soldat!«

»Was soll das Gequatsche!«, platzte es aus Rósa heraus. »Er versteht dich ja sowieso nicht.«

»Man wird doch noch freundlich sein dürfen«, entgegnete der Großvater beleidigt.

»Und wieso nennst du ihn immer Soldat. Das ist doch ein Pilot!«

»Ein Kampfpilot«, korrigierte sie ihr Vater. »Das ist dasselbe wie ein Soldat. Er gehört der deutschen Wehrmacht an. Damit ist er ein Soldat!«

»Nenn ihn, wie du willst«, sagte Rósa. »Die Amis werden jeden Moment kommen. Wie sieht das denn aus, wenn wir den Nazi so fürstlich bewirten!«

»Ein bisschen Menschenliebe hat noch niemandem geschadet«, brummte der Großvater, trank und schenkte nach.

»Ausgerechnet heute muss das geschehen«, sagte Jóns Mutter leise, als fürchtete sie, der Pilot könnte sie verstehen.

»Der Herr denkt sich alle möglichen Prüfungen aus«, entgegnete ihre Schwester.

»Amen«, sagte der Großvater und rülpste.

Der Soldat rutschte unruhig auf dem Stuhl hin und her. Er war sich nicht sicher, worüber gestritten wurde. Zudem hatte er eben das Wort Nazi aus der Konversation herausgehört. Er zuckte ein wenig zusammen, als sich Klein Jón plötzlich an seinem Hosenbein hochzog. Der fremde Geruch, die beige Uniform und die Lederkappe faszinierten den kleinen Buben.

»Himmel gefallen«, sagte Jón und schaute hoch zum Piloten. »Himmel gefallen?« Er hatte das nun schon einige Male gehört.

»Ja, vom Himmel gefallen«, sagte Jóns Mutter und kippte die gewaschenen Kartoffeln in einen Topf.

Als Klein Jón den deutschen Soldaten mit seinen neugierigen Kinderaugen musterte, beruhigte der sich allmählich. Wahrscheinlich hatte er selbst Kinder, und so wurde er ganz schwermütig. Er war froh, am Leben zu sein, dankbar, dass er dem Flugzeugwrack bis auf ein paar Kratzer im Gesicht und etwas Ruß in der Lunge unverletzt entstiegen war. Bald würden ihn die Amerikaner abholen und in ein Kriegsgefangenenlager stecken. Und wenn der Krieg vorbei war, würde er wieder nach Hause gehen. Er würde seine Heimat wiedersehen. Der Horror hatte ein Ende. Gern hätte er geweint, doch er wollte nicht unhöflich sein, wollte keine Schwäche zeigen. Er beugte sich nieder zu Jón, hob ihn hoch und setzte ihn sich auf den Schoß. Jón griff sofort nach dem Schnapsglas auf dem Tisch, doch der Soldat konnte es im letzten Moment außer Reichweite schieben.

»Dafür bist du noch zu klein, junger Mann«, sagte der Soldat leise.

Auch der Großvater grinste und sagte laut:

»Dafür ist er noch zu klein!«

Jón richtete seine Aufmerksamkeit auf die Uniform des Soldaten und entdeckte ein silbernes Abzeichen.

»Ein Piep-Piep«, freute er sich. »Ein kleiner Piep-Piep!«

Er war ganz angetan von dem schönen Reichsadler, welcher die Schwingen majestätisch ausgebreitet hatte und das Hakenkreuz in den Fängen hielt. Jón schaute sich den Adler ganz genau an und hielt den Soldaten dabei fest umklammert. Der wischte sich mit zitternder Hand eine Träne aus den Augen. Großvater bemerkte es und schaute verlegen ins Glas, drehte es zwischen seinen schwieligen Fingern, stürzte es und schenkte nach. Eine ganze Weile wurde nicht gesprochen.

Rósa setzte dem Piloten, der inzwischen auch schon den zweiten Schnaps geschluckt hatte und dadurch etwas aufgetaut war, eine Schale voll herrlicher Fleischsuppe vor. Großvater beobachtete ihn, wie er gierig die Suppe schlürfte und immer wieder den beiden Frauen beim Feuer dankbar zunickte.

Dann, kaum war er fertig, fuhren zwei Jeeps der amerikanischen Armee vor. Sechs bewaffnete Soldaten entstiegen ihnen, schauten sich um, begutachteten das Wrack, dann klopften sie an die Tür. Sie traten verlegen in die Küche und nickten dem deutschen Piloten zu, als hätte man das Treffen vereinbart. Der Pilot setzte den Buben zurück auf den Boden und bedankte sich bei Großvater mit Handschlag. Der konnte sich ein stolzes Grinsen nicht verkneifen. Die Amerikaner kauten Kaugummi und entschuldigten sich höflich, als wäre es ihre Schuld, dass der deutsche Flieger auf die Wiese gefallen war.

»Sorry«, sagten sie. »Sorry. Ma'am, Sir.«

Dann fuhr einer der Jeeps mit dem Kriegsgefangenen über die Anhöhe Richtung Mückensee davon, hinein in die frühe Nacht. Zwei Soldaten in einem Jeep blieben zurück, um das Wrack zu bewachen.

Sie bekamen von Großvater keinen Landi.

12

Jón hatte keine Erinnerungen an diesen denkwürdigen Herbsttag, als Steinholt von einem deutschen Piloten und später von sechs amerikanischen Soldaten heimgesucht worden war. Doch sein Großvater hatte ihm diese Geschichte immer und immer wieder erzählt, als wollte er Jón einer Gehirnwäsche unterziehen. Und so erinnerte er sich lebhaft an den Tag, als wäre er draußen auf dem Acker gestanden und hätte die Ereignisse aus nächster Nähe mitverfolgt. Sein Großvater war ein leidenschaftlicher und guter Geschichtenerzähler gewesen, das musste man ihm lassen. Der alte Kauz wurde selbst kurz vor seinem Tod, selbst als ihm der allerletzte Zahn abhandengekommen war, nicht müde zu berichten, wie er dem Piloten mit der Axt das Leben gerettet hatte, um ihn dann mit Selbstgebranntem wieder auf Vordermann zu bringen.

Jón mochte die Geschichte, und er hatte sie stets gern gehört. Die Vorstellung, dass er einst auf dem Schoß eines deutschen Kriegspiloten gesessen hatte, der eben erst vom Himmel gefallen war, zwang ihm ein Lächeln auf die Lippen. Und so erzählte auch Jón die Geschichte gern weiter, seinen Freunden in der Schule, am Gymnasium, später an der Universität, und natürlich Niki. Auch sie wollte die Geschichte immer wieder hören und lachte sich jedes Mal kaputt, wenn sie sich vorstellte, wie Jóns Großvater mit der Axt auf den Piloten losging, welcher sich fast in die Hose machte, weil er glaubte, dass ihm der Wikinger den Schädel einschlagen wollte.

Doch die Geschichte des deutschen Kriegspiloten erinnerte Jón auch daran, dass er damals seinen Vater verloren hatte, der losgeritten war, um die Schafe aus dem Hochland in die Täler zu treiben. Er war für tot erklärt worden, als das Flugzeugwrack vor dem Haus noch immer von zwei amerikanischen Soldaten bewacht wurde.

Jón malte sich die Tragödie aus, als er, die Stirn ans kalte Busfenster gedrückt, Richtung Norden fuhr und Reykjavík hinter sich ließ. Die Nordländer sagen, dass Reykjavík am schönsten aus dem Rückspiegel zu betrachten sei. Für einmal war Jón derselben Meinung.

Es war Abend. Weiter als bis Borgarnes würde er es nicht schaffen. Dort würde er sich wenigstens in eine Kirche schleichen können, um auf einer Sitzbank zu übernachten.

Den Sturmböen war die Puste ausgegangen. Der Regen hatte den Schnee weggeputzt, das braune Gras lag platt und nass auf den Feldern. Die schwarzen, von Regenwolken verschleierten Berge, die weiten Wiesen, die dünngesäten Höfe; alles brachte Erinnerungen an eine vaterlose Kindheit zurück, an die sich Jón gar nicht erinnern wollte. Hier in Island, wo ihn die Kulissen seiner Vergangenheit umringten, wurden die Tragödien erneut lebendig. Er malte sich aus, wie die letzten Minuten der zwei Männer abgelaufen waren, stellte sich den Bezirkspräsidenten vor, wie er sich die Kapuze tief ins Gesicht zog und fluchte. Grauer, dichter Regenstaub hatte die zwei Reiter fast blind durchs Hochland reiten lassen. So viel war bekannt. Und mehr nicht. Der Rest war der glühenden Fantasie der Leute überlassen.

Jón sah seinen Vater dicht hinter dem Bezirkspräsidenten reiten. Das Wasser tropfte ihm vom Gesicht, perlte über seinen Bart, die Pferde hielten die Köpfe gesenkt. Immer wieder rutschten sie über die glitschigen Steine, selbst zu erschöpft, um Acht zu geben. Waren sie vom Weg abgekommen? Hielten sich die beiden Reiter so dicht am Flussufer, um die Orientierung nicht zu verlieren?

»Wir hätten besseres Wetter abwarten sollen!«, rief Jóns Vater durch den Regen.

»Dann können wir bis zum Sommer warten!«, brummte der Bezirkspräsident.

»Was sagst du?«

Das Rauschen des Flusses übertönte die Worte der Männer.

»Vergiss es!«, rief der Bezirkspräsident.

»Pass auf, dass du nicht vom Pfad abkommst. Das Wasser steht hoch!«

Kaum hatte Jóns Vater den Bezirkspräsidenten gewarnt, sah er, wie dessen Pferd zur Seite stolperte, mit den Vorderbeinen ins Wasser rutschte und in den Fluss fiel.

Jón war sich gewiss, dass der Bezirkspräsident als Erster ins Wasser gestürzt war, nachdem ihn sein Vater vor der Gefahr gewarnt hatte. Natürlich gab es keine Zeugen der Tragödie, es gab nur Vermutungen, doch Jón war immer der Überzeugung gewesen, dass sich sein Vater heroisch verhalten hatte, dass er versucht hatte, den Kameraden zu retten, und dabei selbst von der Strömung erfasst und mitgerissen worden war.

»Pass auf!«, murmelte Jón, als er im Bus Richtung Norden saß, doch schon wurde der Bezirkspräsident vom Pferd gespült.

Das ging so schnell, dass er nicht einmal aufschreien oder fluchen konnte. Sofort zog ihn die Strömung unter Wasser, nur seinem Pferd gelang es, den Kopf oben zu halten. Es hatte die Augen weit aufgerissen, blieb aber still. Zu groß war der Kälteschock, als dass es einen Laut von sich hätte geben können. Dann, plötzlich, tauchte der Bezirkspräsident wieder auf. Er lebte. Er schrie:

»Hilf mir!«

»Hölle!«, stieß Jóns Vater hervor, dann gab er seinem Pferd die Sporen.

Er jagte es hinein in die Fluten, dem Unglücklichen hinterher, krallte sich an der Pferdemähne fest. Jón schloss seine Hände zu Fäusten. Vielleicht würde es seinem Vater gelingen, den Bezirkspräsidenten am Kragen zu packen und ihn so lange festzuhalten, bis das Pferd festen Boden unter den Füßen bekam und am Ufer hochsteigen konnte.

Es gelang ihm nicht. Jóns Vater hatte die Kälte und die Strömung unterschätzt; sie riss ihn vom Pferderücken und drückte ihn mit eiskalter Hand unter Wasser. Ein paar Mal noch gelang es den beiden Männern, nach Luft zu schnappen, zwei Schatten, die über die Wellen glitten, um dann für immer zu verschwinden. Zwei Männer, die unter der Wasseroberfläche über die Steine hinweg schwebten und sich seltsam, wie tanzende Unterwassergeschöpfe, in alle Richtungen drehten. Vielleicht berührten sie sich gelegentlich auf dem Weg zum Meer, vielleicht bekam Jóns Vater den Bezirkspräsidenten tatsächlich zu fassen.

»Hab dich«, murmelte Jón, doch was nützte das noch. Sie waren ja beide tot.

13

Jæja! Jón heißt du also. Aus der Mývatnsveit stammst du, soso. Steig ein, Langer. Du hast Glück. Ich fahr bis nach Húsavík, kann dich also ein ganz ordentliches Stück weit mitnehmen. Ich muss in Akureyri einen Halt machen, aber danach nehme ich dich gern bis nach Laugar mit. Steig ein, Junge. Den Rucksack kannst du auf den Rücksitz pfeffern. Setz dich neben mich. Da hinten hätten deine langen Beine sowieso keinen Platz, da müssten wir sie im Kofferraum verstauen. Hahaha. Das letzte Stück musst du, was sind das wohl, dreißig, vierzig Kilometer, da musst du eine andere Fahrgelegenheit finden. Von Laugar bis zum See. Das könnte schwierig werden, bei euch da hinten ist nicht viel los. Viel Verkehr habt ihr nicht, ich meine, auf die Fahrzeuge bezogen. Was ihr in den Zimmern treibt, will ich gar nicht wissen, hahaha!

Früher war ich ab und an bei euch in der Mývatnsveit. Doch, doch! Ich kenne die Gegend gut. Die Straßen sind eine Zumutung. Teufel! Das hält kein Auto aus. Da hat sich in den letzten dreißig Jahren in Sachen Straßenbau kaum was getan. Ja, ich muss es schließlich wissen. Ich war einer der ersten Stümper hier oben, die ein Auto besaßen. Ich will damit nicht angeben, aber weißt du, Langer, ich hatte Glück im Leben. Und dafür muss ich mich gewiss nicht schämen.

Ich besitze heute drei Fischkutter, oben in Húsavík, und es könnte sein, dass ich mich bald an einem Walfänger beteilige, vielleicht hast du davon in der Zeitung gelesen, die ganz großen Fische, weißt du.

Die Japaner sind ganz verrückt danach. Ha! Wenn man bedenkt, dass ich als einfacher Matrose angefangen habe, das war noch vor dem Krieg, alles harte Handarbeit. Da, schau her. Mein rechter Ringfinger: Nicht mehr da! Liegt irgendwo auf dem Meeresgrund. Ach Quatsch, was erzähl ich da. Die Fische haben ihn bestimmt schon längst gefressen, nachdem ihn die Ankerkette abgerissen hat. Heilige Kettennuss, ich habs zuerst gar nicht gemerkt, es war so ne Schweinekälte draußen auf Deck, dass ich meine Hände fast nicht mehr gespürt habe, und dann seh ich, dass mir der rechte Handschuh abhandengekommen ist, und der Ringfinger dazu, es hat fast nicht geblutet, so kalt war es. Der verfluchte Handschuh hatte sich wohl in der Kette verheddert. Ein Ring war da am Finger zum Glück nicht dran. Habe erst einige Jahre später geheiratet. Der Ring kam dann an den Mittelfinger. Neun Jahre waren wir verheiratet. Drei Kinder. Alles Mädchen. Die ersten zwei Jahre waren schön. Der Rest nicht so. Wir haben uns dann scheiden lassen. Ich sei ja nie zu Hause, hat sie dem Bezirksrichter gesagt, nicht mal, wenn ich an Land sei. Ich glaube, die Frauen sind nichts für mich, wenn du verstehst, was ich meine. Die See, da gehöre ich hin. Nun ja, getrunken habe ich auch. Vielleicht das eine oder andere Glas zu viel, man wird leider schnell handgreiflich, wenn man über den Durst getrunken hat, das kennt doch jeder, aber man darf doch auch ein bisschen leben, nicht wahr? Genießt du nicht auch manchmal die schmackhaften Sünden unseres erbärmlichen Daseins? Kannst schon sagen, Langer, ich werds nicht rumerzählen, interessiert sowieso niemanden. Ich besorge mir immer ein paar Flaschen schottischen Whisky, wenn ich nach Reykjavík fahre. Einmal pro Monat fahre ich in die Stadt. Einen ganzen Tag brauche ich für die Hinfahrt, ist das denn zu glauben! Ich fahre also in aller Herrgottsfrüh los, um vier Uhr schon, ich als alter Matrose bin es gewohnt, früh aufzustehen, die Fische schlafen nicht, ich bin dann also so gegen Mittag in Brú, ich fahr gern, weißt du, nur ich und die Straße und meine Gedanken, und dann brauch ich nur noch die Holtavörðuheiði, diese dicke Braut zu erklimmen, und schon bin ich in Borgarnes, und von dort nehme ich die Fähre bis Reykjavík, so bin ich meist vor sechs Uhr in der Stadt, und kann mir noch was zu trinken besorgen, bevor mich der Schlaf einholt. Aber wem erzähl ich das, du kommst von da, du kennst die Strecke, habe dich ja in Borgarnes aufgelesen. Ich hoffe, du hast in dieser Herrgottsfrüh nicht zu lange an der Straße stehen müssen. Na ja. In Reykjavík bleibe ich so zwei, drei Tage. Es gibt schließlich für einen Junggesellen wie mich genug zu tun, Einkäufe, Bankgeschäfte, Kameraden, und dann heben wir auch einen, ich bin ja geschieden, zum Glück, sag ich heute, glücklich geschieden! Aber jedem das Seine. Keine Angst, Langer, ich will dich nicht verängstigen. Verheiratet zu sein ist bestimmt schön und gut, wenn man die richtige Frau dazu findet. Hast du eine Frau? Ach, nimm es mir nicht krumm, Junge, du brauchst mir nicht zu antworten. Ich frag halt einfach. So bin ich halt. Ich plappere drauflos, als wäre ich allein im Auto, was ich auch meistens bin. Manchmal singe ich.

Arien. Ja, wirklich, ich singe gern, aber du brauchst dich nicht zu fürchten, ich werde dich verschonen, haha! Aber sag, hast du Familie in der Mývatnsveit? Wessen Sohn bist du denn. Pálsson? Aber nicht etwa der Páll von Steinholt! Wirklich? Jetzt hol mich der Teufel, ich habs gleich gewusst, als du mir gesagt hast, wohin du willst! Du gleichst deinem Vater! Großgewachsen und schlank war der auch. Jæja, ha! So klein ist die Welt. Weißt du, ich kannte deinen Vater. Jetzt staunst du, was. Ja, ich kannte ihn höchstpersönlich. Ich hatte … nun ja, wie soll ich sagen … geschäftlich mit ihm zu tun. Ein aufrichtiger Mann war er. Eine ehrliche Haut. Ich habe ihn manchmal besucht, da draußen, auf Steinholt, ich weiß noch, dass er eine hübsche Frau hatte, und da war noch ihre Schwester, nicht wahr? Die war nicht ganz so hübsch, um es gelinde auszudrücken. Dein Vater hat eine gute Wahl getroffen. Und natürlich kannte ich deinen Großvater. Mein Gott! Wie hieß er noch mal? Sag nichts, jetzt kommt es mir wieder in den Sinn! Haukur. Haukur Helgason. Ein Original, dein Großvater. Ein Ochse. Hat mir erzählt, wie er dem Nazipiloten das Leben gerettet und ihn danach abgefüllt hat. Und stolz war er noch darauf! Aber die Nazis waren ja auch nur Menschen, nicht wahr. Und dein Großvater war unter seiner Ochsenhaut ein ganz guter Mensch. Tüchtig und ehrlich. Wie dein Vater. Und sie waren geschickt, haben das Haus auf Steinholt fast allein gebaut, da standen doch zuvor nur Torfhäuser, dein Großvater ist in einem dieser Erdlöcher aufgewachsen, nicht wahr? Kaum zu glauben, dass man noch bis zum Krieg darin gewohnt hat. Haha, wie die Maulwürfe, wir Isländer! So was. Sitzt Pálls Sohn bei mir im Auto. Wer hätte das gedacht. Doch, ich kannte deinen Vater ziemlich gut. War ein netter Erdenbürger, ein liebevoller Vater, das habe ich mit eigenen Augen gesehen. Auch an dich kann ich mich erinnern, habe dich wohl das letzte Mal gesehen, als du deiner Mutter noch an der Brust hingst. Warst nicht größer als ein anständiger Dorsch. Und jetzt bist du so groß, dass dein Kopf immer in irgendeiner Regenwolke steckt, zumindest hast du so ein Gesicht gemacht, als ich dich vom Straßenrand aufgelesen habe. Nimm mir die Scherze nicht übel, mein Freund. Ich meins nicht ernst. Aber dein Vater … Ein wirklich lieber Kerl. Gutmütig war er und nicht kleinlich. Hat mir immer noch eine Flasche mitgegeben. Und lieb war er zu den Tieren, redete mit ihnen, schlug sie nie. Er sah auch gar nicht aus wie ein Bauer. Wahrscheinlich hat er nur auf Steinholt gelebt, weil der Hof Haukur, also dem Vater deiner Mutter gehörte. Mal ganz unter uns. Die zwei Bauern konnten sich kaum riechen. Die waren aus völlig anderem Holz geschnitzt, wenn du verstehst, was ich meine. Aber was wollte er machen, er hatte schließlich deine Mutter geheiratet, und in den Fjorden haben sie ihn auch nicht gewollt. Der Teufel weiß, wieso. Dein Vater hätte den Hof wahrscheinlich übernehmen sollen, aber eben, dazu kam es nicht. Leider. Dein Vater, der passte da irgendwie gar nicht hin. Lebt deine Mutter noch? Richte ihr bitte Grüße aus. Himmel und Hölle, die Arme. Es ist nicht einfach, wenn man den Mann so früh verliert. Ein Skandal war das, eine Schande, dass der Mann in den Gletscherfluss hat fallen müssen, zusammen mit dem Bezirkspräsidenten. Um den wiederum war es nicht so schade. Verzeih, wenn ich böse bin, aber er war nicht gerade beliebt damals, nun ja, ich persönlich mochte ihn nie. Ein richtiger

Streber war das. Ein Missionar. Dabei ist er mit einem Silberlöffel im Arsch groß geworden. Er hat den Schwarzhandel mit allen Mitteln bekämpft. Hat immer wieder gesagt, dass er den Menschen in der Mývatnsveit damit einen Gefallen tue. Geglaubt hat ihm das niemand. Dabei hätte er doch einsehen müssen, dass die ganze Aktion Schwachsinn war. Man hat ja nicht weniger gesoffen als heute, damals, ganz bestimmt nicht, das kannst du mir glauben. Und heute ist doch ein Glas Brennivín selbstverständlich, Lebenswasser, heilbringender als Weihwasser, sag ich dir, und ich bin kein schlechter Christ. Auch wenn ich meine Differenzen mit ihm da oben habe. Aber wir verstehen uns besser denn je. Er hat es gut gemeint mit mir, obwohl ich nicht immer ein Lämmchen war. Ich war eine Zeit lang ein ziemlich wilder Wolf, immer auf Fleisch aus, hab auch manchmal Hand angelegt. Der Herr hats mir verziehen, nicht aber die Frau. Deshalb ist sie mir auch davongelaufen und hat meine Mädchen gleich mitgenommen. Doch der Herr hat ein Auge zugedrückt und mir weiterhin die Fische in die Netze getrieben. Jetzt verstehen wir uns prächtig, er und ich, haha! Ich bin zwar noch immer kein Lamm, aber meine Wolfszähne habe ich abgestoßen. Nun ja, natürlich habe ich ein paar Flaschen hinten drin, du hast sie bestimmt schon klirren gehört, uneben, wie die Straße ist. Wenn ich schon mal in Reykjavík bin, dann muss ich auch was einkaufen, nicht wahr? Man kriegt ja in Akureyri kaum etwas anderes als diesen grünen Fusel. Meine Güte. Und deinen Vater habe ich in all den Jahren fast vergessen. Er ist ja auch schon seit … ja seit wann denn, zwanzig, dreißig Jahren unter der Erde. Ja, hat man ihn denn überhaupt gefunden? Nur die

Pferde, sagst du? Schrecklich. Tja, aber das ist hier wohl so üblich auf dieser Insel. Habe selbst einige Kameraden verloren. Die See hat sie zu sich gerufen. Wenn einen die Mutter Natur zu sich holt, da kann man nicht einfach Nein sagen. Da geht man hin. Das muss so sein. Das Leben geht ja immer weiter und weiter, nicht wahr. Hier sitzt er neben mir im Auto. Der Steinholt-Junge! Der Gletscherfluss hat das Leben seines Vaters gefordert, aber seine Saat gedeiht prächtig! Zu einem schönen, jungen Mann ist sie gewachsen. Das ist Poesie, Junge. Das müsste man aufschreiben. Sitzt er bei mir im Auto, ha! Die Welt ist klein, sag ich dir, und Island ist der kleinste Furz Land, den es sich zu bewohnen lohnt. Vielleicht ist der Herr deshalb so nachsichtig mit uns Sündern. Wer sonst, außer uns Heiden, wollte hier schon die Zelte aufschlagen. Sag mir, mein Langer. Wer sonst!«

14

Der alte Seebär ließ den Steinholt-Jungen in einer Staubwolke zurück. Es dauerte eine ganze Weile, bis das Auto am Horizont verschwunden war und sich die Staubwolke aufgelöst hatte.

Ein trockener, kalter Wind strich durch die braunen Gräser. In den schattigen Furchen der Hügel lag Schnee. Jón stand steif und senkrecht wie eine Schneestange am Wegrand, den Rucksack hatte er neben sich am Boden liegen. Als er das Dröhnen eines herannahenden Pickups hörte, zog er seine Hand aus der Tasche und reckte den Daumen in die Luft. Der Pickup verlangsamte und hielt neben ihm an. Tóti Tenór, wie er in der Gegend genannt wurde, ein Mückenseefischer, winkte Jón zu sich ins Auto, als wäre er gekommen, um ihn abzuholen. Jón kannte den Fischer, hatte indes noch nie ein Wort mit ihm gewechselt, da Tenór taub war. Tóti Tenór war ein sorgenloser Typ, der sich in seiner stillen Welt pudelwohl zu fühlen schien. Jón machte es sich auf dem Beifahrersitz gemütlich. Er war froh, eine Fahrgelegenheit gefunden zu haben, wo nicht gesprochen wurde. Er brauchte Tóti Tenór nichts zu erklären.

Nach ein paar Kilometern begann der aus voller Lunge zu singen. Jemínn! Das war zu befürchten gewesen. Es war am Mückensee allgemein bekannt, dass Tóti Tenor auf seinem Boot manchmal den Fischen vorsang, was je nach Windrichtung kilometerweit zu hören war. Ob dadurch die Fische eher anbissen oder nicht, konnte indes nie in Erfahrung gebracht werden.

Sein Gesang war die reinste Tortur. Dabei hatte es Jón mit dem tauben Fischer noch gut getroffen. Es gab in der Gegend einen fast blinden Schweinebauern, der oft mit seinem heiß geliebten Ferguson unterwegs war. Damit fuhr er selbst zur Sonntagsmesse. Nicht selten steuerte er den Traktor in den schlammigen Straßengraben. Manchmal musste er dann von den benachbarten Bauern zurück auf die Straße gezogen werden, die seine Schimpftiraden grinsend über sich ergehen ließen.

»Diese verfluchte Dreckstraße ist so schmal und uneben wie ein Kuharsch!«

Selten fährt jemand den holprigen Schotterweg nach Steinholt, denn von da führt kein Weg mehr weiter. Sackgasse. Der Hof befindet sich ungefähr sechs Kilometer südlich der Siedlung Skútustaðir, welche direkt am Seeufer des Mückensees liegt. Steinholt hockt in der Senke einer sanft geschwungenen Ebene mit kargem Weideland und stillen Rinnsalen. Der so liebliche Mückensee mit seinen Birkenbüschen und grasbewachsenen Pseudokratern bleibt verborgen. Weiter südlich sind der Sellandafjall und der Bláfjall auszumachen, dunkle, freistehende Berge, die wie abgesägt in der Steinwüste thronen. Dahinter lauert das Hochland.

Vielleicht gerade weil Steinholt so abgelegen und der Weg so beschwerlich war, hatte die Bezirksverwaltung darauf bestanden, die Telefonleitung bis nach Steinholt zu ziehen, auch wenn nicht darum gebeten worden war. Das war

1956 gewesen. Steinholt war einer der letzten Höfe, die ans Telefonnetz angeschlossen worden waren. *End of the line!*

Die letzten Kilometer musste Jón zu Fuß zurücklegen. Er hätte wohl aus Skútustaðir seine Tante anrufen können, doch er wollte es vermeiden, da jemandem zu begegnen. Also ließ er die Siedlung links liegen und kürzte querfeldein ab. Schließlich sollte er doch gar nicht hier sein, sollte in Hamburg Medizin studieren, den Doktortitel erlangen und – was sich im Curriculum Vitae gut machen würde – ein Jahr lang in Afrika Felderfahrungen sammeln. Auszeichnungen, Ansehen und ein Buch über exotische Kinderkrankheiten würden folgen. Erst dann, braungebrannt und mit Auszeichnungen und Diplomen unterm Arm, hätte er nach Hause kommen wollen, um gefeiert zu werden. Er hätte der Stolz des Mückensees sein sollen; ein stillschweigendes Übereinkommen zwischen ihm und den Bewohnern dieser an Ereignissen armen Gegend.

Es schien ihn selbst zu überraschen, dass er nach all den Jahren im Ausland und langer Reise so plötzlich wieder in der Mývatnsveit war, als wäre er nie weg gewesen. Als wachte er aus einem Tagtraum auf, mit der deprimierenden Erkenntnis, dass er sich noch immer im Hinterland des Mückensees befand.

Jón ächzte, schulterte den Rucksack und ging schweren Schrittes entlang der windschiefen Telefonmasten, die an die Überreste eines abgebrannten Waldes erinnerten. Er überquerte flache Hügel, wo sich nur vereinzelte Gräser zwischen den Steinen hervorkämpften: Engelwurz, Storchschnabel, Hahnenfuß, Kapuzenflechte, Isländisches Moos. Er durchquerte sumpfige Senken, wo im Spätsommer weißes Wollkraut im Wind zitterte und die Schnabel-Segge wogte. Schafland.

Jón schnallte seinen Rucksack enger, damit die Gurte straff auf den Schultern lagen. Über ihn zogen zerfetzte Wolken hinweg, prächtige Wolkenbilder, wie mit einem Flachpinsel dynamisch aufgetragen. Doch Jón kümmerte sich nicht um Kunstwerke. Er hielt den Kopf gesenkt, schaute vor sich auf den Boden, die Hände an den Gurten, die Haare im Wind, mit den Gedanken ganz woanders. Windböen schubsten ihn immer wieder ein wenig zur Seite, als wollten sie ihn vom Weg abbringen und in eine andere Richtung lenken. Doch Jón ließ sich nicht beirren.

Auf der letzten Anhöhe blieb er mit pochendem Herzen stehen. Er schaute hinunter auf den schäbigen Hof in der Senke. Sein Ururgroßvater hatte das Land gekauft und Steinholt getauft. Er und seine Familie hatten es fertiggebracht, eine kleine Landwirtschaft in dieser Steinwüste aufzubauen. Arbeitsreiche, frohe Jahre müssen das gewesen sein, voller Zuversicht und Hoffnung. Jetzt zerfiel das von Menschenhand hart Erarbeitete. Die Natur forderte ihr Land unermüdlich zurück. Die Grasdächer der niedrigen Stallungen drückten schwer auf die morschen Holzkonstruktionen. Es waren die ältesten Gebäude auf Steinholt, hatten einst Kühe und Schafe beherbergt. Jetzt standen sie bis auf einiges Gerümpel leer. Die einstigen Torfhäuser waren zu grasbewachsenen Erdhügeln zerfallen. Auch der Heuschober war arg zugerichtet. Der Wind hatte die Blechverkleidung wie Blumenblätter abgerissen und rund um das morsche Gerüst verteilt. Sie liebt mich, sie liebt mich nicht … Das zweistöckige Wohnhaus – ein roher, stellenweise moosbewachsener Betonbau – stand den Stallungen schräg gegenüber. Ein paar abschüssige Stufen führten hoch zur Haustür, ein rostiges Außenlicht war über dem Eingang angebracht, die Schlafzimmerfenster im oberen Stockwerk duckten sich unter dem Dachgiebel, die einst rote Farbe des Daches hatte abzublättern begonnen, der Rost fraß sich stetig durchs Wellblech. Vor dem Haus stand ein gelber Chevrolet mit hölzerner Ladefläche. Den hatten sie sich 1957, nachdem der Großvater gestorben war, zugelegt. Ein paar landwirtschaftliche Geräte standen scheinbar wahllos verstreut um die Gebäude herum, an Ort und Stelle stehengelassen, wo sie zuletzt gebraucht worden waren: ein Pflug, ein Heuwender und eine Walze – den John Deere hatte man verkauft, als Jón nach Hamburg gegangen und damit alle Hoffnungen auf ein Weiterführen der kleinen Landwirtschaft zunichte waren.

Auf den Feldern rund um den Hof hatten sich Grashöcker gebildet. Wenn man die Äcker und Wiesen nicht bewirtschaftet, verwildern sie. Wind und Regen tragen die dünne Humusschicht nach und nach ab, der Frost drückt Steine zwischen den Gräsern hoch, und nach zwei Jahrzehnten wird das Land zu derselben Tundra, das es war, bevor die Bauern kamen.

Jón hatte mit Landwirtschaft nichts mehr am Hut, doch die einst ergiebigen Wiesen brachliegen zu sehen bedrückte selbst ihn.

Dort, nur einen Steinwurf vom Wohnhaus entfernt, lag noch immer das Flugzeugwrack: eine Messerschmitt Bf 109, wie man damals der Morgenpost hatte entnehmen können. Natürlich hatten die Amerikaner das meiste abmontiert, hatten das Flugzeug geradezu ausgehöhlt und das Hakenkreuz mit gelber Farbe flüchtig übermalt. Doch die Farbe blätterte ab, und das Kreuz kam wieder zum Vorschein. Tja. Geschichte kann nicht einfach so übermalt werden.

Es hatte indes nie einen Grund gegeben, die Überreste verschrotten zu lassen; die Pferde und Schafe hatten sich gern in den Windschatten des Wracks gestellt, und die Kühe hatten sich genüsslich daran gekratzt. Manchmal, wenn der Wind aus einer bestimmten Richtung blies, begann das Wrack zu pfeifen, als bildete es sich ein, wieder hoch oben in der Luft zu gleiten, womöglich in ein aufregendes Gefecht verwickelt. Auch Jón hatte viele Stunden im ausgebrannten Cockpit verbracht, hatte als unerschrockener Pilot in diversen Kriegen gekämpft, den Globus und manchmal auch das Universum erforscht.

Nun war das Flugzeugwrack aus einiger Distanz gesehen fast nicht mehr als solches zu erkennen, der Rumpf vom Rost zerfressen, die Tragflächen von Gras überwuchert. Es hob selbst in seiner Fantasie nicht mehr ab, blieb auf der Erde und wurde zu Erde. Doch es gehörte zum Hof wie die rostigen Landmaschinen, die verstreut im Gras lagen.

Ein windschiefer Baum stand tief verwurzelt etwas abseits der Gebäude: Großvaters Götterbaum. Er war gut fünf Meter hoch und hatte einen unförmigen, gekrümmten Stamm, streckte seine blätterlosen Äste zum Horizont. Er stand in der Einöde wie die Silhouette eines ausgehungerten Riesen mit Rheumarücken, war der einzige Baum weit und breit, vielleicht sogar der einzige Götterbaum auf ganz Island. Niemand wusste, wo Großvater den Setzling hergehabt hatte. Indes wurde der Alte bis zu seinem letzten Lebtag nicht müde, bei jeder Gelegenheit seinen Baum zu erwähnen, *seinen* Götterbaum, den er vor zweihundert … wieso nicht gleich vor tausend Jahren gepflanzt hatte!

Es gab Leute in der Mývatnsveit, die überzeugt waren, dass es sich um eine ganz gewöhnliche Balsam-Pappel handle, welche durch die radioaktive Verschmutzung des Flugzeuges zu etwas anderem mutiert sei. Diese Hinterwäldler. Doch Großvater ließ sich nicht beirren. Manchmal, wenn er etwas zu viel getrunken hatte, was nicht selten der Fall war, predigte er, dass der Götterbaum der Beweis dafür sei, dass die nordischen Götter in Island noch immer das Sagen hatten, dass die Christen ihr Machtgebiet nur auf dem Papier haben ausweiten können. Sonst hätte *Er* da oben schon längst den Blitz in den Götterbaum schlagen lassen.

»Halleluja! Prost!«, polterte er und ließ den lateinischen Namen weltmännisch auf der Zunge zergehen, um mit einem Rülpser abzuschließen, dass die Fenster zitterten:

»Ailanthus altissima …«

Jóns Großvater war ein Säufer gewesen, und es war allen ein Rätsel, wie er nur so alt hatte werden können.

Beim Baum regte sich etwas. Jón bemerkte es aus dem Augenwinkel – und hielt die Luft an. Jemand stand nahe am Stamm, im Windschatten des Baumes, krumm wie der Baum selbst. Er löste sich langsam vom Stamm und schaute hoch zu Jón. Jón wusste genau, wer da unten stand und zu ihm hochschaute. Er atmete gepresst aus, doch er winkte, natürlich winkte er seinem Bruder zu, auch wenn er gewollt hätte, dass es ihn gar nicht gab.

Jón hatte ihn während den Jahren der Abwesenheit totgeschwiegen, hatte niemandem von ihm erzählt. Selbst Niki wusste nicht, dass er einen Bruder hatte. Er hatte immer angegeben, ein Einzelkind zu sein, und man hatte es ihm geglaubt und nie hinterfragt, schließlich war sein Vater gestorben, als er noch in die Windeln machte. Und beinahe hätte Jón selbst daran zu glauben begonnen. Doch jetzt hob er die Hand, um seinem Bruder zu verstehen zu geben, dass er ihn gesehen hatte. Doch sein Bruder schaute schnell weg, schaute neben sich zu Boden, knetete die Finger, schaute hoch in die Äste und trat wieder wie zufällig hinter den Baumstamm, sodass er fast nicht mehr zu sehen war.

Jón behielt den Götterbaum im Augenwinkel, als er langsam hinunter zu den Gebäuden ging. Er zuckte zusammen, als die Haustür plötzlich aufgestoßen wurde und Tante Rósa im späten Tageslicht auf die Stufen trat, einen Wäschekorb auf die Hüfte gestützt. Als sie ihren Neffen nur wenige Meter vor sich auf dem Hofplatz erblickte, blieb auch sie wie festgenagelt stehen, doch sie fasste sich schnell, schaute den Ankömmling vorwurfsvoll an, als käme er zu spät zum Abendessen.

»Palli! Dein Bruder ist hier!«, rief sie. »Komm her und begrüß ihn!«

Palli machte sich hinter dem Baum noch dünner, sodass man ihn nun wirklich nicht mehr sah.

»Er versteckt sich hinterm Baum«, sagte Jón mit heiserer Stimme und räusperte sich.

Seine Tante musterte ihn von oben herab wie einen unerwünschten Hausierer. Jón versuchte, ihrem Blick standzuhalten. Sie war ihrer Schwester überhaupt nicht ähnlich, hatte dichtes, schwarzes Haar, das sie zu zwei Zöpfen, robust wie Kuhschwänze, geflochten hatte. Sie hatte einen großen, schweren Kopf und kurze, kräftige Arme; eine Figur, wie sie diese russischen Babuschka-Puppen haben, eine harte Schale, darunter noch ein Schale, und noch eine.

»Er versteckt sich immer hinterm Baum, wenn Fremde kommen«, sagte sie kühl.

Sie sprach schnell und abgehackt, als hätte sie keine Zeit für solche Plaudereien.

Jón starrte sie an. Wenn seine Mutter starb, dann gab es nur noch ihn und sie. Und seinen Bruder. Teufel. Es war bestimmt kein weiser Schachzug gewesen, hierher zu kommen. Beinahe überkam Jón Atemnot. Er versuchte verzweifelt, sich vor Augen zu halten, weshalb er eigentlich nach Hause gekommen war.

»Wie geht es Mutter?«, fragte er.

»Sie schläft«, antwortete seine Tante. »Wir haben nicht zu hoffen gewagt, dass sie diese Woche noch erleben würde …«

Sie verstummte und schloss ihre Lippen zu einem dünnen, geraden Strich.

Jón atmete erleichtert auf. Er war nicht zu spät gekommen. Er wollte ins Haus gehen, stieg die Stufen hoch, doch seine Tante versperrte ihm den Weg, hielt ihm gar den Wäschekorb entgegen.

»Du kannst dich schon mal nützlich machen und die Wäsche aufhängen.«

Jón blieb zwei Stufen unter ihr stehen. Wenigstens waren sie nun auf Augenhöhe.

»Es sieht nach Regen aus«, sagte Jón.

»Es wird nicht regnen«, erwiderte Tante Rósa. »Palli

kann dir helfen, falls du vergessen hast, wie man Wäsche aufhängt.«

Jón rührte sich nicht.

»Lass mich rein«, sagte er. »Ich will zu meiner Mutter.«

»Sie schläft.«

»Ich werde sie nicht wecken.«

»Es geht ihr schlecht.« Rósa kniff die Augen zusammen. »Du hast lange auf dich warten lassen, Bub«, sagte sie. »Jetzt kommt es auf die paar Minuten auch nicht mehr an. Geh, häng die Wäsche auf, und nimm deinen Bruder mit rein, wenn du fertig bist!«

Sie standen sich reglos gegenüber.

Der Wind säuselte neugierig um die Hausecken. Entfernt krähte eine Krähe, sonst war absolut kein Laut zu hören.

Jón ließ den Rucksack von seiner Schulter rutschen und auf die Stufen fallen. Er fasste den Wäschekorb seiner Tante, riss ihn ihr aus den Händen und drehte sich um.

»Komm her, Palli! Hilf deinem Bruder!«, rief er zum Baum hinüber.

Tante Rósa warf die Tür hinter sich ins Schloss, dass es krachte. Jón seufzte traurig und schlurfte hinters Haus, wo zwischen zwei schiefen Metallpfosten die Wäscheleinen gespannt waren. Seine Beine waren schwer geworden, gehorchten nur widerwillig, das Hemd klebte ihm am verschwitzten Rücken und wurde im Wind eisig kalt. Er bemerkte, wie sein Bruder angerannt kam. Zeitgleich erreichten sie die Wäscheleinen.

»Da bist du ja«, sagte Jón müde.

Sein Bruder begann heftig an den Metallpfosten zu zerren, als versuchte er, sie aus dem Boden zu reißen – was ihm bestimmt auch gelungen wäre, wenn ihn Jón nicht davon abgehalten und ihm ein feuchtes Bettlaken in die Hände gedrückt hätte.

»Aufhängen!«

Palli tat sich ziemlich schwer, das frisch gewaschene Tuch aufzuhängen. Bis auf den struppigen Bart, der ihm bis zum Hals hinunter wucherte, hatte er sich kaum verändert. Palli war drei Jahre älter als Jón, aber manchmal sah er aus wie vierzig, erwachsen, und dann doch wieder, als wäre er knapp zwanzig, ganz abhängig davon, ob er Grimassen zog oder in Gedanken versunken war, ob ihm Rotz aus der Nase lief oder ob er frisch gebadet und gekämmt worden war. Auf seiner linken Wange prangte eine Narbe, ein kleines Geschwulst, das die ganze Gesichtshälfte nach unten zog. Jón schaute schnell weg. Palli plapperte in seiner unverständlichen Fantasiesprache, die niemand sonst auf dieser Erde sprach. Man hatte es schon lange aufgegeben, ihn zu verstehen. Teufel, man hatte sich nie die Mühe gemacht, seinen Worten einen Sinn zu geben. Bestimmt hatte Palli viel zu erzählen, schließlich war Jón lange fortgewesen, doch nur ein Wort war zu verstehen, ein Wort, das Palli immer und immer wieder sagte:

»Joh, joh!«, und zuletzt wiederholte er nur dieses eine Wort, und dazu jauchzte er und ließ das Bettlaken, das Jón ihm gegeben hatte, in eine Pfütze fallen. »Joooh!«

Und wieder riss er am Pfosten, doch Jón ließ ihn toben, denn es wärmte ihn irgendwie, seinen Namen so voller Enthusiasmus zu hören.

15

Seine Mutter lag im kleinen Zimmer, das sich direkt hinter der Stube befand. Früher beherbergte es Großvater, bis er darin urplötzlich verstorben war. Ein überraschend lautloser Abgang. Seine Pumpe habe versagt, diagnostizierte der Landarzt – was niemanden überraschte. Unterm Bett fanden sie eine halbleere Flasche Landi, die sie spontan mit ihm vergruben. Nach seinem Tod stand das Zimmer, bis auf den Plunder, der sich darin ansammelte, leer. Doch es blieb immer »Großvaters Zimmer«. Es hieß einfach so.

Jetzt lag Jóns Mutter darin, denn es sollte auch für sie die letzte Herberge sein. Tante Rósa hatte es so gewollt. Ihre sterbende Schwester sollte auf Küchen- und Stubenhöhe sein, damit es einfacher für sie war, sie zu pflegen, damit sie ihre Schwester hören konnte, wenn sie mit schwacher Stimme um Wasser bat oder in einem Anfall geistiger Verwirrung wichtige Mitteilungen zu machen hatte. Auch Tante Rósas Zimmer befand sich auf diesem Geschoss. Es lag direkt neben der Küche und hätte einst als Nahrungsmittelkammer dienen sollen. Eine kleine Kammer mit einem winzigen Fenster, groß genug für Tante Rósa, die die Kammer sowieso nur zum Schlafen benutzte. Sie war schon immer diejenige gewesen, die als Erste frühmorgens aus den Federn kam und sich sogleich in der Küche zu schaffen machte. Es war also nur sinnvoll, dass ihr Zimmer neben der Küche lag.

Die Lebensmittel – Dosennahrung, Kartoffeln, Salzfisch, Joghurt und Blaubeermarmelade – wurden im Kellerraum unter der Küche aufbewahrt.

Tante Rósa erklärte Jón die Zimmerverteilung in wenigen Worten, als er, den Rucksack lose an seiner Schulter hängend, zur Haustür hereingekommen war. Sie sagte, dass seine Mutter in Großvaters Zimmer hinter verschlossener Tür ruhte, dass er ihr die Ruhe gönnen und das Zimmer im oberen Stockwerk mit Palli teilen solle.

Es war das eigentliche Elternzimmer. Einst standen hier zwei Betten aneinander, worin zwei Kinder gezeugt und geboren worden waren. Nachdem der Ehemann in den Gletscherfluss gefallen war, wurden die zwei Betten auseinandergeschoben. In einem Bett schlief fortan die Mutter, im anderen die zwei vaterlosen Buben. Als die zwei Brüder nicht mehr in ein Bett passten, bezog Jón das eigentliche Kinderzimmer, das unter der Dachschräge lag und jetzt als Estrich diente. Palli blieb.

»Nachts schließe ich Großvaters Zimmer ab, damit Palli sich nicht zu seiner Mutter schleichen kann«, sagte Tante Rósa. »Er kann das nicht begreifen, dass sie –«

Sie brach ab. Jón schüttelte unmerklich den Kopf, erwiderte jedoch nichts. Er schleppte seinen Rucksack ins Elternzimmer hoch und ließ ihn achtlos fallen. Blieb stehen. Schaute zum Fenster hinaus. Sein Blick fiel auf den Götterbaum. Sein Bruder streunte noch immer draußen herum und klaubte gelangweilt an der Rinde des Baumstammes.

Seltsam, wie ihm der Geruch des Zimmers noch immer

vertraut war. Nahezu überwältigend, wie er ihn augenblicklich an seine Kindheit erinnerte. An seine Mutter.

Die Lieder, die sie vor dem Zubettgehen sang. Ihr Seufzen im Schlaf. Nun war sie im Zimmer unter ihm und würde vielleicht nie wieder aufwachen.

Angst machte sich in Jón breit, lähmte ihn und verteilte sich in seinen Gliedern wie Gift. Er fürchtete sich davor, seine Mutter sterbenskrank zu sehen, sterben zu sehen, allein zurückgelassen zu werden. Zugegeben, er war beinahe erleichtert gewesen, als ihn seine Tante zum Wäscheaufhängen verdonnert hatte, und fast wünschte er sich, dass sie ihm eine weitere Arbeit aufbrummen würde.

Plötzlich war sein Bruder weg. Jón hatte gar nicht bemerkt, wie Palli davongeschlichen war. Er gab sich einen Ruck, streifte die Jacke ab und ließ sie aufs Bett fallen, ging aus dem Zimmer und wollte die Treppe hinunter, doch unten stand seine Tante und schaute zu ihm hoch. Sie sagte nichts, starrte ihn nur vorwurfsvoll an. Jón starrte zurück.

»Ist was?«, fragte er.

Tante Rósa wandte sich ab und ging in die Küche. Dabei brummte sie, dass er sich mit solch langen Haaren bloß nicht im Dorf blicken lassen solle. Jón strich sich eine Haarsträhne hinters Ohr, seufzte genervt und wartete, bis seine Tante nicht mehr zu sehen war.

Die Tür zu Großvaters Zimmer war schmal – und zu. Früher hatte sie bei der kleinsten Bewegung gequietscht, fast wie ein sterbendes Schwein. Nun fürchtete Jón, dass er seine Mutter wecken oder gar erschrecken würde, wenn er die Tür öffnete.

Deshalb zögerte er. Er ließ seine Hand auf der Türklinke

ruhen. Tante Rósa schepperte in der Küche mit Töpfen. Er drückte die Klinke nach unten und stieß die Tür vorsichtig auf; sie quietschte, nicht schlimm, aber sie quietschte. Seine Mutter lag unmittelbar vor ihm zusammengekrümmt auf dem Bett im schmalen Zimmer. Jón erkannte sie erst gar nicht. Sie hatte alle Farbe verloren, ihr Gesicht war schmerzverzerrt und ihr Mund leicht geöffnet, den Kopf nach hinten gedrückt. Ihre Lippen waren trocken und rissig und um ihre Augen zeichnete sich ein Ausdruck von Erschöpfung und Leid. Sie atmete in kurzen Abständen, ihre Augen waren geschlossen, sie schien zu schlafen. Die Luft im Zimmer war fremd und faulig.

Jón blieb starr vor Schreck im Türrahmen stehen. Zwar hatte er während seines Praktikums ein paar todkranke Patienten gesehen, doch keiner war in solch erbärmlichem Zustand gewesen wie jetzt seine Mutter. Hier wurde gelitten. Jóns Hände schlossen sich zu Fäusten. Am liebsten wäre er aus dem Zimmer gelaufen, hätte die Tür hinter sich zugeschlagen und seiner Tante ins Gesicht sagen wollen:

»Die da drinnen ist nicht meine Mutter!«

Doch dazu kam er nicht, denn die ihm fremde Frau öffnete die Augen, schloss den Mund, drehte ihren Kopf zu ihm und schaute ihn schläfrig an. Nach einigen Sekunden, die zitternd verstrichen waren, deutete sie ein Lächeln an. Eine kraftlose Hand kam unter der Bettdecke hervor und streckte sich nach Jón, der noch immer wie versteinert in der Tür stand.

»Jón«, flüsterte seine Mutter. »Jón, mein Kind. Da bist du ja endlich.«

Jetzt erst trat Jón ans Bett, ergriff die Hand seiner Mutter und hielt sie fest, ohne etwas zu erwidern, blieb einfach nur gebückt am Bett stehen, sein Atem ging schnell, sein Hals schnürte sich immer mehr zu. Er schaute seine Mutter entsetzt an, sie schloss die Augen wieder und schlief erschöpft, aber anscheinend zufrieden ein. Ihr Händedruck lockerte sich bald, doch Jón ließ ihre Hand nicht los, er hielt sie fest, als würde er sie nie wieder loslassen wollen.

Plötzlich stand Tante Rósa neben ihm.

»Hat sie etwas gesagt?«, fragte sie.

»Wie konnte das passieren?«, entgegnete Jón mit zitternder Stimme.

»Das weiß nur der Schöpfer«, sagte Tante Rósa. »Baltasar sagt, sie hat eine tuberkulöse –«

»Hirnhautentzündung«, ergänzte Jón.

Seine Tante nickte und trocknete sich die Hände an der Schürze.

»Wie schon deine Großmutter«, sagte sie.

Jón schluckte leer. Meningitis. Ein Todesurteil. Es dauerte einen Moment, bis Jón den Schock dieser Diagnose überwunden hatte.

»Wieso ist sie denn nicht im Spital?«

Es gelang ihm nur knapp, die in ihm aufsteigende Wut zu unterdrücken.

»Das würde jetzt auch nicht mehr helfen.«

»Sollte das nicht ein Arzt entscheiden?«

Tante Rósa musterte ihre todkranke Schwester im Bett. Eine Antwort blieb sie Jón schuldig.

»Kümmert sich denn überhaupt jemand um sie?«

»Natürlich«, sagte Tante Rósa. »Baltasar Gunnarsson kommt täglich, aber er hat gesagt, es sei zu spät.«

»Zu spät? Wieso hat er denn nicht sofort reagiert?«

»Deine Mutter hat es abgelehnt, Baltasar zu rufen. Ich konnte doch nicht wissen, was sie hat! Zuerst war sie appetitlos, hatte fürchterliche Kopfschmerzen. War kraftlos und müde. Wir dachten, da mache sich eine Grippe bemerkbar.«

»Eine Grippe?«

»Sie bekam hohes Fieber, aber sie hat immer gesagt, es sei bestimmt nur eine schwere Grippe. Sie hat darauf bestanden –«

»Du hättest sie umgehend nach Akureyri bringen müssen!«, fiel ihr Jón ins Wort.

»Und wer hätte auf Palli aufgepasst?«

»Es geht doch hier nicht um Palli. Es geht um das Leben deiner Schwester, verstehst du das denn nicht! Du hättest etwas tun sollen!«

»Was kann ich denn tun, außer Baltasar zu rufen!«, verteidigte sich Rósa.

Jón massierte sich mit der freien Hand die Schläfen.

»Hat er ihr Penizillin verabreicht?«

»Ich denke schon ...«

»Morphium, wenigstens?«

»So genau weiß ich das natürlich nicht ...«

Tante Rósa wackelte mit dem Kopf, als wöge sie die Möglichkeiten ab. Dann drehte sie sich abrupt um und verließ das Zimmer, doch als sie unterm Türrahmen stand, hielt sie noch einmal inne und sagte:

»Du warst ja auch nicht da, um auf deinen Bruder aufzupassen.«

Dann ging sie, und Jón flüsterte verzweifelt hinter ihr her: »Du hättest sie ins Spital bringen müssen!«

Tante Rósa murmelte etwas beim Weggehen, doch Jón konnte sie nicht mehr verstehen. Er wischte sich mit dem Hemdsärmel die Tränen aus den Augen. Es dauerte eine Weile, bis er nicht mehr zitterte.

Später kam Rósa erneut ins Zimmer, um ihn zu beauftragen, Palli, der sich wahrscheinlich beim Flugzeugwrack herumtreibe, ins Haus zu holen, es sei längst dunkel geworden, doch Jón tat, als hörte er sie nicht. Er hatte einen Stuhl ans Sterbebett seiner Mutter gezogen, saß einfach nur da, hielt ihre Hand und befeuchtete ihre Lippen von Zeit zu Zeit.

Später kam seine Tante noch einmal, um Jón eine Schale Fleischsuppe zu bringen. Erst jetzt ließ er die Hand seiner Mutter los. Er war hungrig wie ein Wolf, setzte sich auf den Boden und aß mit dem Rücken ans Bett gelehnt. Rósa hatte es offenbar allein fertiggebracht, Palli ins Haus zu holen, denn man hörte, wie er in der Küche Lärm machte, wie er von seiner Tante Schelte kassierte, und wie er später hoch in sein Schlafzimmer polterte, das er nun nicht mehr mit seiner Mutter, sondern mit seinem Bruder teilte. Doch so gern Palli seinen bitter vermissten Bruder dort vorgefunden hätte, der hatte sich in Großvaters Zimmer mit seiner Mutter verbarrikadiert. Sperrzone für Palli.

Jón stellte den leeren Teller neben sich auf den Stuhl, bettete den Kopf auf den Matratzenrand und schloss die Augen. Und der Boden unter ihm tat sich auf.

16

Mitten in der Nacht versuchte ihn seine Mutter zu wecken, strich ihm mit schwacher Hand über die Haare, flüsterte seinen Namen. Jón öffnete kurz die Augen. Dunkelheit umgab ihn.

Er lag zusammengekrümmt auf dem Boden neben dem Bett. Die Glieder taten ihm weh, er fror und zog die Beine an, drehte sich im Halbschlaf zur Seite, weg von der Hand seiner sterbenden Mutter, weg vom Bett, denn er realisierte nicht, wo er sich befand. Er war hundemüde, wollte schlafen, auch wenn ihm kalt war. Zu tief hatte er sich in den Träumen verfangen, als dass er Wirklichkeit und Traum hätte voneinander unterscheiden können.

Er träumte von seiner Kindheit, von der Schule und dem kilometerlangen Weg dahin. Er musste sich durch peitschenden Regen kämpfen. Immerfort lief er über denselben Hügel, vorbei an denselben Steinen mit denselben Fratzen. Zum Donnerwetter! Die Steine im Hinterland der Mývatnsveit haben Gesichter. Und sie grinsten ihn hämisch an. Jón würde nie zur rechten Zeit in der Schule ankommen. Seine Mutter strich ihm mit der Hand übers Haar, und Jón glaubte irrtümlicherweise, dass sie ihn wecken wollte, damit er nicht zu spät zur Schule käme. Doch heute wollte er nicht in die Schule, er wollte zu Hause bleiben, bei seiner

Mutter, deshalb drehte er sich nur zur Seite, und sie flüsterte:

»Jón, mein Kind. Wach auf!«

Doch Jón grunzte nur, denn er steckte im Traum fest.

Derselbe verdammte Hügel, wieder und wieder, und der Regen lief ihm den Nacken hinunter. Er kauerte sich noch mehr zusammen, als müsste er sich im Mutterleib klein machen, und vielleicht träumte er auch von der Zeit im Mutterleib, wer weiß schon, ob wir uns nicht doch daran erinnern können, in Träumen, die so tief reichen wie die Ozeane, über die wir so wenig wissen. Er konnte seinen Vater reden hören, dumpf nur, und dann hörte er wieder seine Mutter, und sie sagte mit klarer, gesunder Stimme:

»Draußen, der Baum. Jón. Der Baum!«

Jón erreichte die Anhöhe auf dem Hügel, ganz dieselbe wie zuvor, die versteinerten Gesichter glotzten ihn hämisch an. Er zog den Kopf ein, um sich der kalten Tropfen im Nacken zu erwehren. Er ging verzweifelt weiter, obwohl er genau wusste, dass er nur wieder auf demselben Hügel ankommen würde, irgendwo zwischen dem Hof und der Schule. Er würde zu spät sein, und der Lehrer würde ihn zur Strafe eine Minute auf einem Holzscheit knien lassen. Warum nur wollte ihn seine Mutter nach draußen schicken? Bei diesem Sauwetter! Wieso gönnte sie ihm keine Ruhe?

Bald fiel Jón in einen Tiefschlaf, denn seine Mutter ließ ihn endlich in Ruhe. Ihre Hand strich ihm nun nicht mehr über den Kopf. Sie hing schlaff vom Bett.

17

Jón wurde der Stille gewahr, als er, gestört vom ersten Tageslicht, aufwachte. Ächzend setzte er sich auf und reckte den steifen Hals, um seine Mutter auf dem Bett liegen zu sehen. Sie hatte die Decke halb von sich gestoßen, unter ihrem Nachthemd zeichneten sich die Rippen ab, ihr Mund war leicht geöffnet. Sie hatte die Augen starr an die Decke gerichtet, starrte durch die Decke hindurch, als wäre da nur Himmel.

Jón richtete sich zitternd auf. Sämtliche Knochen taten ihm weh, als hätte jemand die ganze Nacht auf ihn eingeprügelt. Er beugte sich über seine Mutter, berührte sie sanft am Hals, tastete nach dem Puls und spürte nichts als Kälte. Er tastete nochmals, drückte kräftiger, doch da war kein Puls. Als er die Hand zurücknahm blieb ein Abdruck. Er schloss ihr mit zittrigen Fingern die Augenlider und den Mund, bettete ihren Arm auf die Matratze und deckte sie zärtlich zu. Dabei war ihm, als stünde er daneben und beobachtete sich selbst. Mehr noch: als wäre der Bursche, der seine Mutter so behutsam zudeckte, gar nicht er.

Jón schaute den beiden zu, Mutter und Sohn, bis er genug gesehen hatte. Er drehte sich um und ging, ließ sie im Zimmer zurück.

Tante Rósa kam ihm entgegen, ihr Haar zerzaust, den

Körper in einen Morgenrock gehüllt. Sie starrte ihn fragend an und wand ihren Rock noch enger um ihren Körper. Fast hätte er sie nicht bemerkt.

»Wie spät ist es?«, fragte Jón.

»Fünf Uhr«, antwortete sie.

»Die Behörden müssen informiert werden«, sagte er und wankte mit verwirrtem Gesichtsausdruck zur Haustür.

Rósa schaute ihm stirnrunzelnd hinterher, dann eilte sie in Großvaters Zimmer. Ein kurzer, erstickter Schrei erfüllte das Haus.

Nun kam Palli die Treppe hinuntergepoltert. Er knöpfte sich umständlich die Hose zu und fiel dabei fast der Länge nach hin. Jón fiel auf, dass sein Bruder den Wollpullover verkehrt herum anhatte, doch er kümmerte sich nicht darum. Er stieß die Haustür auf und trat ins Freie, die Stufen hinunter auf den Hofplatz, trat in Socken aufs taufeuchte Gras und lief an den leeren Stallungen vorbei, als müsste er wohin.

Die Haustür wurde zugeschlagen. Palli stolperte Jón in einigem Abstand hinterher, als befürchtete er, dass ihn sein Bruder zurück ins Haus schicken würde. Doch der bemerkte nicht einmal, dass er verfolgt wurde.

Er marschierte nun mit der Entschlossenheit eines Postboten die Straße entlang Richtung Skútustaðir. Er lief über die moosigen Anhöhen und sumpfigen Senken. Lief und lief und lief. Sein Bruder folgte ihm durchwegs frohmutig, obwohl auch er keine Schuhe trug. Endlich passierte etwas. Endlich war er nicht mehr allein, sein Bruder war wieder da! Hurra! Palli hüpfte und brummte eine Melodie.

Nach einer knappen Stunde zügigen Marschierens kamen der dampfende See und die Häuser am Ufer in Sicht. Über den Dächern lag Schwere und Stille. Obschon das erste Tageslicht die dunstigen Ebenen aufleuchten ließ, war das Leben in Skútustaðir noch nicht erwacht. Jón blieb stehen, als wäre er sich jäh bewusst geworden, dass er zu Hause etwas vergessen hatte. Nun kroch ihm die Kälte unter die Kleider. Er zog den Kopf ein und begann zu schlottern. Wäre er doch nur in Hamburg geblieben oder in egal welcher Großstadt. Da, wo der Verkehrslärm die eigenen Gedanken übertönt und man selbst ohne Schuhwerk nicht auffällt. Doch hier draußen, wo der Wind so neugierig zwischen den wenigen Häusern hindurchstreicht, als hätte er sich noch immer nicht an die Gebäude gewöhnt, holten Jón die Bilder seiner toten Mutter ein. Der Arm, der schlaff vom Bett hing, kein Atem, kein Puls, kein Leben. In ihren Augen war das letzte Glitzern erloschen.

Keine Mutter.

Das Dorf lag vor ihm, der stille See, die ruhenden Berge am Horizont. Vielleicht würde sich der See seiner erbarmen und ihn aufnehmen, und das Glitzern würde auch in ihm erlöschen. Vielleicht war er nur nach Hause gekommen, um Schluss zu machen. Ein missratener Medizinstudent weniger. Jämmerlich. Niemand würde ihn vermissen.

Plötzlich wurde unweit von ihm die Tür eines Schuppens aufgerissen, und eine Frau stürzte ins Freie. Sie war leicht bekleidet, trug einen bleichen, knitterigen Rock und eine lose, weiße Bluse, die ihre Schulter freigab. Weiß schimmerte ihre Haut, rot flammte ihr zerzaustes Haar. Ihre Füße waren bar. An diesem Morgen schien niemand Schuhe tragen zu wollen. Er kannte die Frau nicht, sie war bestimmt zehn Jahre älter als er, wohl eine Zugezogene, eine, die einen Bauernlümmel aus der Gegend geheiratet hatte und es wahrscheinlich bereute. Sie kam ziemlich hastig aus diesem Bretterverschlag gestürzt, nur einen Steinwurf von Jón entfernt, trat fehl, stolperte, fiel zu Boden und fing sich mit den Händen auf. Als sie sich schnell wieder aufrichtete, bemerkte sie Jón, blieb stehen und starrte zu ihm hinüber. Er stand stramm; bisher hatte er geglaubt, er wäre unsichtbar.

Die Bluse der Frau war während des Stolperns weiter verrutscht und gab nun eine ihrer Brüste frei. Sie schien es trotz des kalten Morgendunstes nicht zu bemerken. Ihr Gesicht war gerötet, sie bebte, ihr ganzer Körper schien Feuer gefangen zu haben, und sie realisierte nicht, dass sie Jón ihren Busen zur Schau stellte. Bestimmt glaubte sie, ein Gespenst zu sehen, schließlich war Jón eine hagere, gekrümmte Erscheinung. Ein abgemagerter Riese, der direkt aus dem Hochland kam, ohne Schuhwerk und verschwitzt wie er war.

Er hielt den Atem an und spürte Hitze in sich aufsteigen. Das Feuer der Frau erfasste auch ihn. Er fühlte sich ertappt, doch er konnte sich nicht regen, konnte seinen Blick nicht von ihr abwenden.

Völlig unverhofft fauchte die Frau ihn an:

»Du geiler Saustrolch!«

Jón zuckte zusammen, als hätte jemand einen Kübel kaltes Wasser über ihm ausgeschüttet. Die Frau wandte sich ab, und ihr langes, rotes Haar verfing sich in der feuchten Morgenluft. Sie lief mit hastigen Schritten und erhobenen Hauptes davon. So eine stolze Erscheinung! Noch einmal warf sie ihm einen empörten Blick über die Schulter zu, Jón erhaschte ein letztes Wippen ihres Busens, dann verschwand sie in einem der Wohnhäuser weiter unten an der Straße zum See. Die Tür fiel krachend hinter ihr ins Schloss.

Dann war es wieder still.

Jón war ganz benommen vor Scham und Erregung. Er drehte sich schnell um, wollte über die Hügel und durch die Senken zurück nach Steinholt laufen, doch erst jetzt nahm er seinen Bruder wahr, der nur wenige Meter hinter ihm auf der Straße saß und onanierte.

18

Die zwei Brüder machten sich auf den Weg zurück nach Steinholt; Jón im Stechschritt voraus, Palli stolpernd hinterher, die Socken nass und löcherig, die Füße wund. Besorgt stellte Jón fest, dass sein Bruder mit schmerzverzerrtem Gesicht immer langsamer wurde und zurückfiel. Sie würden es nie den ganzen Weg zum Hof schaffen – nicht ohne Schuhe.

Nebelschwaden krochen übers Hinterland, und ein leichter Nieselregen setzte ein. Jón fluchte. Wie sehr er es bereute, überhaupt nach Island gekommen zu sein. Was für ein gigantischer Fehler! Er blieb stehen, schüttelte wütend den Kopf und stemmte die Fäuste in die Seiten, mahlte mit den Zähnen, als kaute er ein Stück Dörrfisch.

»Scheiße!«, brüllte er auf Deutsch.

Sofort echote es hinter ihm:

»Scheiß-scheiß!«

Jón fuhr herum und sah, wie ihn sein Bruder angrinste, als erwartete er Lob für seine verbale Unterstützung, wen oder was auch immer verflucht zu haben, das Wetter, die Mückenseegegend, die Tante vielleicht, die die Mutter kampflos hatte sterben lassen, oder die Mutter selbst und ihre Unverschämtheit, ihre zwei Kinder ganz allein in der Steinwüste zurückzulassen.

Die zwei Brüder schauten sich an, und Jón wusste nicht, ob er Palli umarmen oder verprügeln sollte. Von beidem war dringend abzuraten, denn Palli bekam Panikattacken, wenn man ihn in die Arme schloss. Und wenn man mit Steinen nach ihm warf, so hob er sie lachend wieder auf und warf sie noch kraftvoller zurück. Beides wusste Jón aus schmerzhafter Erfahrung.

Hinkend gingen sie weiter, schlotterten, waren bis auf die Haut durchnässt. Palli begann bald zu jammern, Jón kaute weiter seinen imaginären Dörrfisch.

Sie hatten lediglich einen Kilometer zurückgelegt, als sich Palli weinend ins nasse Moos fallen ließ. Jón humpelte zu ihm zurück, setzte sich neben ihn auf den Boden und untersuchte seine blutenden Füße. So viel stand fest: Ohne Schuhe würden sie keinen Meter weitergehen können. Er rutschte dicht an seinen Bruder heran, damit sie sich wenigstens gegenseitig ein wenig Wärme spenden konnten. Palli ließ es zu. Ihnen würde nichts anderes übrigbleiben, als erneut umzukehren, um sich zurück nach Skútustaðir zu schleppen, von wo sie um eine Fahrgelegenheit nach Steinholt würden bitten können – sich aber erklären müssten.

Jón verwarf den Gedanken augenblicklich. Vielleicht würde es ihm gelingen, aus ihren Kleidern eine Art Mokassins zu schustern, damit sie es ohne fremde Hilfe bis nach Steinholt schaffen würden.

Seine Gedanken wurden vom Brummen eines herannahenden Autos unterbrochen.

Tante Rósa!, schoss es ihm erleichtert durch den Kopf.

Die Brüder halfen sich gegenseitig auf die Beine und schauten ihrer Tante entgegen, wie sie im gelben Chevrolet über den von Schlaglöchern übersäten Weg auf sie zu geschaukelt kam. Neben ihnen brachte sie den Wagen ruckartig zum Stillstand, ließ den Motor rattern, stieg aus und kam mit zwei Wolldecken auf dem Arm ums Auto gelaufen. Sie ging direkt auf Jón zu, ließ ihre flache Hand durch die Luft sausen und verpasste ihm eine solch wuchtige Ohrfeige, dass er fast zu Boden ging.

Im ersten Moment fühlte sich sein Gesicht wie taub an, als wäre sein Kopf eine Lampe, die man ausgeknipst hatte, und während einer Atemzuglänge wurde es dunkel. Er begriff erst gar nicht, was geschehen war – dann flammte sein Gesicht auf, als hätte er ein Stück Lava im Mund. Mit dem Schmerz fuhr die Wut in ihn. Er wollte zurückschlagen, holte aus, doch seine Tante war noch wütender als er. Sie starrte ihn mit irr gewordenen Augen an, als warte sie nur darauf, dass er den Fehler machen und zurückschlagen würde. Sie hätte ihn glatt verprügelt, wenn er ihr auch nur nähergekommen wäre. Jón wich zurück, hielt sich die Wange und versuchte, die Flammen mit seinen nassen Händen zum Erlöschen zu bringen.

Tante Rósa legte Palli eine Decke über die Schultern und half ihm auf der Beifahrerseite ins Auto. Sie drehte sich noch einmal um und warf Jón die zweite Wolldecke zu.

»Du kannst auf der Ladefläche sitzen!«

Er zögerte, doch bevor Tante Rósa aufs Gaspedal treten konnte, um den Wagen zu wenden und ungestüm zurück auf den Hof zu fahren, kletterte er eilig auf die Ladefläche und landete durch das abrupte Wendemanöver hart auf den Brettern, wie ein Boxer im Ring.

Auf Steinholt angekommen, kletterte Jón steif vor Kälte

von der Ladefläche, während Rósa seinen Bruder ins Haus führte.

»Er darf nichts davon erfahren!«, zischte sie ihm zu.

Jón wollte sich ihr widersetzen, doch ihm war so kalt, dass er den Mund kaum aufbrachte. Er hätte wie sein Bruder geklungen. Also sagte er nichts. Er ging ins Haus, und als er endlich nass und zähneklappernd vor der verschlossenen Zimmertür stand, hinter der seine Mutter lag und tot war, da überkam ihn wieder diese Leere, und beinahe hätte er sich gewünscht, seine Tante würde ihn noch einmal ohrfeigen und noch einmal und noch einmal.

Rósa schob Palli die Treppe hoch. Der wehrte sich nicht, war ganz bleich und lallte Unverständliches. Bestimmt erzählte er ihr von der halbnackten Frau mit den rot lodernden Haaren und dass Jón so freundlich gewesen war, ihn zu ihr geführt zu haben.

Jón hätte sich bei seiner Mutter in Großvaters Zimmer einschließen wollen, doch er musste erst seine nassen Kleider ablegen und etwas Trockenes anziehen. Sein Rucksack und seine Kleider waren oben im Zimmer, also wartete er, bis Tante Rósa wieder die Treppe hinuntergekommen war.

»Ich hoffe, du hast mich verstanden«, sagte sie. »Palli darf nicht erfahren, dass seine Mutter gestorben ist.«

Sie warf einen Blick auf die verschlossene Tür, als machte sie ihrer Schwester den Vorwurf, gestorben zu sein.

»Und wie bitte soll das gehen?«, fragte Jón. »Er wird doch mitbekommen, dass sie tot auf dem Bett liegt! Oder willst du sie rausschaffen, bevor er wieder runterkommt? Sie hinter dem Haus verscharren? Er wird bestimmt merken, dass sie plötzlich nicht mehr da ist …«

»Er kann das nicht verarbeiten«, fiel ihm Rósa ins Wort. »Wer weiß, wie er darauf reagieren wird. Vielleicht würde er sich oder jemand anderem etwas antun.«

Jón hätte sich gern für seinen Bruder und dessen Recht, sich von seiner verstorbenen Mutter zu verabschieden, eingesetzt, doch er wusste, dass mit Tante Rósa nicht zu verhandeln war, und ließ von ihr ab. Er schüttelte nur missbilligend den Kopf und ging hoch ins Elternzimmer, wo Palli schon bis zur Nasenspitze zugedeckt im Bett lag. Auch Jón zog sich schnell aus und kroch unter die Decke. Bald wurde er vom Schlaf übermannt, ob er nun wollte oder nicht.

Er wachte gegen Mittag auf, als ein Troll versuchte, das Haus mitsamt den Fundamenten aus dem Boden zu reißen. Es dauerte einen Moment, bis ihm bewusst wurde, wo er sich befand.

Der Lärm kam von unten. Immer wieder zitterten die Wände, und dann hörte man Tante Rósa verzweifelt rufen, sodass sich ihre Stimme überschlug:

»Hör auf damit! Du darfst da nicht rein! Lass deine Mutter schlafen!«

Nun sprang Jón aus dem Bett und kramte hastig trockene Kleider aus seinem Rucksack. Tante Rósa und Palli schauten ihm entgegen, als er die steile Treppe hinuntergestürzt kam. Palli hatte sich an der Türklinke zu Großvaters Zimmer festgeklammert, Tante Rósa versuchte, ihn von der Tür wegzuziehen.

»Hilf mir!«, bat sie Jón verzweifelt, doch der blieb auf der Treppe stehen und sagte:

»Wo ist der Schlüssel?«

Tante Rósa gab keine Antwort. Wieder begann Palli an

der Tür zu zerren, sodass man befürchten musste, er würde sie mitsamt dem Rahmen aus der Wand reißen.

»Palli, nein! Stopp!«, schrie Tante Rósa.

»Gib mir den verdammten Schlüssel!«, brüllte Jón.

Palli hielt inne, ließ die Türklinke jedoch nicht los.

»Rósa«, sagte Jón erneut und trat auf sie zu. »Gib. Mir. Den. Schlüssel! Til helvítis!«

Palli riss wie irre geworden an der Tür, Tante Rósa fiel dabei fast zu Boden. Es war ihr anzusehen, wie erschöpft sie war. Sie würde Palli nicht davon abbringen können, die Tür aufzubrechen, wenn ihr nicht augenblicklich geholfen wurde.

Jón ging in die Küche, öffnete ein paar Schubladen, bis er einen Schlüssel gefunden hatte, der aussah, als könnte er passen. Er ging zurück zur Tür, schob seinen Bruder und seine Tante zur Seite und steckte den Schlüssel ins Loch.

»Bitte tu das nicht«, flehte ihn Tante Rósa an.

Jón hatte sie noch nie in diesem Tonfall sprechen hören, doch er ließ sich nicht beirren, zögerte keinen Moment. Er drehte den Schüssel im Schloss und stieß die Tür auf.

Seine Mutter lag noch immer farblos und starr im Bett, ganz so, wie er sie frühmorgens zurückgelassen hatte. Palli blieb wie angewurzelt stehen. Er bebte, die Augen weit aufgerissen. Jón wollte etwas Tröstendes sagen, doch Palli wandte sich mit einem Schrei ab und stieß dabei seine Tante um, sodass sie ziemlich unsanft zu Boden fiel. Er stürmte in die Küche, riss Schublade um Schublade aus den Küchenschränken, ließ sie scheppernd auf den Boden krachen, bis er beim Waschbecken angekommen war. Da riss er den Wasserhahn ab, als wäre er nur lose befestigt gewesen. Sofort spritzte eine kleine Fontäne wie bei einem Springbrunnen empor. Palli brüllte, dass die Fensterscheiben zitterten. Rósa versuchte sich aufzurichten, doch ihr fehlte die Kraft, und so blieb sie resigniert sitzen.

»Eins, zwei, drei«, murmelte sie, als hätte auch sie einen Hirnschaden.

Ich bin im Irrenhaus gelandet, dachte Jón. Er schaute fassungslos zu, wie Palli sein Gesicht auf die Tischplatte wuchtete, immer wieder, bis Blut über seine Stirn floss. Es tropfte vom Tisch auf den Boden und vermischte sich mit dem Wasser, das vom Springbrunnen plätscherte. Erst, als sich Pallis Bewegungen verlangsamten und er benommen zu schwanken begann, wagte es Jón, sich auf ihn zu stürzen und ihn zu Boden zu reißen. Er blieb wie ein Ringer auf seinem Bruder liegen, zwischen Essbesteck und Keramikscherben, inmitten einer wässrigen Blutlache, als Baltasar Gunnarsson, Retter der Stunde, ins Haus trat.

»Du meine Güte!«, verkündete er, als er das Chaos erblickte. »Habt ihr schon wieder ohne mich angefangen!«

Palli wehrte sich nicht, saß still und dusselig da, als sich der Landarzt um ihn kümmerte, ihm die Stirn zunähte, zupflasterte und die gebrochene Nase richtete. Baltasar wusch und verband ihm auch die Füße, doch weder Jón noch Tante Rósa sagten ihm, dass diese Wunden nicht von den Keramikscherben auf dem Küchenboden stammten.

Palli grunzte nur.

Jón war inzwischen in den Kellerraum hinuntergeklettert, um das Wasser zuzudrehen. Baltasar gelang es danach, den Wasserhahn wieder aufzuschrauben und mit Schafswolle abzudichten. Er war nicht nur mit medizinischen

Werkzeugen geschickt, zog mit der Zange genauso flink rostige Nägel aus einem Holzbrett wie kranke Nägel aus einem Fingerbett.

Baltasar bestand darauf, Palli nach Reykjahlíð in seine kleine Arztpraxis mitzunehmen, doch Tante Rósa sagte, das komme nicht infrage, sie könne hier schließlich nicht weg. Erstens tue ihr die Hüfte vom Sturz weh, zweitens müsse sie den Schlamassel aufräumen, und drittens liege da drinnen ihre Schwester, die letzte Nacht gestorben sei.

Baltasar willigte ein, auch wenn sein Wille hier nichts zählte, ließ es sich aber nicht nehmen, Rósas Hüfte abzutasten, um ihr sodann Schmerztabletten zu verabreichen. Dann untersuchte er den toten Körper in Großvaters Zimmer, nickte ein paarmal und tat sein Beileid kund.

Jón schaute zu Boden, als ihm Baltasar die Hand gab. Der Arzt musterte ihn mit ernster Miene und fragte, wie es in Deutschland gehe, doch Jón antwortete nur: »Gut.« Er vermied es, ihm in die Augen zu schauen.

»Spielst du noch Schach?« Jón schüttelte den Kopf. »Bedauerlich«, sagte Baltasar. Er gehörte zu denen, die Großes von Jón erwarteten, die seine kurze Schachkarriere mitverfolgt hatten und zum Zeitvertreib gegen ihn angetreten waren. Als Jón noch auf Steinholt gelebt hatte, kam es vor, dass er gleichzeitig gegen bis zu fünf Opponenten spielte, ohne dabei das Haus verlassen zu müssen. Man gab sich die Schachzüge per Telefon durch. Da sie nur ein Schachbrett besaßen, notierte sich Jón die Züge auf einem Blatt Papier. Was für ein Wunderkind! Gespannt hörten viele, die das Glück hatten, an derselben Telefonleitung angeschlossen zu sein, die Spiele mit, hingen ganze Abende am Draht.

Baltasar wurde, wie alle anderen übrigens auch, ein jedes Mal elegant abserviert. Jón putzte sie alle weg. Niemand nahm ihm die Blamage persönlich, natürlich nicht. Es erquickte die Leute, dass *ihr* Steinholt-Bursche, dieses Ass, ungeschlagen blieb.

»Tja«, seufzte der Arzt und schlug die Hände zusammen. »Ich glaube, wir könnten alle einen Kaffee vertragen. Schwarz am liebsten. Danke, Rósa.«

19

Nur wieder zurück nach Hamburg!

Dieser Gedanke schoss Jón durch den Kopf, als er mit dem Chevrolet nach Reykjahlíð fuhr, um Einkäufe zu machen. Nur weg hier!

Gleich nach der Beisetzung würde er sich ohne Abschied davonmachen. Die meisten Leute am Mückensee würden nicht einmal bemerkt haben, dass er überhaupt hier gewesen war. Seine Mission war beendet. Er hatte seine Mutter noch einmal lebend gesehen und war ihr gar bis zum letzten Atemzug beiseite gestanden – oder zumindest -gelegen. Ihr war es gelungen, den Tod um einige Tage hinauszuzögern, und dafür war er ihr dankbar. Doch jetzt wollte er sich wieder aus dem Staub machen. Selbst Tante Rósa würde gegen seine zeitige Abreise bestimmt nichts einzuwenden haben.

Aber erst galt es, seine Mutter unter die Erde zu bringen. Bald würden die ersten Trauergäste auf dem Hof auftauchen, um ihr Beileid kundzutun und sich persönlich von ihr zu verabschieden. Totenwache.

Kurz vor Skútustaðir kam Jón der Pastor höchstselbst auf einem Pferd entgegengeritten. Über dem schwarzen Pastorengewand mit dem weißen Beffchen trug er einen handgestrickten Wollpullover. Sein langer Bart schaukelte im Wind. Gebieterisch hob er die Hand, als Jón ihn mit seinem Chevrolet kreuzte. Doch der Steinholt-Bursche reagierte nicht, starrte nur auf die Straße und fuhr ungebremst weiter, sodass das Pferd des Pastors einige Meter nervös von der Straße wegtänzelte.

»Verfluchter Pfaff«, murmelte Jón dunkel. »Auf einem Pferd. In welchem Jahrhundert leben wir eigentlich!«

Der Pastor schaute dem Auto hinterher, während er sein Pferd mit Brrr-Lauten zu beruhigen versuchte.

Jón parkte den Chevrolet direkt vor der Tür des Genossenschaftsladens und trat eilig ein. Als er hinter dem Bedienungstresen Sissa erblickte, hielt er jäh unter dem Türrahmen inne, als überdachte er, ob er den Laden tatsächlich betreten sollte. Sissa machte große Augen.

»Hallo, Schachmeister! So was, sieht man dich auch mal wieder!«, sagte sie und strich sich den Rock glatt.

Sie kaute Kaugummi und lächelte ihn schelmisch an. Jón gab sich einen Ruck, trat ein und schloss die Tür hinter sich.

»Sissa Arnalds«, sagte er und trat verlegen auf den Tresen zu. »Du bist also immer noch hier.«

»Jemand muss doch dableiben«, sagte Sissa und reckte stolz die Brust heraus. »Ich bin jetzt Geschäftsführerin.«

»Wirklich? Gratuliere.«

Sissa winkte bescheiden ab.

»Ist ja nichts Weltbewegendes. Doch es ist genau das Richtige für eine junge Mutter wie mich.«

»Du hast ein Kind?«

»Zwei.«

»Donnerwetter! Das wusste ich gar nicht …«

Jón tat, als interessierte es ihn.

»Tja«, sagte Sissa.

Sie schauten sich lächelnd an. Schon wollte Jón die Einkaufsliste aus der Westentasche ziehen, da fragte Sissa neugierig:

»Und du?«

»Ich?«

»Ja, du.«

Sissa lächelte amüsiert. »Hast du Kinder?«

»Nein. Keine Kinder.«

»Du lebst in Hamburg, erzählt man sich.«

»Für einmal erzählt man sich die Wahrheit.«

»Bist du jetzt Arzt?«

»Nein, ich bin erst im vierten Semester.«

»Ach so.«

Sissa kaute.

»Und wie geht es dir denn im Studium so?«, fragte sie.

»Es geht blendend«, antwortete Jón, kniff die Augen zusammen und schaute auf die Regale.

»Du schaffst das bestimmt locker. Du warst doch schon damals der Gescheiteste von uns allen.«

»Kunststück«, sagte Jón und grinste, doch sein Grinsen erstarb alsbald, als ihm die Beleidigung jäh bewusst wurde.

Sissa lachte, tat so, als hätte sie die Beleidigung überhört. Sie war ein anständiges Mädchen und hübsch dazu. Hatte blondes, lockiges Haar, das ihr bis auf die Schultern reichte, Pausbacken mit Sommersprossen, die sie jünger aussehen ließen, als sie war. Jón fand, dass ihr die zwei Schwangerschaften nicht geschadet hatten. Im Gegenteil. Sie war etwas breiter und ihre Brüste noch voluminöser geworden, was ihm sofort aufgefallen war, als er den Laden betreten hatte.

Jón senkte sofort den Blick, denn er wollte nicht, dass ihn Sissa dabei ertappte, wie er ihr auf den Busen starrte.

»Wie geht es deiner Mutter?«, fragte Sissa verlegen. »Ich habe gehört, sie sei schon seit einigen Wochen krank.«

»Sie ist letzte Nacht gestorben«, sagte Jón und zog die Einkaufsliste hervor.

Sissa schlug sich die Hände vor den Mund und erstickte einen Schrei. Tränen schossen ihr in die Augen, und Jón schämte sich ein wenig über sein barbarisches Benehmen. Er bemühte sich, ein trauriges Gesicht zu machen.

»Das tut mir so, so leid«, sagte Sissa und trat hinter dem Tresen hervor.

Sie ging auf Jón zu, zog dabei ihre Bluse straff, warf einen kurzen Blick zur Tür, stellte sich auf die Zehenspitzen und schloss ihn in die Arme. Jón bückte sich ein wenig und erwiderte die Umarmung. Dabei sog er Sissas weiblichen Duft ein, er roch an ihrem Nacken, roch ihr Haar, er fühlte sie. Sie durfte ihn so lange umarmen, wie sie wollte. Doch schon ließ sie wieder von ihm ab.

»Wann ist die Beerdigung?«, fragte sie und hielt Jón an den Händen fest.

»Am Samstag, nehme ich an.«

Sissa strich ihm tröstend über die Wange und musterte ihn mütterlich. Jón versuchte, ein bemitleidenswertes Gesicht zu machen, geplagt vom Schmerz der Seele. Es gelang ihm recht gut, fand er. Dabei fühlte er sich noch immer taub.

»Lass mich wissen, wenn du jemanden zum Reden brauchst«, sagte Sissa und trat wieder hinter den Tresen.

Jón schaute ihr hinterher. Er ließ seinen Blick an den Beinen empor über ihren Hintern wandern, den Rücken hoch zu ihrem Nacken. Als sich Sissa wieder zu ihm drehte, winkte er mit der Einkaufsliste, die Rósa für ihn geschrieben hatte. Sissa machte sich sogleich daran, die aufgelisteten Waren aus den Regalen hinter ihr zusammenzusuchen.

»Und Zigaretten«, ergänzte Jón, denn die standen nicht auf der Liste.

20

Dann begann die Totenwache. Enge Freunde der Mutter waren aus dem Dorf und aus der näheren Umgebung angereist, ein paar Autos und Pferde standen kreuz und quer auf dem schlammigen Vorplatz. Rósa hatte ihren Neffen aufgetragen, den Pferden einen Heuballen vorzuwerfen. Nun saßen sie im Chevrolet und rauchten. Sie waren in Anzüge gekleidet, doch Palli hatte es in kurzer Zeit fertiggebracht, seine Hose bis zu den Knien mit Schlamm zu beschmutzen. Heuhalme hatten sich am Stoff verfangen. Nun paffte er eine Zigarette, die ihm Jón angezündet und wortlos überreicht hatte. Palli hielt sie zwischen Mittel- und Zeigefinger, wie es die Frauen in amerikanischen Filmen taten. Er zog mit zusammengekniffenen Augen an der Zigarette, streckte sie nach jedem Zug langsam von sich, ernst und graziös, dann führte er sie wieder an die Lippen, einem Philosophen gleich, der einem Gedanken nachhängt.

Jón versuchte, seinen Bruder nicht zu beachten. Er lehnte die Stirn an die beschlagene Scheibe und schaute in den grauen Himmel. Seine Zigarette hing ihm lose im Mundwinkel. Die Asche fiel in kleinen Flocken auf den Anzug. Er war froh, dass er auf Palli aufpassen musste und damit einen Vorwand hatte, nicht am Totenbett seiner Mutter ausharren zu müssen.

Sie lag in der Stube aufgebahrt. Ein paar Frauen vom Landfrauenverein hatten Rósa dabei geholfen, ihre Schwester für ihren letzten Auftritt schönzumachen, hatten sie gewaschen, eingekleidet und dezent geschminkt. Sie hatten sie in ihre isländische Tracht gekleidet: eine weiße Seidenbluse mit Kragen, ein dunkler Rock mit braun-rot gestreifter Schürze, ein schwarzes, mit gestickten Blumenmustern verziertes Jackett, das mit zweimal vier Broschen und einer silbernen Kette verknüpft war, eine aus feinster schwarzer Wolle gestrickte Mütze mit einem roten Schweif, der ihr bis auf die Schultern fiel. Ihr weißes Haar war zu einem Zopfkranz geflochten. In den gefalteten Händen hielt sie ein getrocknetes Thymian-Pfefferminz-Sträußchen.

Jetzt standen die Landfrauen mit ihren Gatten schweigend um sie herum und tranken Kaffee mit Brennivín. Wer etwas über die verstorbene Person sagen wollte, konnte es tun. Wenige taten es, denn es gab wenig über sie zu sagen. Sie war zwar im Bezirk beliebt gewesen, ihr Engagement im Landfrauenverein wurde geschätzt, ihre stille, unaufdringliche Art verschaffte ihr weder Feinde noch Freunde. Es war ihr gelungen, ein Leben lang nicht aufzufallen. Manch einer wird drinnen an ihrem Totenbett gestanden und nach Worten gesucht haben, in der plötzlichen Erkenntnis, dass man die Verstorbene eigentlich gar nicht gekannt hatte.

Verbrannter Geruch riss Jón aus seinen Gedanken. Palli zog noch immer an seiner Zigarette, obwohl die Glut schon den Filter ansengte. Jón nahm ihm den Stummel ab und schnippte auch seine Zigarette aus dem Fenster. Palli war kreidebleich geworden, atmete schneller und murmelte etwas in seiner Fantasiesprache. Jón zündete zwei weitere Zigaretten an, überreichte seinem Bruder die eine und steckte sich die andere in den Mundwinkel.

Die Haustür wurde aufgestoßen und Bauer Gísli vom benachbarten Hof Stöng trat in Anzug und etwas zu großen Gummistiefeln ins Freie. Er blieb eine Weile auf den Stufen vor dem Haus stehen und kramte mit klammen Fingern einen Flachmann aus der Jackentasche hervor. Gísli war ein dünner, dürrer Schafbauer. So einer, der immer nach Schaf riecht, selbst wenn er zwei Stunden im Hot Pot hockte. Seine Frau war ihm schon lange davongelaufen, war zurück an die Südküste gezogen, wo sie ursprünglich hergekommen war. Wer nicht im Norden geboren wurde, hatte es schwer, hier oben Wurzeln zu schlagen. Und so hatte es niemanden überrascht, als sie sich vom Acker machte. Ihre Ehe war kinderlos geblieben, und so gab es nichts, das sie gehalten hätte. Gelegentlich war sie wiederaufgetaucht, um ein paar Wochen bei ihrem Mann auf Stöng zu verweilen, als sähe sie es als ihre Pflicht an, nach dem Rechten zu sehen. Dann benahm sie sich, als wäre sie nie weg gewesen, und Bauer Gísli behandelte sie wie eine Königin, kaufte ihr dänisches Konfekt, Dosenfrüchte und, wenn welche vorhanden waren, Blumen. Er verwöhnte sie, obwohl er wusste, dass sie im Süden nicht allein war. Doch der Bauer war froh, wenn sie wenigstens gelegentlich nach Hause kam, auch wenn es nur für ein paar Tage war. Solche Tage waren immer weniger geworden, bis seine Frau schließlich nicht mehr kam.

Man habe sie schon lange nicht mehr in der Gegend gesehen, wusste man sich im Genossenschaftsladen gern zu erzählen.

Und jetzt stand dieser arme Teufel auf den Stufen von Steinholt und passte irgendwie nicht ins Bild. Er war ein schmächtiger Mann mit einem roten Gesicht. Schwer zu sagen, ob es der kalte Wind oder der Alkohol gefärbt hatte. Jón war erstaunt, dass Gísli zur Totenwache erschienen war. Sein Weideland grenzte zwar an das von Steinholt, doch man hatte, seit Jóns Großvater gestorben war, kaum mehr miteinander zu tun gehabt.

Bauer Gísli nahm einen Schluck aus seinem Flachmann und schaute gedankenverloren zum Götterbaum hinüber. Dann kratzte er sich im Schritt, denn er glaubte sich unbeobachtet – bis zu dem Moment, als die Chevrolet-Autotür auf der Beifahrerseite quakend aufsprang, Palli den Kopf aus dem Wagen streckte und sich kurz, aber heftig auf den schlammigen Hofplatz erbrach. Jón hielt ihn an den Schultern fest, damit er nicht kopfüber aus dem Auto fiel. Es war ihm gelungen, die Tür im letzten Moment aufzustoßen. Die Zigarette hing ihm noch immer im Mundwinkel. Palli würgte und hustete.

Bauer Gísli glotzte zu ihnen herüber. Den Flachmann hielt er auf halber Höhe, als hätte er vergessen, dass er sich noch einen Schluck hatte genehmigen wollen. Dann ging er über den Hofplatz zu den zwei Brüdern im Chevrolet und bückte sich.

»Alles in Ordnung?«, fragte er in stets überraschend hohem Falsett.

»Palli verträgt wohl den Zigarettenrauch nicht«, sagte Jón und versuchte zu grinsen.

Er zog Palli zurück auf den Beifahrersitz, hielt ihn fest, damit er nicht vom Sitz kippte. Palli schaute dabei den Bauern verständnislos an, als fragte er sich, ob er ihn soeben ausgekotzt hatte. Speichel tropfte von seinen Lippen. Bauer Gísli nickte.

»Zigarettenrauch«, sagte er nur. »Ich mag ihn auch nicht, aber ich habe mich bei meiner Frau nie beschwert.«

Er hielt Jón den Flachmann entgegen und versuchte dabei, nicht in das Erbrochene zu treten. Jón griff, ohne zu zögern, nach der Flasche und nahm einen kräftigen Schluck, sodass er sie beinahe leerte.

»Ach so«, sagte der Bauer. »Mein Beileid.«

Jón nickte und gab ihm den Flachmann zurück. Bauer Gísli schaute verlegen zu Boden, nahm Abstand vom Erbrochenen und fragte:

»Geht alles gut bei den Germanen?«

»Blendend«, antwortete Jón.

»Wie lange willst du denn hierbleiben?«

Jón zuckte mit den Schultern.

»Das wird sich zeigen«, sagte er.

Bauer Gísli gönnte sich die letzten Tropfen aus seinem Flachmann und murmelte:

»Na gut, ich muss dann mal. Viel zu tun. Danke für den Kaffee. Und … viel Glück.«

Schon wandte er sich ab und wollte sich davonmachen, aber Jón rief ihm hinterher:

»Hast du meine Mutter gut gekannt?«

Bauer Gísli trat erneut ans Auto, zögernd diesmal.

»Doch«, sagte er und nickte nachdenklich. »Natürlich.«

Dann schaute er hoch in den Himmel.

»Sie war mit meiner Frau befreundet, aber die konnte leider nicht kommen. Sie ist ein paar Tage in den Süden gefahren, wegen … Also, ich bin an ihrer Stelle gekommen. Stellvertretend. So ist das heutzutage. Ich bin der Lückenbüßer.« Er lachte kurz. Jón nickte stirnrunzelnd.

»Nun ja, und ich war auch ein guter Freund deines Vaters, weißt du«, fuhr der Bauer fort. »Ich war oft hier, als ihr noch ganz klein wart, du und Palli. Das ist ja schon eine Ewigkeit her. Da war Palli noch … na, du weißt schon. Dein Vater war ein lieber Kerl. Er und dein Großvater waren die Einzigen, die es fertigbrachten, anständigen Schnaps zu brennen.«

»Landi?«, fragte Jón.

Bauer Gísli schaute ihn an.

»Du hast davon gewusst, nicht wahr?« sagte er vorsichtig.

»Dass sie Schnapsbrüder waren, habe ich gewusst«, antwortete Jón. »Aber dass sie damit Großhandel betrieben, habe ich erst auf der Fahrt hierher erfahren.«

»Teufel auch, es war ja nicht gerade legal, damals. So etwas hängt man ja nicht an die große Glocke«, sagte der Bauer und stürzte wieder seinen Flachmann, obwohl er ihn eben erst leergetrunken hatte.

Er schüttelte ihn ungläubig in der Hand und steckte ihn schließlich weg. Jón ließ nicht locker.

»Hast du auch welchen bei uns gekauft?«

Gísli zuckte entschuldigend mit den Schultern.

»Natürlich. Ihr habt den besten gemacht. Die Brennkessel standen bei euch im Keller, dafür wurde er auch gebaut, ich habe euch ja geholfen.« Er grinste verlegen.

»Und *wir* wurden nie erwischt?«

»Teufel«, sagte der Bauer. »Das war hier eigentlich nichts Ungewöhnliches, weißt du? Dein Vater und dein Großvater waren keine Verbrecher, nur weil sie ein bisschen Schnaps gebrannt haben. Das war völlig normal. Alle haben seit der Prohibition den Fusel gebrannt. Nur war ihr Fusel der beste. Gott segne sie.«

Jón starrte über das Lenkrad hinweg zum Götterbaum. Selbst Palli verhielt sich noch immer still, er hatte den beiden gebannt zugehört. Bauer Gísli trat verlegen von einem Stiefel auf den anderen. Doch bevor er sich endgültig davonmachen konnte, fragte ihn Jón: »Warst du dabei, damals?« Bauer Gísli schaute ihn fragend an. »Beim Schafabtrieb«, ergänzte Jón.

»Teufel, natürlich«, brummte der Bauer. »Wir haben alle nach ihnen gesucht, nach deinem Vater und dem Bezirkspräsidenten. Wir haben nur noch die nassen Pferde gefunden, weiter unten am Gletscherfluss. Schlimm war das. Ja natürlich, ich war dabei. – Ich muss gehen, die Schafe ...«

Er drehte sich um und trottete in Anzug und Gummistiefeln über den schlammigen Vorplatz, schaute sich nach links und rechts um, als würde er sich vergewissern wollen, dass ihn niemand beobachtete, kletterte dann über einen tiefhängenden Stacheldrahtzaun und ging schnurgerade auf den Horizont zu.

Jón und Palli schauten ihm hinterher. Wenn jemand die zwei Brüder jetzt hätte sehen können, wäre ihm aufgefallen, wie sehr sie sich glichen. Manchmal, wenn Palli in Gedanken versunken war, hätte man meinen können, dass in seinem Kopf alles in Ordnung war. Dass er sich tatsächlich klare Gedanken machte. Dann verriet nur der Rotz in seinem struppigen Bart, dass er einen Hirnschaden hatte.

21

Erst als alle Leute gegangen waren, schlichen sich Jón und Palli zurück ins Haus. Tante Rósa fertigte Jón mit vorwurfsvollen Blicken ab, wohl weil er sich nicht ein einziges Mal hatte sehen lassen. Dabei musste sie ihm dankbar sein, dass er Palli der Totenwache ferngehalten hatte.

Hastig räumte sie die Kaffeetassen und die Schnapsgläser weg, bevor sich Palli daran laben konnte. Ihr Gesicht war hart wie Stein. Selbst Jóns Mutter, die in der Mitte der Stube in einem offenen, recht edlen Sarg aufgebahrt war, zeigte mehr Gefühl. Sie lächelte still und bleich, lag ganz friedlich, als hätte man ihr allen Kummer abgenommen. Paradoxerweise sah sie jetzt lebendiger aus als tags zuvor. Als Tante Rósa beim Waschtrog stand und das Geschirr abwusch, sagte sie plötzlich mit lauter Stimme:

»Ich hätte nicht geglaubt, dass Magga von so weit herkommt. Sie hat doch seit dem Schlaganfall das Haus kaum mehr verlassen. Einer ihrer Söhne, ich glaube, es war der Tómas, hat sie gefahren.«

Jón und Palli schauten sich erstaunt an. Zu wem sprach sie?

»Du hast dich bestimmt gefreut, dass sie gekommen ist. Wann haben wir sie denn das letzte Mal gesehen? Wahrscheinlich zu Þorrablót vor einem Jahr, nicht wahr?«

Tante Rósa sprach offensichtlich zu ihrer toten Schwester. Palli begann lauthals zu grölen und zu quietschen, das Lachen eines Trolls, das Quietschen eines aufgespießten Ferkels. Er schüttelte sich regelrecht, griff nach einem Kaffeelöffel, der noch auf dem Tisch lag, und trommelte damit auf den Sarg. Dazu röhrte er sein fürchterliches Lachen. Ehe er sichs versah, war Tante Rósa bei ihm, schlug ihm den Löffel aus der Hand und schrie:

»Den Sarg müssen wir wieder zurückgeben, du trauriger Wurm!«

Palli schlug sich die Hände vors Gesicht und brüllte so laut, dass man damit rechnen musste, seine Mutter würde vor Schreck aus dem Sarg fallen. Doch sie blieb reglos liegen, was in dieser Situation völlig unangebracht schien. Palli brüllte und schlug um sich, Tante Rósa duckte sich und entkam nur knapp den fliegenden Fäusten. Diesmal würde sie die Kontrolle über die Situation bewahren. Geschickt packte sie Palli an den Händen, schaute ihm zornig in die Augen und sagte in bestimmten Ton:

»Palli! Zimmer! Eins, zwei, drei!«

Zu Jóns Erstaunen, der noch immer wie angewurzelt im Eingang stand, verstummte Palli, riss sich los und rannte die Treppe hoch in sein Zimmer.

Dort oben polterte es, als hätte man zwei Bullen aufeinander losgelassen.

Tante Rósa hielt sich am Sarg fest und rang nach Atem. Sie war bleich und zitterte sichtlich, doch sie versuchte, sich nichts anmerken zu lassen. Sie glättete sich die Schürze und ging zurück in die Küche, wo sie ihre Aufmerksamkeit wieder dem schmutzigen Geschirr zuwandte, als wäre nichts geschehen. Jón bemerkte den verunstalteten Kaffeelöffel am Boden. Er hob ihn auf und behielt ihn eine Weile in der Hand. Er stand nahe am Sarg und betrachtete seine Mutter. Seit dem frühen Morgen war er ihr nicht mehr so nahe gewesen. Hier lag sie, zum Greifen nahe, und war doch nicht da. Die Person, die er in seinem ganzen Leben am meisten geliebt, der er jedoch seine Liebe nie gestanden hatte. Er hatte darauf vertraut, dass sie noch lange da sein würde. Ob sie gewusst hatte, dass sie ihm so viel bedeutete? Doch Jón brauchte sich keine Vorwürfe zu machen, schließlich war seine Mutter auch nur ein verschlossenes Buch gewesen, eine meist zufriedene, aber nachdenkliche Frau, die mit Gefühlen so sparsam umging, als wäre es Haushaltsgeld.

Manchmal, wenn Jón als kleiner Bub eine Dummheit angestellt hatte und seine Mutter eine Erklärung von ihm forderte, presste er nur die Lippen zusammen und schaute so böse, wie er konnte. Dann strich sie ihm über den Kopf und seufzte:

»Wenn du doch nur wie dein Vater ein bisschen gesprächiger wärst!«

Jón hatte von seiner Mutter gelernt, dass es sich im Zweifelsfalle lohnte, nichts zu sagen. Denn so konnte man auch nichts Falsches sagen. Auch die Leute fanden, dass Jón ganz die Mutter war – und Palli ganz der Vater.

Jetzt stand er ihr ein letztes Mal gegenüber, reglos und schweigsamer denn je. Nicht ganz so schweigsam und reglos indes wie seine Mutter; sie stach ihn einmal mehr aus. Gratulation!

So manche Fragen brannten Jón auf der Zunge, doch seine Mutter gab nun keine Antworten mehr. Und das machte ihn plötzlich wütend. Am liebsten hätte er sie wachrütteln wollen, um sie zur Rede zu stellen. Er hätte sie fragen wollen, warum sie ihm nie erzählt hatte, dass sein Vater eine illegale Schnapsbrennerei betrieb. Wieso sie ihm überhaupt kaum etwas über seinen Vater erzählt hatte, und wieso er hatte sterben müssen, wieso jemand überhaupt so blöd sein konnte, in einen Fluss zu fallen, der so breit war wie eine deutsche Autobahn. Und wieso sein Vater zu alledem auch noch von der eigenen Familie totgeschwiegen worden war, als schäme man sich für ihn! Er hätte von ihr wissen wollen, wer, Herrgott nochmal, sein Vater überhaupt gewesen war!

»Tante Rósa!« Jón sagte es so laut, dass er selbst ein bisschen erschrak. Rósa zuckte zusammen, doch sie gab keine Antwort. Noch immer fuhrwerkte sie in der Küche, doch ihre Bewegungen hatten sich verlangsamt. »Tante Rósa!«

»Wenn du mit mir reden willst, dann musst du schon herkommen«, rief sie.

»Nein«, entfuhr es Jón. »*Du* kommst jetzt her!«

Rósa hielt inne. Noch nie war eine Sekunde so langsam verstrichen.

»Du kommst jetzt in die Stube! Jetzt, auf der Stelle!«

Jón fragte sich, wo er diese Wut herhatte, die ihn mit solcher Kraft erfüllte. Erstaunt schielte er auf seine Mutter. Rósa murmelte etwas, dann warf sie das Küchenhandtuch auf den Tisch und kam in die Stube.

»Mein Vater und mein Großvater haben Schnaps gebrannt. Genau unter uns, im Keller«, sagte Jón und stampfte mit dem Fuß auf den Boden.

Seine Tante schaute ihn misstrauisch an.

»Wer hat dir denn diesen Blödsinn erzählt?«, fragte sie gespielt desinteressiert.

»Blödsinn? Alle wissen davon!«

Tante Rósa positionierte ein gerahmtes Foto ihrer Mutter auf der Kommode neben ihr neu, als wäre sie nur deshalb in die Stube gekommen.

»Wieso habe ich nichts davon gewusst, all die Jahre?«

»Wieso hättest du denn davon wissen wollen? Das macht doch keinen Unterschied.«

»Ich werde doch wissen dürfen, was mein Vater getrieben hat«, warf Jón ein.

Tante Rósa zuckte mit den Schultern. Sie wich Jóns Blick nicht aus.

»Jeder hat damals Schnaps gebrannt«, sagte sie nur. »Das tun sie auch heute noch.«

»Aber damals war es verboten.«

»Es ist auch heute noch verboten.«

»Nein, es ist nicht dasselbe. Damals war *Alkohol* verboten!«

Tante Rósa starrte ihn aus kleinen, wässrigen Augen an. Ihr Mund hatte sich zu einem spöttischen Grinsen verzogen. Es war totenstill im Haus. Selbst von oben, aus Pallis Zimmer, kam Stille. Jón bebte. Bevor sich seine Tante wieder umdrehte und zurück in die Küche ging, sagte sie:

»Dein Vater war nicht *mein* Mann. Ich hatte nichts mit ihm zu tun. Er war ein Westfjordler und Streuner. Das ist alles, was ich weiß. Du kommst mit deinen Fragen zu spät. Hättest deine Mutter fragen sollen, aber du warst ja in all den Jahren kaum zu Hause.«

»Hier stimmt etwas nicht!«, sagte Jón verzweifelt. »Und

ich weiß, dass du mir etwas verschweigst. Etwas stinkt hier!«

Tante Rósa zuckte mit den Schultern und ging davon. Doch Jón ließ nicht locker.

»Ich werde der Sache auf den Grund gehen«, rief er ihr hinterher. »Etwas stinkt hier! Etwas stinkt hier gewaltig!«

Er versuchte, die Tränen zurückzuhalten. Er wünschte sich, dass seine Tante anstelle seiner Mutter vor ihm im Sarg läge, und hätte es ihr beinahe gesagt, doch seine Kehle war wie zugeschnürt, und wenn er auch nur einen Ton hervorgepresst hätte, hätte er losgeheult wie ein kleines Kind.

Seine Tante rief ihm aus der Küche zu:

»Es wäre wohl am besten, wenn du nach der Beisetzung zurück nach Europa gehst. Ich kann dir Geld geben, wenn du welches brauchst.«

Jón zitterte. Wie sehr er sie hasste! Er hatte sie noch nie richtig gemocht, hatte schon immer ein wenig Angst vor ihr gehabt. Sie war seit jeher bitter und grob gewesen. Als seine Mutter noch lebte, war der Umgang mit Tante Rósa einfacher gewesen, weil man nur selten mit ihr hatte umgehen müssen. Aber jetzt …

Jón wischte sich die Tränen aus den Augen und betrachtete den verbogenen Löffel in seiner Hand. Er drehte ihn in den Fingern, dann legte er ihn zu seiner Mutter in den Sarg und verbarg ihn unter ihrem Arm. Er strich ihr sanft über die Wange, betrachtete sie lange. Wie schön sie war. Er beugte sich über sie und küsste sie auf die Stirn. Eine Träne tropfte auf ihr Gesicht, und einen kurzen Moment hasste Jón niemanden mehr.

22

Am Tag der Beerdigung schneite es. Das ist für die Jahreszeit gewiss nicht ungewöhnlich, besonders nicht in dieser Gegend. Hier schneit es noch im Mai, und manchmal sogar im Sommer, wenn arktische Winde drehen und ungebremst über die Insel fegen. Und mit dem kalten Nordwind fegen die Menschen gen Süden, werden entweder in Reykjavík sesshaft oder überqueren gleich den Atlantik und suchen eine Bleibe im wärmeren Europa oder im aufregenden Amerika. Manchmal fragt man sich, warum es den Nordmannen vor zwölfhundert Jahren überhaupt in den Sinn gekommen ist, hier oben ihre Torfhütten zu errichten. Doch die Archäologen und Historiker glauben zu wissen, dass es damals in Island wärmer war als heute. Damals seien die Gletscher viel kleiner gewesen, und man habe sogar Getreide anbauen können wie in Europa. Das könne man sogar den Sagas entnehmen.

Wenn das wirklich stimmen sollte, dann müsste doch die Frage gestellt werden, wieso man nicht wieder wegzog, als es kälter wurde. Sakrament, der Mensch ist ein stures Wesen. Lieber bleibt er in seiner gewohnten Misere hocken, als dass er es wagen würde, Glück und Wohlstand in der Fremde zu suchen.

Vielleicht ist es der Zauber des Nordens, der seine Bewohner in festem Griff hält. Wird man nämlich von solch dunklen Gedanken geplagt und entschließt sich vielleicht, der Insel den Rücken zu kehren, lässt die Sonne unverhofft ihr goldenes Licht durch die Wolken strahlen, und die Millionen Schneeflocken verwandeln sich in Kristalle, die sich sanft auf die Auen legen und das Land in eine zauberhafte Märchenwelt verwandeln, sodass das mürbe Islandherz voller Stolz zu schlagen beginnt. Und die Frage, wie man es hier in dieser Einöde nur aushalten soll, ist plötzlich vom Tisch. Nur ein Banause würde von dieser Goldinsel wegwollen!

So ein Tag war der 8. April 1967, als man Jóns Mutter auf dem Friedhof in Reykjahlíð zu Grabe trug. Die kleine Kirche war zum Bersten voll, was Jón doch ein wenig erstaunte. Tante Rósa saß dicht neben ihm. Palli hatten sie auf Steinholt zurückgelassen. Hoffentlich würde er das Haus nicht demolieren.

Der Kirchenchor sang mit Inbrunst, der gebieterische Pastor mit dem imposanten Bart predigte lange und leidenschaftlich, doch Jón hörte nicht zu, war gar nicht richtig da. Er konzentrierte sich darauf, Tante Rósas körperliche Nähe zu ignorieren, und schweifte in Gedanken weit ab. Er dachte an seinen Bruder, der vermutlich gelangweilt zu Hause beim Flugzeugwrack herumlümmelte und die Butterbrote, die Tante Rósa für ihn gestrichen hatte, schon längst verdrückt hatte. Er dachte an Niki, die er, wie seinen Bruder auch, einfach zurückgelassen hatte. Die sich aber bestimmt nicht langweilte, sondern von ihren Kommilitonen einfühlsam getröstet wurde. Niki hatte viele Freunde. Mehr Freunde, als Jón jemals gehabt hatte. Bestimmt wurde sie von ihren Verehrern fleißig umschwärmt. Diese Fliegen. Vielleicht war schon ein Neuer eingezogen. Nein, sie vermisste ihren Schachmeister bestimmt nicht. Sein Brustkorb verengte sich auf unangenehme Weise, und Jón zwang sich, an Sissa zu denken, an ihre Brüste, und wie sie ihn umarmt und lange an sich gedrückt hatte. Er konnte sie noch immer riechen. Wie sie sich nackt anfühlen mochte? Hitze stieg Jón ins Gesicht, und er hielt sich vor Augen, dass Sissa zweifache Mutter war und dass zu den Kindern auch ein Vater gehörte. Apropos. Wer war eigentlich der Vater der Kinder? Jón hatte es versäumt, sie zu fragen, als er ihr im Genossenschaftsladen begegnet war. Vielleicht hatte der Vater der Kinder das Weite gesucht, er wäre bestimmt nicht der Erste, und somit würden Jóns Chancen auf ein Techtelmechtel gut stehen. Jackpot! Er fragte sich, ob Sissa vielleicht auch in der Kirche saß, und er drehte sich verstohlen um, doch er sah keine jungen Leute, nur alte Männer und Frauen, die ihn anglotzten. Man war sich nicht ganz sicher, ob der Lange in der vordersten Reihe tatsächlich der jüngere der zwei Steinholt-Burschen war, der Schachmeister, den man hier schon seit Jahren nicht mehr gesehen hatte. Jón drehte sich wieder nach vorn und starrte auf seine Knie. Ob ihn seine Mutter auch musterte? Konnte sie seine Gedanken hören? Jón schämte sich, dass er bei ihrer Beerdigung an Sissas Brüste dachte, doch er konnte sich einfach nicht helfen.

Trauer macht geil, dachte Jón, und war nun überzeugt, dass er sich mit diesem Gedanken ein Ticket in die Hölle gesichert hatte. Wenn es denn eine gab, eine Hölle … Da verpasste ihm seine Tante einen Klaps auf den Hinterkopf. Sie stand über ihm, wie der Teufel höchstselbst, und Jón zuckte zusammen, denn alle in der Kirche waren aufgestanden, die Predigt war zu Ende. Wie ein Schachtelmännchen schnellte er hoch, und sämtliche Augenpaare in der Kirche richteten sich auf ihn, denn er überragte fast alle Anwesenden.

Er und seine Tante mussten die Kirche mit dem Sarg als Erste verlassen, hatten die Aufgabe, ihn zusammen mit ein paar betagten Herren zu tragen. Auch wenn das gewöhnlich Männern überlassen war, hatte Rósa sich nicht davon abbringen lassen. Wieso auch. Sie war kräftig. Der Sarg war schwerer, als sich Jón vorgestellt hatte. Er fragte sich, als ihm die Last den Schweiß auf die Stirn trieb, ob er der Einzige in der Truppe war, der das verfluchte Ding trug. Der Alte hinter ihm jedenfalls war so wackelig auf den Beinen, dass er sicher froh war, sich am Sarg festhalten zu können, um nicht umzufallen. Jón warf seiner Tante einen Blick zu. Auch sie schien mit dem Gewicht zu kämpfen, versuchte jedoch, sich nichts anmerken zu lassen. Wie sie durch die Trauergäste schritten, schaute Jón konzentriert zu Boden, den freien Arm weit von sich gestreckt, um das Gewicht auszubalancieren.

Draußen standen noch mehr Leute. Weiß der Kuckuck, wieso seine Mutter so beliebt gewesen war, und als man sie in die Grube hinunterließ, weinten manche. Jón weinte nicht. Er hatte sich schon auf Steinholt von seiner Mutter verabschiedet, und er wusste, dass im Sarg nur noch die nun nutzlose Hülle lag. Ein toter Körper bloß, kein Mensch. Wie ein Christbaum, dem man den Schmuck abgenommen hat, nur noch Gartenabfall ist, verfault und zu Erde wird.

Unwillkürlich sah sich Jón in den Präpsaal der Universität Hamburg zurückversetzt. Und mit dem Gedanken stieg ihm süßlicher Formalingeruch in die Nase, er sah, wie die scharfe Klinge des Skalpells die Haut auf der Brust entzweischnitt. Er wurde bleich, und die Leute deuteten seine Leichenblässe fälschlicherweise als Trauer.

Jón schüttelte den Gedanken ab, sog die eiskalte Luft ein und schaute hoch in den glitzernden Kristallhimmel. Nachdem sie seine Mutter ins Loch abgeseilt und Erde auf den Sarg geschüttet hatten, trat eine kleine, runzlige Frau auf Jón zu und sagte ganz leise und behutsam:

»Das war die schönste Beerdigung, an der ich jemals teilgenommen habe.«

Jón wusste nicht, wie sie das meinte, und machte ein fragendes Gesicht. Die Frau lächelte nur verlegen und ergänzte in verschwörerischem Ton: »Die Kristalle.«

Sie schaute hoch in den Himmel.

»Deine Mutter ist in den Kristallen.«

Jón nickte nur, denn er wollte, dass ihn die Frau in Ruhe ließ, und alle anderen Trauergäste auch, doch er konnte nur schwer abstreiten, dass ihn die Worte trösteten.

23

In der Stube der Kirchgemeinde wurden Kaffee, Schnaps und Kuchen serviert. Plötzlich schienen alle Trauergäste von ihrer Trauer befreit zu sein. Sapperlot, so schnell kann es gehen! Man plauderte über das nichtige Geschehen am Mückensee, natürlich übers Wetter, diese neue Schafskrankheit und die neue Grundschullehrerin aus Stykkishólmur – jemínn! –, die alles falsch zu machen schien, zumindest machte sie es nicht so, wie es der alte Sigmundur zuvor immer gemacht hatte, und damit sei es ja recht gewesen, schließlich konnten fast alle im Bezirk lesen und schreiben!

Einige Gäste versuchten, mit Jón ins Gespräch zu kommen, sprachen ihn auf sein Medizinstudium oder seine Schachkarriere an. Sie scheiterten. Jón presste nur die Lippen zusammen und zuckte mit den Schultern. Er bahnte sich einen Weg durch die Trauergäste, Richtung Tür. Die einzige Person, die ihm nicht hinterherschaute, war seine Tante.

»Verlässt du uns schon?«

Jón erkannte die Stimme des Pastors sofort. Er drehte sich mit einem Seufzer um, als gäbe er sich geschlagen. Der Pastor reichte ihm die Hand.

»Wir hatten ja noch gar nicht die Gelegenheit, uns zu unterhalten.«

»Nein, hatten wir nicht«, bestätigte Jón und warf einen Blick zum Ausgang.

»Ich sehe, du hast es schon wieder eilig.«

»Ja, ich muss …«

Er musste gar nichts, und das wussten sie beide. Doch der Pastor nickte verständnisvoll.

»Komm einfach mal zum Kaffee, wenn du im Dorf bist. Es würde mich sehr interessieren, wie es dir bei den Deutschen geht.«

»Mich auch«, murmelte Jón und machte sich davon, stieß die Tür energisch auf und stolperte ins Freie, hinein in den Schnee.

Das Glitzern und Funkeln auf der Landschaft war ermattet, die Sonne hatte sich hinter die Wolken gesenkt und legte oranges Licht auf die verschneiten Berge. Bald würde es dunkel werden. Jón setzte sich fröstelnd in den Chevrolet und ließ den Motor an. Er presste die Arme fest an den Leib und hoffte, dass es im Auto bald wärmer werden würde.

Er fühlte sich, als befände er sich am äußersten Ende der Welt, wo der Ozean über die Kante in den Abgrund stürzt. Er wünschte sich, dass es ihn mitsamt der Insel in diesen Abgrund reißen würde.

Der einzige Ort, an dem er sich annähernd zu Hause fühlte, war seine winzige Wohnung in Hamburg. Um genauer zu sein, in seinem Zimmer, im Bett, unter der Decke. Mit Niki. Sie würde sich an ihn kuscheln und ihm tröstend über die Wangen streichen. Sie würde sagen:

»Schsch. So. Jetzt bist du endlich da, wo du hingehörst.«

Jón schreckte aus seinen Gedanken, als Sissa aufgeregt

an die Fensterscheibe klopfte und winkte. Er richtete sich etwas in seinem Sitz auf, räusperte sich und kurbelte die Scheibe runter.

»Du hast mit offenem Mund geschlafen«, begrüßte sie ihn keck, trat von einem Fuß auf den anderen und schlang die Arme um sich.

Sie hatte nicht mal eine Jacke an.

»Ich habe nicht geschlafen«, sagte Jón, grinste verlegen und rieb sich übers Gesicht.

Sissa stand nur da, und schaute ihn abwartend an.

Endlich fiel der Groschen, und Jón beeilte sich zu sagen: »Steig ein!«

Sie lief um den Chevrolet herum und stieg, während Jón schleunigst die Scheibe wieder hochkurbelte, auf der Beifahrerseite ein.

»Aaah!«, stöhnte sie erleichtert. »Hier drinnen ist es warm.«

»Ja«, entgegnete er. »Draußen ist es verdammt kalt.«

Er hätte sich diese unnötige Bemerkung gewiss sparen können, doch Sissa fand sie überhaupt nicht dumm.

»Und wie«, sagte sie. »Eiskalt. Es hat sogar wieder geschneit!«

Jón erinnerte sich allmählich daran, wie es war, auf dem Land Konversation zu betreiben, wo jede noch so kleine Selbstverständlichkeit nicht unerwähnt bleiben darf.

»Es tut mir so leid, dass ich nicht an die Beerdigung kommen konnte«, sagte Sissa und erklärte, dass ihre Mutter unbedingt an die Beerdigung gewollt hatte, weshalb sie keinen Babysitter hatte.

Da Jón nicht auf das Gesagte reagierte, fragte sie ihn besorgt, wie es ihm gehe, worauf er mit »gut« antwortete. Sissas Gesichtsausdruck verriet, dass sie ihm nicht glaubte. Sie betrachtete ihn.

»Ich muss dich auf andere Gedanken bringen«, sagte sie, und Jón grinste verstohlen, denn die hatte er bereits.

»Also!«, sagte Sissa und legte ihre Hand auf seinen Arm. »Ich gehe nach Hause, füttere meine Kleinen und bringe sie ins Bett. Und dann treffen wir uns bei Arnór, und von da gehen wir in den Gemeindesaal. Der Junggesellenverein organisiert –«

»Ist Arnór etwa wieder in Reykjahlíð?«

»Sag bloß, du hast es nicht gewusst!«, sagte sie erfreut. »Letzten Sommer ist er plötzlich wiederaufgetaucht, nachdem er ein paar Jahre bei seinem Onkel in Kopenhagen gelebt hat. Jetzt arbeitet er bei der Landesvermessung. Er ist eigentlich meist irgendwo im Hochland, aber heute steigt bei ihm eine Fete. Der weiß bestimmt noch nicht, dass du hier bist. Der wird Augen machen, wenn er dich sieht!«

»Was hat er denn hier verloren?«

»Er hat gesagt, dass er Politiker werden will.«

Jón schnaubte.

»Wohnt er wieder im Haus seiner Mutter?«, fragte er.

»Nein«, antwortete Sissa. »Er wohnt jetzt ganz oben am Dorfrand.«

»Im Júlla-Häuschen?«

Sissa nickte heftig. Jón schaute eine Weile aus dem Fenster.

»Wo wohnst du eigentlich?«, fragte er so ganz nebenbei.

»Bei meinen Eltern.«

»Verstehe.«

»Das ist am praktischsten. So kann meine Mutter auf meine Kleinen aufpassen, wenn ich arbeite oder mich amüsiere.«

»Und der Vater …?«

»Oddur? Er wohnt eigentlich auch noch bei uns, aber wir sind nicht mehr zusammen.«

Oddur!, dachte Jón entsetzt.

»Oddur?«

»Mhm.«

Sissa knabberte an ihren Fingernägeln.

»Soso, Oddur«, wiederholte Jón halb amüsiert, halb schockiert. »Das wusste ich nicht. Ich meine, Oddur …«

Es war ihm unverständlich, wie es Sissa gelungen war, mit solch einem Idioten zwei Kinder zu zeugen.

»Ihr habt euch nie richtig leiden können, nicht wahr«, sagte Sissa besorgt, als fürchte sie, Jón würde sie aus dem Auto werfen.

Doch der zuckte nur mit den Schultern. Es erstaunte ihn kaum, dass dieser Schulhofschläger in der Gegend geblieben war.

»Wir hatten unsere Differenzen«, sagte Jón schließlich.

Sie schwiegen eine Weile.

»Ich kann nicht glauben, dass ich dich damals habe abblitzen lassen«, sagte Sissa plötzlich, stupste Jón in die Seite und legte ihre Hand auf seinen Unterarm.

Jón war so verlegen, dass er sich nicht zu bewegen wagte. Sissa behielt ihre Hand auf seinem Arm, ganz sanft. Wie warm sie war. Jón sagte gespielt gelassen:

»Mach dir keine Vorwürfe. Ich bin auch nur eine Null, glaub mir.«

»Vielleicht mach ich mir aber Vorwürfe. Du bist ganz bestimmt keine Null.«

»Unsinn«, sagte Jón.

Ihm wurde plötzlich heiß. Er dachte an Niki, und er fragte sich, was sie gerade tat. Es war Samstagabend. Bestimmt war sie mit ihren Freunden im Studentenkeller oder malte Banner für die nächste Demo. Bestimmt machte sich einer dieser schleimigen Kunststudenten an sie ran, bekleckste sie mit Farbe oder so. Und sie fand das amüsant, tat so, als wäre es nur ein Spiel. Tja. Heute spielte Jón mit.

»Herr Schachmeister«, sagte Sissa und suchte den Blickkontakt. »Ich mache mir Vorwürfe, verstehst du?«

Es war viel zu heiß im Auto, und Jón entzog Sissa den Arm und fummelte am Heizungsregulator herum.

»Willst du, dass ich gehe?«, fragte Sissa vorsichtig.

»Nein, bloß nicht, wieso denn! Es ist so heiß hier drin!«

»Es ist gemütlich.«

Sissa umschlang ihn mit beiden Armen und schmiegte ihren Kopf an seine Schulter.

»Ich bin so froh, dass du zurückgekommen bist.«

Schneeflocken rieselten auf die Windschutzscheibe und rutschten, zu Wassertropfen schmelzend, an ihr herunter.

Zu Jóns Entsetzen kullerten Sissa plötzlich Tränen über die Wangen und tropften auf Jóns Anzug.

»Jetzt heul doch nicht!«, sagte er.

Der seltsame Geruch ihrer Tränen breitete sich im Autoinnern aus und erinnerte Jón an die Überfahrt nach Island, ans Meer ringsum. Mit dem Fingerrücken versuchte er, ihr die Tränen aus dem Gesicht zu wischen, und Sissa hob den Blick, missverstand die Geste. Sie reckte den Kopf noch mehr und schloss die Augen. Jón starrte sie verwirrt an, doch dann beugte er sich zu ihr und küsste sie, die Augen noch immer weit geöffnet. Sofort zog Sissa ihn fester an sich und suchte mit ihrer Zunge die seine, und Jóns Hose wurde im Rhythmus des Pulses enger, er griff nach ihren Brüsten, wechselte von einer zur anderen. Sie waren noch größer und schwerer, als er es sich vorgestellt hatte. Sissa löste ihre Lippen von seinen, nur um ganz sanft zu stöhnen. Wieder küsste sie ihn, diesmal lustvoller, und ließ ihre Hand über seine gespannte Hose wandern. Plötzlich pochte jemand an die verschneite Seitenscheibe. Sie schreckten auf. Jón stieß Sissa von sich und fummelte reflexartig am Türgriff, sodass die Autotür aufsprang.

Jón fiel und landete auf dem Rücken im Schnee.

Schneeflocken legten sich auf sein Gesicht und schmolzen augenblicklich auf der erhitzten Haut. Oddur beugte sich über ihn. Er hatte noch rechtzeitig vom Auto wegtreten können, als die Tür aufgesprungen war. Verständnislos betrachtete er Jón, der mit ausgebreiteten Armen im Schnee lag, als wollte er einen Schneeengel machen.

»Jón?«, sagte Oddur erstaunt.

»Oddur!«, entfuhr es Jón, und er rappelte sich auf.

»Sissa?« Oddur hatte sie im Auto bemerkt.

»Oddur!«, rief Sissa und sprang auf der anderen Seite aus dem Auto.

»Was zum Teufel ist hier eigentlich los?«

Jón klopfte sich den Schnee vom Anzug. Mit dem Daumen zeigte er flüchtig über seine Schulter und sagte:

»Sie hat sich bei mir aufgewärmt, also ich meine, im Auto. Da drinnen. Sie hat sich nur aufgewärmt.«

Oddur runzelte die Stirn. Sissa kam ums Auto gelaufen und landete in seinen Armen, sodass er sie fest umschlungen halten musste, um nicht wie Jón in den Schnee zu fallen.

»Mir war so brrr«, sagte sie mit gespielt zitternder Stimme.

»Und was macht *der* hier?«, fragte Oddur, und zeigte mit ausgestrecktem Arm auf Jón.

Schnee hatte sich in seinem buschigen Schnurrbart verfangen, auf seiner Stirnglatze schmolz er dahin.

»*Der* war an einer Beerdigung«, sagte Jón dunkel.

Oddur kniff die Augen zusammen.

»Seine Mutter ist gestorben«, ergänzte Sissa, und dieser Schachzug setzte Oddur matt.

»Ach so«, murmelte er, und nach kurzem Zögern streckte er Jón die Hand entgegen und kondolierte flüchtig.

Ein fester, rauer Bauarbeiter-Händedruck, dann wandte er sich gleich wieder von ihm ab. Jón stieg, ohne ein weiteres Wort zu verlieren, hinters Steuer, schlug die Autotür hinter sich zu und ließ Oddur und Sissa draußen im Schnee zurück. Er schaute den beiden hinterher, wie sie davonstapften, Oddur zwei Meter voraus, Sissa stolpernd hinterher. Jón schlug die Hände aufs Steuerrad, einmal nur, aber ziemlich fest. Das tat weh, doch sein Gesichtsausdruck blieb versteinert. Mit durchdrehenden Rädern fuhr er davon, als müsse er schleunigst wohin.

24

Die Straßen waren im Schneegestöber kaum auszumachen. Der Chevrolet hatte Mühe, sich durch den Schnee zu pflügen, und blieb beinahe stecken. Jón drehte einige Runden im Dorf, fuhr hoch zur Kirche, wendete vor deren Pforte, fuhr einige Kilometer vom See weg, am Schwimmbad vorbei bis zum Kraftwerk, starrte in die Dampfwolken, die aus den Bohrlöchern hervorquollen und sich zu gigantischen Wolkengebilden auftürmten. Dann fuhr er zurück ins Dorf und stellte den Wagen wieder vor dem Haus der Kirchgemeinde ab.

Drinnen brannte Licht. Man räumte auf. Jón sprang aus dem Auto, der Schnee reichte ihm bis weit über die Schuhe.

»Verfluchte Kälte«, knurrte er und vergrub die Hände tief in den Taschen.

Bei jedem Schritt knarrte der Neuschnee unter seinen Schuhen. Die gefrorene Abendluft kühlte Jón ab, er sog sie ein, als hätte er seit Jahren keine frische Luft mehr geatmet. Schon fühlte er sich etwas besser. Er erklomm eine Anhöhe und überschaute das Dorf und den See. Aus der Richtung des Kirchgemeindehauses waren Stimmen zu hören. Man plauderte noch einige Minuten, man verabschiedete sich, dann fuhren ein paar Autos davon, darunter ein gelber Chevrolet mit Ladefläche. Gut so. Tante Rósa hatten den

Schlüssel im Zündschloss also gefunden. Ein paar Menschen eilten nach Hause; schwarze Schatten im bläulichen Schnee, die bald zwischen den Häusern verschwanden.

Dann wurde es still im Dorf. Über dem See tat sich ein Stück Himmel auf, einen Augenblick war der Mond sichtbar. Die Millionen kleinen Wellen schimmerten silbern, als käme das Licht von tief unter der Wasseroberfläche.

Das Júlla-Häuschen drückte sich neben dem längst stillgelegten Steinbruch an den Hang, als fürchte es sich vor den übrigen Häusern. Früher hatte eine Wahrsagerin mit ihrem Bruder darin gelebt. Dann starb die alte Hexe, und wenige Jahre später ihr Bruder. Man erzählte sich, dass er ohne seine Schwester nicht überlebensfähig gewesen war.

Danach blieb das Häuschen ein weiteres Jahrzehnt unbewohnt und drohte zu zerfallen. Arnór musste es für ein Trinkgeld gekauft und auf Vordermann gebracht haben.

Jetzt zitterte es, denn im Innern war eine Party im Gange. Dumpfe Musik wummerte hinaus in die Abendluft. Durch das Stubenfenster waren einige Leute zu erkennen, junge Knaben, deren pubertäres Gelächter fast die Fenster sprengte. Vor dem Haus war der Schnee flachgetreten.

Jón zögerte, blieb etwas abseits im Schatten eines Felsen stehen, bis ihm die Füße kalt wurden. Schließlich trat er schlotternd an das schwarze Häuschen heran und klopfte an die Tür. Niemand im Innern bemerkte sein Klopfen, also pochte Jón etwas kraftvoller. Endlich wurde aufgemacht. Warmes Licht legte sich auf den Schnee. Arnór starrte den unerwarteten Gast an, der vom Licht geblendet mit den Augen blinzelte.

»Erblicke ich einen Geist?«, fragte Arnór theatralisch.

Jón grinste verlegen. Sie hatten sich zu Gymnasialzeiten aus den Augen verloren und nicht wiedergesehen. Arnór hatte sich verändert, war längst kein Lausebengel mit zerzaustem Haar und aufgeschürften Knien mehr. Er sah aus wie ein aalglatter Banker. Die Jahre bekamen ihm gut. Er trug einen Anzug mit gestreifter Weste und goldener Uhrkette. Sein rotes Haar hatte er glatt nach hinten gekämmt, wie es wohl in Kopenhagen Mode war.

»Nein«, sagte Jón. »Ich bin kein Geist. Ich bins, Jón –«

»Schachmeister Jón!«, unterbrach ihn Arnór und lachte. Seine Freude schien echt. Er trat einen Schritt auf ihn zu, als würde er ihn umarmen wollen, doch Jón versteifte sich unmerklich, und darum blieb auch Arnór stehen. »Es freut mich, dich zu sehen, Schachmeister.«

»Gleichfalls«, sagte Jón und roch Alkohol.

Sie gaben sich die Hand mit festem Druck.

»Tritt ein, seltener Gast, und sei willkommen in meiner bescheidenen Behausung. Die ersten Gäste sind eben erschienen.«

Arnór warnte ihn vor der tiefhängenden Decke. Überhaupt schien das ganze Häuschen für kleinere Menschen gemacht zu sein, als Jón einer war. Man trat vom Eingang unmittelbar in die winzige Küche. Daneben lag die Stube, wo eine Leiter hoch ins Dachzimmer führte. Arnór hatte die Stube mit Büchern vollgestopft, als wäre sie die kleinste Bibliothek der Welt. Ein halbes Dutzend Jugendlicher hatte sich im Häuschen eingefunden, einige hockten auf dem Boden, andere standen an die Leiter und an die Kommode gelehnt, wippten die Hüften im Takt der Musik. Aus den Lautsprechern schmetterte McCartney:

»I was alone, I took a ride, I didn't know what I would find there!«

Manche verstummten im Gespräch, musterten den Ankömmling, doch niemand begrüßte ihn. Die Burschen waren bedeutend jünger, manche gingen wohl noch aufs Gymnasium oder waren gar noch im letzten Grundschuljahr. Plötzlich fühlte sich Jón um Jahre älter.

»Du bist also wieder zurückgekehrt«, sagte er zu Arnór, um etwas gesagt zu haben.

Arnór nickte und überreichte ihm ein bis zum Rand gefülltes Schnapsglas.

»Ich habe die sieben Weltmeere bereist, habe Frauen jeder Hautfarbe geliebt, hatte Glück und hatte Pech, und wie du siehst, führten mich die Wege genau hierhin. Ich bin nicht zurückgekehrt, werter Kollege. Ich bin angekommen.«

Arnór hob sein Glas.

»Vielleicht bin ich wieder hier, um *dir* zu begegnen«, ergänzte er verschwörerisch.

Auch Jón hob sein Glas. Sie nickten sich zu und schütteten den Schnaps in sich hinein. Der selbstgebrannte Fusel brannte sich seinen Weg durch Rachen und Speiseröhre und entfachte Feuer in Kopf und Geist.

»Teufel!«, hustete Jón. »Willst du mich umbringen?«

»Ha! Du bist weich geworden bei den Deutschen!«, rief Arnór.

Einige Jugendliche grölten zustimmend.

»Teufelsgesöff«, sagte Jón und streckte Arnór das leere Glas entgegen. Sie lachten.

»Und du?«, fragte Arnór. »Was hat dich in deine alte Heimat gelockt?«

»Meine Mutter ist gestorben«, sagte Jón.

»Ach deshalb …!« Arnór machte ein entsetztes Gesicht. »Das tut mir ja so leid!«

»Danke.«

»Was hatte sie denn?«

»Meningitis … vermutlich«, murmelte Jón und erklärte, dass eine tuberkulöse Hirnhautentzündung möglicherweise schon seine Großmutter zur Strecke gebracht hatte, aber er wolle das nicht mit hundertprozentiger Sicherheit behaupten, sie seien hier ja im isländischen Hinterland, wo moderne Medizin so fehl am Platz sei wie ein Großbahnhof. Er wolle aber Baltasar Gunnarsson nicht schlechtreden, es sei schließlich ein schweres Unterfangen, diese sturen Schafsböcke dazu zu bringen, die Medikamente zu schlucken. Es ergehe ihm wohl gleich wie dem Goden Þorgeir …

Die Worte quollen nur so aus Jón heraus, doch nachdem er den Goden erwähnt hatte, dem einst die unmögliche Aufgabe zuteil geworden war, die Nordländer von Christus zu überzeugen, brach er jäh ab. Er hätte weinen wollen, doch er schrieb seine plötzliche Schwermut dem Schnaps zu, und deshalb senkte er nur den Kopf und starrte auf die Flasche in Arnórs Hand. Der schenkte nach. Auch er schwieg. Nicht so Paul McCartney.

»Another road where maybe I, could see another kind of mind there.«

»Auf deine liebe Mutter«, sagte Arnór schließlich. »Möge sie in Frieden ruhen.«

»Auf unsere Väter«, sagte Jón, und sie tranken die Gläser bis auf die letzten Tropfen leer.

Dann legte Arnór den Arm um seinen Freund und verkündete feierlich:

»Alle mal herhören! Wenn ihr meinem Blutsfreund auch nur ein Haar krümmt, bekommt ihr es mit mir zu tun! Uns verbindet ein Schicksal, ein Fluch. Unsere Väter sind im Gletscherfluss ertrunken! Alle beide. Prost!«

Man prostete sich zu, einer applaudierte, andere schüttelten lachend die Köpfe, versuchten, dem Gesagten einen Sinn zu geben.

Nun schwiegen die beiden eine ganze Weile lang, schauten den Jugendlichen zu, wie sie tranken, Tabak schnupften und im Takt der Musik mit den Beinen wippten. Als die Tür aufgerissen wurde und weitere Partygäste erschienen, drückte Arnór seinem Freund die Flasche in die Hand, zwinkerte ihm aufmunternd zu und ließ ihn stehen, um sich um die Ankömmlinge zu kümmern.

Jón schlenderte durch die Stube, nahm das eine oder andere Buch in die Hand, wechselte ein paar Worte mit den Burschen, ohne ein Gespräch entstehen lassen zu wollen, dann setzte er sich auf den einzigen Sessel in einer Ecke und bunkerte die Flasche darunter.

Man ließ ihn in Ruhe. Er nippte von Zeit zu Zeit an seinem Glas. Wenn es leer wurde, schenkte er sich nach.

Er hoffte, dass Sissa bald kommen würde, schaute immer wieder zur Tür, wenn johlend weitere Gäste eintrafen. Doch sie kam nicht. Das Júlla-Häuschen füllte sich bis zum Bersten mit jungen Leuten, und Jón fragte sich, wo sie alle herkamen und ob es damals, als er noch so jung und grün gewesen war, auch schon so viele Jugendliche gegeben hatte. Es war ihm als Außenseiter nie aufgefallen. Arnór war, wie schon damals, äußerst populär. Er hatte die neusten Scheiben von den Beatles und den Rolling Stones, er tischte Anekdoten auf von seinen Erlebnissen in Kopenhagen und anderen exotischen Hafenstädten, die mehr Leute fassten, als es während tausend Jahren in Island gegeben hatte, und immer wieder zauberte er eine neue Flasche Landi hervor, weiß Gott, woher.

Es wurde nun richtig laut, manche versuchten zu tanzen und stießen dabei alles um, was auf Beinen stand. Plötzlich fiel ein junges Mädchen in Jóns Schoß. Sie war wohl kaum älter als siebzehn, und sie konnte nicht aufhören zu kichern, so lustig fand sie es, in Jóns Schoß gefallen zu sein.

»Wer bist denn du?«, fragte sie ihn, nachdem sie sich erholt hatte.

Sie blieb einfach sitzen.

»Ich bin Jón«, sagte dieser und musste sich ziemlich verrenkten, um dem Mädchen die Hand geben zu können.

»Lucy«, sagte das Mädchen. »Bist du ein Freund von Arnór?«

»Wir sind zusammen zur Schule gegangen. Ist Lucy dein richtiger Name?«

Das Mädchen kicherte wieder und nahm einen Schluck aus Jóns Glas. In ihren Augen tanzten Lichter. Sie war von molliger, jugendlicher Schönheit, hatte ein sanftes Gesicht mit einer süßen Stupsnase. Jón bemerkte, wie Arnór ihn durch den Raum beobachtete, geradezu anstarrte, darum zuckte er entschuldigend mit den Schultern, als wollte er sagen, er könne ja nichts dafür, dass ihm das Mädchen aus heiterem Himmel in den Schoß gefallen war. Fabelhaft! Nun wusste er, was er zu dem Mädchen sagen konnte.

»Du bist mir wie aus dem Himmel in den Schoß gefallen«, sagte er.

»Was?«

Sie beugte sich näher zu ihm hin.

»Du bist mir aus dem Himmel in den Schoß gefallen!«, rief er ihr ins Ohr.

Dabei legte er seine Hände auf ihre Hüften. Lucy machte ein komisches Gesicht, gab ihm das leere Glas zurück und stand unbeholfen auf. Sie stützte sich dabei ziemlich unsanft auf seinem Kopf ab. Schnell verschwand sie in der schwitzenden Masse. Arnór lachte. Seine Augen glühten. Jón fühlte sich auf unangenehme Art und Weise ertappt, doch auch er lachte und winkte Arnór zu. Was solls. Er musste sowieso mal; Lucy hatte ihm auf der Blase gesessen. Er gab den Sessel auf und bahnte sich einen Weg nach draußen und stellte dabei besorgt fest, dass ihm das Gleichgewicht abhanden gekommen war. Breitbeinig stellte er sich in den Schnee, doch kaum hatte er zu pinkeln begonnen, hörte er, wie drinnen die Musik abbrach und wie Arnór brüllte:

»Alle auf zum Ball! Na los, alle raus jetzt!«

Die nun völlig betrunkenen Jugendlichen strömten wie übermütige Kälber ins Freie und machten sich über Jón lustig, der noch immer in den Schnee pinkelte. Er versuchte, sie zu ignorieren, schloss die Augen, denn für gewöhnlich konnte er nicht, wenn ihm jemand dabei zuschaute. Doch heute konnte ihn nichts und niemand aufhalten. Erleichtert hob er sein Gesicht zum Sternenhimmel.

»Aaah!«

Ein paar Burschen stellten sich kameradschaftlich neben

ihn und taten es ihm gleich. Einen Moment fühlte sich Jón, als gehöre er dazu.

»Schweine!«, brüllte Arnór und pinkelte neben Jón ein großes A in den Schnee.

Zusammen machten sie sich auf zur Gemeindehalle, legten sich die Arme über die Schultern und erinnerten sich lauthals an die gemeinsame Schulzeit. Vor der Gemeindehalle standen einige Autos und gut zwei Dutzend Pferde. Die Tiere hatten sich in den Windschatten des Gebäudes gedrängt und ließen die Köpfe hängen. Ein paar Burschen traten vor dem Eingang den Schnee platt, ließen Schnapsflaschen im Kreis wandern, schlotterten und lachten gelegentlich im Chor, donnerten, wie sonst nur Trolle lachen. Arnór begrüßte alle mit Handschlag, Jón im Schlepptau.

»Der verlorene Sohn ist zurückgekehrt«, spottete einer.

Kaum hatten sie das Gemeindehaus betreten, verloren sie sich aus den Augen. Die Luft im Saal war stickig und verraucht. Auf der kleinen Bretterbühne dudelten die gestandenen Männer vom Hawaii-Quartett auf ihren Akkordeons, einer zupfte gutgelaunt die Saiten seines Kontrabasses. Oh Himmel. Die vier Hobbymusiker fehlten an keinem Ball im Bezirk. Sie schwitzten und stampften mit den Füßen den Takt. Ein paar Tenöre aus dem Kirchenchor unterstützten sie mit Inbrunst. Im Vergleich zum Herumgehopse in Arnórs Häuschen zu den Beatles und Rolling Stones wurde hier richtig getanzt. Wohl deshalb drängten sich die meisten Burschen der Wand entlang oder standen Schlange am Getränkeausschank. Jón entschied sich für Letzteres. Er brauchte einen Kaffee. Sofort. Alkohol wurde hier zum Glück keiner ausgeschenkt. Das Gesetz schrieb es so vor.

Jón musste eine ganze Weile anstehen, denn die Barmänner des Junggesellenvereins nahmen ihre Arbeit nicht ernst und unterhielten sich viel lieber mit den Mädchen. Er bemerkte, wie ihn viele unverhohlen musterten, geradezu anglotzten, indes nicht anzusprechen wagten. Es war fast wie früher.

Als Jón endlich bis zum Tresen vorgedrungen war, fasste ihn jemand bei der Hand und zog ihn weg.

»He!«, wehrte er sich, doch als er sah, dass es Sissa war, erstarb sein Protest.

Sie hielten sich, wie sich Tanzende halten, schwankten jedoch etwas unkoordiniert hin und her. Jón kannte keine Tanzschritte. Zudem war er viel zu betrunken, um auch nur eine gerade Linie gehen zu können. Wenn er sich nicht an Sissa festgehalten hätte, wäre er wohl umgefallen. Er war aus jeder Ecke des Saales zu sehen, überragte die meisten um einen ganzen Kopf.

Sissa strahlte zu ihm hoch und schmiegte ihre Wange an seine Brust. Jón grinste.

»Hallo«, sagte Sissa.

»Hallo«, sagte Jón.

»Du bist betrunken«, stellte sie amüsiert fest.

Jón ließ sie einen Augenblick los, zeigte mit dem Finger in die Menschenmenge und sagte entrüstet:

»Das ist alles Arnórs Schuld!«

Sissa lachte. Jón fand, dass sie jetzt noch viel schöner aussah als vorhin im Auto, dass es niemandem weh tun würde, wenn er sie küssen und …

Sissa errötete und schaute sich ängstlich um.

»Sei doch still«, sagte sie.

Jón runzelte die Stirn. Hatte er das eben laut gesagt?

Sie tanzten eine Weile, während sich Jón auf die Lippen biss, um nicht weitere Gedanken preiszugeben. Dazu versuchte er, eine gute Figur zu machen. Plötzlich bemerkte er Oddur, der an die Wand gelehnt stand und dem Tanzpaar mit schier mörderischem Blick zuschaute.

»Teufel«, sagte Jón. »Dein Alter ist hier.«

Sissa schaute erschrocken hinüber zur Wand und zog Jón weiter in die Menschenmenge hinein.

»Beachte ihn nicht«, bat sie ihn.

»Aber … er ist doch dein Mann, nicht wahr? Oder habe ich da etwas falsch verstanden?«

»Nein«, sagte Sissa. »Wir sind nicht mehr zusammen.«

»Aber er wohnt doch noch immer bei dir!«

»Er wohnt bei meinen Eltern, aber wir sind kein Paar mehr. Das habe ich dir doch schon gesagt!«

Jón blickte einfach nicht durch, und wieder bat er sie darum, ihm die Sachlage zu erklären, doch sie schnitt ihm das Wort ab:

»Sei einfach still!«

Sie drückte ihn noch enger an sich, als versuchte sie verzweifelt, ihn nicht aus den Armen zu verlieren.

Eigentlich hielt sich niemand im Saal so eng umschlungen, denn das Hawaii-Quartett spielte einen Swing und keine Ballade. Es war noch längst nicht Zeit für den letzten Wangentanz, der das Ende des Balles markierte.

Jón hätte am liebsten die ganze Nacht in Sissas Armen geschaukelt, er fand, er war ein ausgezeichneter Tänzer, und er fragte sich, wieso er sich immer geweigert hatte, zu tanzen, doch seine Gedanken wurden jäh unterbrochen, als ihm jemand auf die Schulter klopfte. Jón reagierte nicht. Nix da! Er würde seine Tanzpartnerin nicht aufgeben. Da fasste ihn der Jemand an der Schulter und riss ihn zu Boden. Jón sah nur noch Beine, lauter Beine, die über ihm wie Bäume in die Höhe ragten. Er schloss die Augen, denn der Wald war in Bewegung und begann sich immer schneller um ihn zu drehen. Jemand beugte sich über ihn, packte ihn am Kragen und riss ihn mit unglaublicher Kraft auf die Beine.

Ein Troll!, dachte Jón, doch es war Arnór, der ihm mit der flachen Hand die Wange tätschelte.

»Hier! Trink das!«

Arnór hielt ihm einen Becher unter die Nase. Jón trank. Es war Soda gemixt mit selbstgebranntem Fusel.

Er würgte und hustete. Doch er trank den Becher leer, dann riss er sich los und wankte von der Tanzfläche, suchte Halt und fand ihn an einem Burschen, der lässig an die Wand gelehnt stand. Dieser schubste ihn ziemlich unsanft weiter. Jón stolperte und knallte mit dem Gesicht auf ein Tischchen. Dass er sich dabei nicht das Genick brach, grenzte an ein Wunder. Er rutschte von der Tischplatte ab und schlug dumpf auf dem Boden auf. Einen kurzen Moment wähnte er sich auf einem Waldboden. Die Vögelchen zwitscherten im Geäst, die Bienchen summten. Hier hatte er seine Ruhe. Doch die gönnte man ihm nicht. Jemand zog ihn unter dem Tischchen hervor, zerrte ihn hoch und drückte ihn an die Wand. Diesmal war es Oddur. Er brüllte Jón an, doch dem fiel es schwer, den Worten zu folgen, weshalb er sich gezwungen sah, ihn darum zu bitten, das Gesagte zu wiederholen. Oddur starrte ihn an, doch er wiederholte sich nicht. Er starrte nur unentwegt, und Jón fand das so komisch, dass er einen Lachanfall bekam. Da tauchte plötzlich Sissa auf und schlug mit ihren zarten Fäusten auf ihren Mann ein. Oddur ließ von Jón ab und ging davon, und jetzt fiel Jón wie ein gefällter Baum zu Boden. Genug! Von nun an würde er einfach liegen bleiben. Man stieß ihn mit Fußspitzen, zerrte an seinen Haaren, doch er wand sich und lallte, dass man ihn in Ruhe lassen solle. Er bemerkte, dass nicht weit von ihm noch jemand auf dem Boden lag, die Augen geschlossen, den Kopf friedlich auf beide Hände gebettet, als würde er jeden Samstagabend unter diesem Tischchen schlafen. Die Schnapsleiche kam Jón irgendwie bekannt vor, doch er war viel zu müde, um überrascht zu sein. Neben ihm lag Schafbauer Gísli und schnarchte zufrieden. Er hatte sich in die Hosen gemacht.

Auch Jón wollte schlafen, doch immer wieder traten sie auf ihn oder ohrfeigten ihn. Herrjeh! So ein Theater. So konnte man unmöglich seine Ruhe finden! Mit letzter Kraft zog sich Jón an jemandem hoch, sodass dieser sein Getränk verschüttete, sich arg darüber aufregte und Jón die Fresse polieren wollte. Doch ein anderer ging dazwischen und sagte:

»Pass auf, Mensch! Das ist doch *Billy the Kid*!«

Und man ließ den Steinholt-Burschen gehen, ging ihm aus dem Weg, als stünde man Spalier.

»Was machst du denn da, Schachmeister, ja was machst du denn da, alter Rabauke!«

Arnór fing ihn vor dem Ausgang ab.

»Ich geh heim!«, brüllte Jón.

Er sagte es so bestimmt, als gehe er nicht bloß heim, sondern als habe er vor, nach Amerika zu schwimmen oder auf den Mond zu fliegen, und niemand würde ihn davon abhalten können!

»Du holst dir bei dem Wetter noch den Tod!«, sagte Arnór, wie zum Abschied.

»Dann hol mich der Teufel«, murmelte Jón und stieß das Tor zur Außenwelt auf.

Draußen war es fast sternenklar und bitterkalt. Der Mond ließ die verschneiten Hügel bläulich schimmern, der See glitzerte märchenhaft, der Wind wirbelte feinen Schneestaub auf und formte an den Häuserecken und Zaunpfählen kleine Schneeverwehungen. Die aufgewirbelten Flocken tummelten sich wie Insekten unter den Straßenlaternen. Kaum trat Jón in diese winterliche Welt hinaus, fiel er auch schon wieder hin, doch er fing sich mit den Händen auf und verharrte so auf allen vieren, bis die Welt aufgehört hatte, sich zu drehen. Seltsamerweise spürte er die Kälte nicht. Es war, als wäre er in warme, weiche Watte gefallen. Die Tür zum Gemeindesaal wurde aufgestoßen, und Arnór kam ins Freie getorkelt.

»Schachmeister!«, rief er. »Was machst du denn da, was machst du denn da draußen im Schnee, komm sofort wieder rein! Ich sag dir das jetzt zum allerletzten Mal!«

Ein Pferd wieherte. Jón versuchte, es zu imitieren. Dann sagte er, dass er ganz bestimmt nicht mehr reingehe in dieses Irrenhaus. Dass er jetzt nach Hause gehe, sich hinlege und gründlich ausschlafe, um dann am nächsten Tag von hier zu verschwinden. Für immer! *So long, my friend!*

»Also gut, du sturer ... Bock«, entgegnete Arnór dramatisch. »Du dummer, dummer ... Dummkopf. Dann geh halt nach Hause, geh! Und verkriech dich in deinem … Loch. Ich geh wieder rein. Mir ist kalt! Leb wohl.«

Er ließ Jón im Schnee zurück. Der nahm alle Willenskraft zusammen und rappelte sich auf. Er klopfte sich den Schnee von der Hose, wobei er fast wieder hinfiel. Er schaute sich um. Er war allein mit den Pferden.

»Komm, putt, putt, putt!«, sagte er, gesellte sich zu ihnen und hielt sich an einem Pferdehals fest.

Das Pferd zuckte nervös, blieb jedoch stehen.

»So ists gut«, sagte Jón, sammelte sich, schwang sich elegant auf den Pferderücken und fiel auf der anderen Seite wieder runter.

Das Pferd blieb reglos stehen. Jón schaute eine Weile in den Sternenhimmel, schimpfte, dass der Gaul nicht still stehen könne und reif für den Schlachthof sei, so einen könne man nicht mal vor einen Pflug spannen!

Er rappelte sich erneut auf, fertigte den Schlachtgaul mit einem tödlichen Blick ab, dann torkelte er los, setzte einen Fuß vor den anderen, vorwärts, immer vorwärts, hinein in die dunkle, weiße Welt. Er sang, führte Selbstgespräche und fuchtelte mit den Armen, als dirigierte er eine Sternensymphonie, die nicht einmal Mozart komponiert haben könnte.

TEIL ZWEI

»Es geht nicht darum, die Felder zu besitzen.
Es geht darum, sie unter Kontrolle zu bringen.«

Henrik Danielsen, Schachgroßmeister

I

Isländer sind hart im Nehmen. Sie haben über viele Generationen gelernt, mit harschen Wetterverhältnissen umzugehen, der Kälte und der Dunkelheit zu trotzen. Doch kein Mensch, auch kein Isländer, schleppt sich betrunken bis fast zur Bewusstlosigkeit fünfzehn Kilometer weit durch den Schnee, nass und schlecht gekleidet, den eisigen Polarwind im Gesicht, beißender Frost, der Nasen- und Zehenspitzen anschwärzt. Nur keine falschen Hoffnungen. Auch ein Isländer legt sich schon bald hin, denn er glaubt, der Schnee sei warm und weich wie Watte, und gönnt sich ein kurzes Nickerchen, um danach gestärkt und frohen Mutes den Nachhauseweg anzutreten. Dieser Narr!

Genau das tat Jón, der Steinholt-Bursche, in einer fürchterlich kalten Aprilnacht, nachdem er seine Mutter zu Grabe getragen hatte. Wer hätte es ihm verdenken wollen.

Schon nach drei Kilometern, kaum waren die letzten Häuser von Reykjahlíð hinter den verschneiten Hügeln verschwunden, ließ er sich erschöpft, aber doch zufrieden an einem großen Stein am Wegrand nieder und murmelte:

»Nur für ein paar Minütchen. Nur ein paar kleine Minütchen.«

Jón schlief sofort ein.

2

Der Erfrierungstod gebührte ihm, und er wäre bestimmt nicht der erste Isländer gewesen, der sich auf diese Weise aus dem Leben verabschiedet hätte. Am nächsten Morgen hätte man ihn gefunden, hätte seine langen, steifen Beine am Wegrand bemerkt, seine Füße, deren Spitzen in den Himmel zeigten.

Doch zu seinem dreisten Glück drehte der Wind, blies laue Luft von Osten und brachte Regen mit sich. Noch bevor die Dämmerung einsetzte, war der Neuschnee weggeschmolzen, die weißen Hügel verwandelten sich in rabenschwarze Silhouetten.

Jón rappelte sich fluchend auf, während ihm Regenwasser in den Nacken lief. Es war unmöglich, bei dem Sauwetter ein Nickerchen zu machen. So eine Zumutung! Sein Körper fühlte sich seltsam abwesend an, taub, und Jón wurde allmählich bewusst, dass er erfroren wäre, wenn ihn der Regen nicht geweckt hätte. Einen kurzen Moment beschäftigte er sich mit dem Gedanken, dass vielleicht seine Eltern die Winde gedreht und den Regen geschickt hatten, doch er verwarf ihn schnell wieder, denn so viel hatte er gelernt: Die Götter machen das Wetter, radioaktive Militärversuche der Amerikaner vielleicht, aber bestimmt nicht tote Eltern.

Auf steifen Beinen stelzte Jón los, jeder Schritt ein Kraftakt, und allmählich kam die Durchblutung wieder in Gang, seine Körpertemperatur stieg an, und damit kroch ihm paradoxerweise die Kälte unter die Haut. Jón schlotterte und marschierte schneller und schneller. Seine Glieder begannen ihn zu schmerzen, als hätte er Nähnadeln in den Venen. Fast wünschte er sich, er wäre liegengeblieben.

Wie er klamm am Horizont entlangging, dachte er an die Nacht, als seine Mutter gestorben war, direkt neben ihm, den Arm von der Bettkante hängend, die Augen weit geöffnet, als hätte sie etwas ganz Erstaunliches gesehen. Doch Jón hatte ihren Abgang verschlafen, hatte lediglich von ihr geträumt, wie sie ihn bei solch regnerischem Unwetter aufwecken und in die Schule hatte schicken wollen, weil …

Jón blieb so abrupt stehen, als wäre er gegen eine unsichtbare Wand gelaufen. Seine Mutter hatte ihn wirklich wecken wollen, ganz bestimmt! Und dabei hatte sie seinen Namen gerufen. Er hatte es nicht bloß geträumt! Sie hatte ihm tatsächlich etwas mitteilen wollen, doch er hatte sich nur zur Seite gedreht, um weiterzuschlafen, während sie zu ihm gesprochen und ihm übers Haar gestrichen hatte.

Jón ging weiter und schlug sich die Faust gegen die Stirn, als würde es ihm helfen, sich zu erinnern. Doch da war nur dieser konfuse Traum. Der Boden neben dem Bett war hart und kalt gewesen, daran erinnerte er sich gut, und an seine Mutter, die versucht hatte, ihn zu wecken. Er hatte sich aber nicht wecken lassen, denn er hatte geglaubt, sie wolle ihn in die Schule schicken, und sie hatte ihm mit der Hand zärtlich übers Haar gestrichen, und sein Vater war auch im Zimmer gewesen, und seine Mutter hatte gesagt …

»Der Baum!«

Jón sagte es und rannte sogleich los. Der Schlamm der Straße spritzte an seinen Hosen hoch, und bald war sein Anzug so verdreckt, dass Jon wie ein Straßenarbeiter aussah, doch was machte das schon, denn seine Mutter hatte ihm etwas sagen wollen, und er Idiot hatte nicht hingehört! Er rannte, bis ihm das Herz weit in den Hals hinauf hämmerte und sich der Regen auf seiner Stirn mit Schweiß vermischte. Er rannte und rannte, bis ihm schwindelte. Da blieb er stehen, vornübergebeugt, presste die Hand in die schmerzende Bauchseite. Sein Herz pochte so fest in der Brust, dass er die Schläge hörte. Doch zum Erholen blieb keine Zeit, und schon rannte er wieder los, bald keuchte er fürchterlich, und er bereute es, am Abend zuvor nicht mit seiner Tante nach Hause gefahren zu sein. Er war sich bewusst, dass er dieses Tempo nicht mehr lange würde halten können, doch je näher er Steinholt kam, desto mehr Kraftressourcen taten sich ihm auf.

Er rannte nun nicht mehr ganz so schnell, marschierte gleichmäßig, atmete ein, atmete aus, und mit jedem Atemzug, mit jedem Tropfen Schweiß spürte er, wie die Trunkenheit wich. Jón war sich nun ganz sicher, dass ihn die Mutter auf den Baum hatte hinweisen wollen, bevor sie starb. Der Baum. Der Götterbaum!

Als er endlich die letzte Anhöhe erklomm und den Hof von Weitem sah, blieb er völlig außer Atem stehen und stöhnte erleichtert. Da stand er, der Götterbaum. Windschief und starr. Gegen alle harschen Gegebenheiten hatte er sich über viele Jahre hin behauptet. Er hatte seine Wurzeln trotzig in den steinigen Boden getrieben und seine krummen Äste der tiefen Sonne zu gestreckt. Der Baum musste einen Willen haben, einen störrischen Willen. Und er hütete ein Geheimnis.

Es dämmerte, als Jón, taub vor Erschöpfung, auf Steinholt ankam. Im Haus brannte noch kein Licht; seine Tante und sein Bruder schliefen noch. Jón ging gar nicht erst ins Haus, um sich aufzuwärmen oder sich wenigstens umzuziehen. Er verschwand in einem der Stallgebäude, wo der Regen auf das rostige Wellblech prasselte und an den rissigen Betonwänden hinunterfloss.

Mit einer Schaufel in den Händen kam er wieder ins Freie und lief hinüber zum Baum. Ein paar Mal stolperte er um ihn herum, den Blick zu Boden gerichtet, dann blieb er plötzlich stehen. Er schloss die Augen, als betete er, als sammelte er Kraft, dann zögerte er nicht mehr länger und stieß die Schaufel in den noch frostigen Boden.

3

Rósa schreckte auf, glaubte, ein Polarfuchs tolle draußen herum, jaulend und fauchend. Dann fiel etwas scheppernd zu Boden. Und nun war Rósa hellwach.

Ächzend rappelte sie sich auf, wieder lauschte sie dem Gejaule, murmelte Verwünschungen, dann machte sie Licht. Sie schlüpfte in Morgenrock und Gummistiefel und eilte ins Freie. Doch schon auf den Stufen blieb sie entsetzt stehen, denn sie erblickte eine völlig verdreckte, dunkle Gestalt, die zusammengekrümmt beim Baum auf dem Boden saß und sich vor- und zurückwiegte.

Palli!, schoss es ihr durch den Kopf. Sie schnürte den Morgenrock enger und trat energisch in die Pfützen. Doch sie verharrte wieder, denn nun wurde sie der vielen Löcher unter dem Baum gewahr. Sie sah die Schaufel, die neben der Gestalt im Schlamm lag. Gefahr ging von der dunklen Erscheinung aus, die aussah, als sei sie dem Erdreich entstiegen, aus einem dieser Löcher im Boden, ein Schatten nur, doch das Weiße in den Augen blitzte gefährlich im dumpfen Morgenlicht, im prasselnden Regen.

Nun war die Nässe bis auf Rósas Haut durchgedrungen, und sie begann zu schlottern. Sie bot einen bizarren Anblick: Das Haar klebte ihr im Gesicht, ihre Glieder zeichneten sich unter dem durchnässten Morgenrock ab.

»Jón!«, schrie sie. »Mach, dass du ins Haus kommst!«

Sie realisierte, dass sie zu spät gekommen war. Sie zitterte noch stärker, als Jón plötzlich aufstand, ganz langsam, den Kopf wie ein Bulle gesenkt. In den Händen hielt er einen menschlichen Schädel. Damit ging er auf seine Tante zu, wankte Schritt für Schritt über den Hofplatz, und eigentlich hätte Rósa nun wieder reingewollt, doch sie blieb wie angewurzelt stehen, zähneklappernd. Jón verharrte wenige Meter von ihr entfernt. Rósa sah die Tränen in seinen Augen, den Rotz, der ihm in Fäden aus der Nase lief. Seine Stimme war ihr fremd, als er den Schädel etwas hochhob und flüsterte:

»Du hast es immer gewusst. Warum hast du mir nicht erzählt, dass mein Vater hier liegt.«

Jetzt erst drehte sich Rósa mit einem erdrückten Schrei um und lief zurück ins Haus, doch Jón brüllte ihr hinterher:

»Sag es, du verfluchte Hexe! Du hast es schon immer gewusst!«

Doch Tante Rósa sagte nichts, lief die Stufen hoch und schlug die Haustür hinter sich zu. Draußen brüllte Jón, als würde er von sämtlichen Foltergeräten der Unterwelt aufgespießt, sodass das Haus bis in die Fundamente zitterte:

»Sag es! Du verfluchte Hexe! Du hast es gewusst! Sag es!«

Rósa blieb noch eine ganze Weile mit dem Rücken an die Tür gelehnt stehen und zuckte zusammen bei jedem Schmerzensschrei, der von draußen kam.

Plötzlich wurde es still.

Rósa hielt den Atem an, denn es war nicht die Stille eines gewöhnlichen regnerischen Sonntagmorgens. Es war eine plötzliche, leere Stille. Rósa öffnete die Tür einen Spalt breit und lugte vorsichtig ins Freie. Jón lag verkrümmt im Schlamm, die Arme dicht am Körper, mit dem Gesicht nach unten. Der Schädel lag neben ihm und glotzte zurück zum Baum, als hätte er da wieder hingewollt. Rósa zögerte nicht und eilte zu ihrem Neffen hinunter, der, Nase und Mund in den Schlamm gedrückt, zu ersticken drohte. Sie drehte den schlaffen Körper auf den Rücken und wischte ihm den Dreck vom Gesicht. Jón atmete noch, doch er wachte selbst dann nicht auf, als sie ihm mit flacher Hand ins Gesicht schlug. Sie fasste ihn unter den Achseln und schleppte ihn die paar Stufen hoch ins Hausinnere bis in die Küche und zog dabei eine braune Schlammspur hinter sich her. Sie entkleidete ihn und wusch sein Gesicht mit einem Lappen. Dann schleifte sie ihn in Großvaters Zimmer, denn nun fehlte ihr die Kraft, ihn die steile Treppe hoch in sein Bett zu tragen. Sie kippte seinen schlaffen Oberkörper auf die Matratze, fasste die Beine und hob sie aufs Bett. Sie zog die Bettdecke bis unter sein Kinn, sodass seine Füße am anderen Ende der Decke hervorlugten. Es dauerte nicht lange bis Jón zu schnarchen begann. Tante Rósa rang erleichtert nach Atem und betrachtete ihren Neffen.

»Dummkopf«, murmelte sie.

Dann ging sie kopfschüttelnd aus dem Zimmer, trocknete sich die Haare, schlüpfte in einen Overall, setzte sich eine Seemannsmütze auf und ging hinaus ins Freie. Sie hob den Schädel auf, begutachtete ihn und wischte etwas Dreck von der Schädeldecke. Sie trug ihn hinüber zum Baum, legte ihn in das Loch, in dem noch andere Knochen zu erkennen waren, hob die Schaufel vom Boden auf und schaufelte das Loch zu. Dabei grollte sie:

»Vorbei ists mit dem Frieden.«

Sie ging zurück ins Haus, schrubbte den Boden, wusch sich Hände und Gesicht, kämmte sich und zog sich festlich an. Es war schließlich Sonntag. Dann backte sie Brot.

2

Jón schlief einen Tag und eine Nacht lang. Nur einmal torkelte er aufs Klo, einem Schlafwandler gleich. Dort schlief er fast wieder ein und drohte, von der Schüssel zu kippen. Mit letzter Kraft schleppte er sich zurück ins Zimmer und ließ sich aufs Bett fallen.

Ein paarmal versuchte Palli, ihn zu wecken, schüttelte ihn, zerrte ihn an den Haaren. Vergeblich. Jón schnarchte. Den ganzen Tag blieb Palli bei seinem Bruder sitzen, bis es Abend wurde und ihn der Hunger in die Küche trieb.

Als Jón am nächsten Morgen aufwachte, war er allein im Zimmer. Er lag lange wach im Bett und starrte an die Decke. Seine Glieder fühlten sich bleischwer an, als wären seine Muskeln über Nacht geschwunden. Sein Mund war staubtrocken. Auf dem Nachttisch fand er ein Glas Wasser vor, das seine Tante bereitgestellt haben musste. Er trank es gierig bis auf den letzten Tropfen leer. Eine ganze Weile saß er auf dem Bettrand und sammelte Kräfte. Schließlich stand er ächzend auf und schaute aus dem Fenster, dachte nach.

Es war Montag, doch Wochentage spielten für ihn keine Rolle mehr. Er sah Krähen, die im Baum von Ast zu Ast hüpften. Der Regen war versiegt, doch der warme Ostwind war geblieben. Er scheuchte die Wolken übers Land, die so tief hingen, dass sie sich manchmal an den steinigen Hügeln verfingen.

Lange stand Jón nur am Fenster, denn er war noch nicht bereit, sich der Welt zu stellen. Es war schließlich nicht mehr dieselbe Welt, die da draußen auf ihn wartete, dasselbe Leben, das er würde weiterleben müssen. Er schaute hinüber zum Baum und fragte sich, ob er tatsächlich seinen Vater entdeckt hatte, vergraben im Schlamm. Konnte es sein, dass sein Vater fünfundzwanzig Jahren lang unter dem Baum gelegen hatte, ohne dass er, sein Sohn, seine Anwesenheit spürte? Aber es waren ja nur Knochen. Calciumphosphat, Osteoid und Knorpel. Mehr war von ihm nicht übriggeblieben.

Der Regen hatte die Erdhaufen beim Baum fast flachgewaschen, doch die Löcher waren noch deutlich erkennbar. Nur das eine Loch, wo er auf die Knochen gestoßen war, war zugeschüttet worden. Es überraschte ihn nicht. Es beruhigte ihn fast ein wenig, denn er wollte nicht, dass die Überreste seines Vaters Wind und Wetter ausgeliefert waren.

Plötzlich wurde die Tür aufgerissen und Palli kam ins Zimmer gestürmt. Er gab einen erschrockenen Laut von sich, denn wider Erwarten fand er das Bett leer vor. Doch dann bemerkte er seinen Bruder, der am Fenster stand, und er jauchzte, erzählte etwas in seiner unmöglichen Fantasiesprache, während ihm der Speichel von den Lippen tropfte. Dazu hielt er seine Finger in die Luft, als zählte er auf, wie viele Stunden er auf Jóns Erwachen hatte warten müssen. Vielleicht hatte er geglaubt, dass alle, die in Großvaters Zimmer schliefen, sterben würden.

Er stürzte sich auf Jón und hielt ihn fest umschlungen, sodass sie beinahe umfielen, doch die Umarmung dauerte nur einen ganz kurzen Moment, denn eigentlich fürchtete sich Palli vor Berührungen, und schon stieß er seinen Bruder wieder von sich und stürzte johlend aus dem Zimmer, rannte durch die Stube und in die Küche, zweimal um den Küchentisch herum, dass es Tante Rósa schwindlig wurde und sie sich am Waschtrog festhalten musste.

Während des Frühstücks verschlang Jón Brotscheibe um Brotscheibe, leerte Kaffeetasse um Kaffeetasse, und allmählich fühlte er sich wieder wie ein ganzer Mensch.

In der Küche herrschte beklemmende Stille, bis Tante Rósa das kleine Transistorradio einschaltete. Eine Radiosprecherin verlas Werbung. Palli schien die Anspannung in der Küche nicht zu spüren. Wahrscheinlich freute er sich über Jóns Erwachen mehr, als dass er über den Tod seiner Mutter traurig war. Er war so aufgeregt, dass er die Brotscheibe, die Tante Rósa für ihn mit Butter bestrichen und mit geräuchertem Lammfleisch belegt hatte, jauchzend von der Tischplatte fegte. Jón schüttelte darüber resigniert den Kopf. Rósa tat, als ärgerte es sie nicht. Sie hob die Brotscheibe einfach wieder auf, legte das Fleisch zurück aufs Brot, doch als Palli sein Essen aus lauter Übermut wieder vom Tisch fegen wollte, erwischte ihn Tante Rósa am Handgelenk.

»Nein!«, sagte sie so bestimmt, dass selbst Jón vor Schreck zusammenzuckte.

Palli wand sich unter ihrem harten Griff, doch Rósa ließ ihn erst los, als er kleinlaut zu jammern begann. Er rieb sich das Handgelenk. Dann nahm er die Brotscheibe in die

Hand, schaute Tante Rósa mit einem hündischen Blick an und ließ die Scheibe neben sich zu Boden fallen. Rósa vergrub das Gesicht in den Händen und seufzte. Brot und Fleisch blieben am Boden.

Jón tat, als bekomme er von der ganzen Szene nichts mit und stopfte die letzten Bissen in sich hinein. Dann klopfte er sich die Brotkrumen von der Hose und sagte mit noch vollem Mund: »So. Jetzt rufe ich die Polizei an.«

Er fixierte seine Tante, denn er wollte ihre Reaktion auf seine Drohung sehen, doch sie starrte ihn nur mit ihren kleinen, schwarzen Augen an. An ihr würden Schiffe zerschellen, wenn sie breitbeinig in der Brandung stehen würde. Sie richtete sich abrupt auf und trug Jóns Teller zum Waschtrog.

»Und wenn du etwas mit dem Skelett angestellt hast, oder wenn du es ausgegraben und verschwinden lassen hast, während ich geschlafen habe, dann bist du geliefert«, sagte ihr Jón hinterher.

Seine Tante tat, als wäre er gar nicht in der Küche. Gut so. Damit hatte er gerechnet.

»Da draußen liegt mein Vater, nicht wahr?«

Rósa wusch ab. Die Radiosprecherin war mit den Werbebeiträgen fertig und kündigte einen Elvis-Presley-Song an. Rósa stellte das Transistorradio ab. Palli klaubte die Brotscheiben und das geräucherte Lammfleisch vom Boden auf und stopfte es sich in den Mund.

»Er ist gar nicht in den Fluss gefallen, wie ihr mir immer erzählt habt. Da draußen liegt er begraben. Wie konnte ich nur so dumm sein und euren absurden Geschichten glauben.«

Damit hatte er alles gesagt, was gesagt werden musste. Jón stand auf, ging zum Telefon, rief die Zentrale in Reykjahlíð an und bat, mit der Polizeistation in Akureyri verbunden zu werden. Mit Befremden bemerkte er, wie ihn seine Tante dabei beobachtete. Um ihre Lippen kräuselte sich ein hämisches Lächeln.

Jón ließ vom Stubenfenster aus die löchrige Straße auf der Anhöhe, wo er das Polizeiauto baldmöglichst zu erspähen hoffte, nicht aus den Augen. Doch die Gesetzeshüter ließen auf sich warten. Es wurde Mittag, und Jón beschloss, draußen beim Baum die Zeit totzuschlagen. Dabei wurde er von Palli auf Schritt und Tritt verfolgt. Jón wäre lieber allein gewesen, und wenn ihm sein Bruder zu nahe kam, stieß er ihn von sich und sagte:

»Geh weg!«

Palli begann, mit der Schaufel die Löcher unbeholfen zuzuschütten.

»Hör auf damit!«, herrschte Jón ihn an und riss ihm die Schaufel aus den Händen.

Nun protestierte Palli lauthals und wollte die Schaufel zurückergattern. Da schlug ihm Jón die Schaufelkante aufs Schienbein. Palli kreischte und humpelte weinend zurück ins Haus. Man konnte ihn von drinnen brüllen hören.

Jón seufzte. Wenigstes brauchte er nicht zu befürchten, dass ihn sein Bruder verpetzen würde. Er konnte sich genauso gut an etwas gestoßen haben. Jón ließ die Tatwaffe fallen und setzte sich wieder an den Baumstamm.

Er schielte zum Haus, in der Befürchtung, dass ihn seine Tante durchs Fenster beobachtete.

Jón machte ein Gesicht, als schwebe eine kleine Regenwolke über ihm. Er hob Kieselsteine auf, drehte sie in den Fingern und warf sie in die Löcher. Wenn doch nur das verdammte Flugzeug nicht auf den Acker gefallen wäre. Dann wäre Palli kein Monster.

Wenig später schlich Palli sich wieder ins Freie. Er rannte zum Flugzeugwrack hinüber und hielt sich dahinter versteckt. Manchmal spähte er zum Baum, um sich zu vergewissern, dass sein Bruder noch da war.

Jón sprang mit nassem Hintern auf die Beine, als das Polizeiauto – ein schwarzer Citroën-Kastenwagen – über die Anhöhe auf den Hof zugeschaukelt kam. Na endlich! Erleichterung machte sich in Jón breit. Jetzt würde die Sache endgültig aufgeklärt werden.

Der Kastenwagen stotterte, dann erstarb der Motor mit einem Ruck. Drei Männer – ein alter Herr und zwei jüngere Burschen – entstiegen dem Gefährt und reckten die Glieder. Keiner der Männer war uniformiert, doch die beiden jüngeren trugen Arbeitskleidung. Der Alte steckte in einem Anzug mit gestreifter Weste, die sich prekär über seinem Wanst spannte. Er fertigte Jón mit einem herablassenden Blick ab.

»Hast du angerufen?«, fragte der Alte.

Er hatte einen massigen Kopf, den er auf ein Doppelkinn stützte. Über den speichelfeuchten Lippen schwang sich ein Schnurrbart in eleganter Perfektion, was so gar nicht zum aufgedunsenen Gesicht und dem vom Wind zerzausten Resthaar an den Schläfen und am Hinterkopf passen wollte. Mit einer flinken Handbewegung streifte er sich die Anzugjacke nach hinten, zog dabei den Wanst ein, fasste die Hose am Gürtel und raffte sie hoch. Sogleich rutschte sie wieder auf die ursprüngliche Höhe.

Er trat ganz nahe an den Steinholt-Burschen heran, musterte ihn, als sehe er schlecht. Jón machte unwillkürlich einen Schritt rückwärts, als er Alkohol und Zigarrenrauch roch.

»Ich habe … Ich bin …«

»Ich weiß genau, wer du bist«, unterbrach ihn der Alte und schaute sich um. »Du bist der Jüngere. Dein Bruder Palli versteckt sich da drüben bei der Messerschmitt.«

Er wedelte mit der flachen Hand vor seinem Gesicht, und die beiden Burschen glotzten neugierig hinüber zum Flugzeugwrack und grinsten. Palli zog den Kopf ein und verschwand.

»Ich war damals hier, als dein Vater in den Fluss gefallen ist, und dann war ich noch einmal hier, als du deinen Bruder fast ins Jenseits befördert hast.«

Er zog den Bauch ein und die Hose hoch, dazu musterte er Jón, der wie versteinert dastand, fahl im Gesicht. Er lachte, klopfte ihm mit harter Hand auf die Schulter und sagte:

»Mach dir keine Vorwürfe, Junge. Wenn kein Vater im Haus ist, geht so manches schief. So. Jetzt mach dich nützlich und hol deine Tante.«

Noch immer stand Jón wie gelähmt vor dem Alten und rührte sich nicht von der Stelle. Er brauchte Tante Rósa gar nicht zu rufen, denn sie kam aus dem Haus geeilt, während sie ihre Hände an der Küchenschürze abtrocknete. Sie eilte auf den Alten zu, und brachte den Duft von Kaffee und frischgebackenem Brot mit sich. Der Alte sagte herzlich:

»Ah, Rósa, meine Gute! Schön dich zu sehen.«

Er umfasste ihre Hand mit beiden Händen und bekundete sein herzliches Beileid. Rósa entgegnete:

»Danke, dass du so schnell kommen konntest, Kormákur.«

Der Kommissar tätschelte ihr freundlich die Hand. Dann unterhielten sie sich wie entfernte Verwandte übers Wetter und die Landwirtschaft, als wäre das Skelett unterm Baum schlankweg eine Nebensache.

Jón stand fassungslos daneben. Die Lähmung hielt an. Er schaute zu, wie sie zum Baum hinübergingen und wie Tante Rósa auf die Stelle zeigte, wo er den Schädel ausgegraben hatte. Sie zeigte auf Jón und wieder auf die Löcher, und die Männer nickten. Alsbald trugen die zwei jüngeren Burschen Werkzeuge vom Citroën hinüber zum Baum, und die Tante und der Kommissar schlenderten an Jón vorbei ins Haus. Beim Vorbeigehen sagte der Kommissar, dass er nicht davonlaufen solle, denn er sei ihm noch ein paar Antworten schuldig. Jón brachte keinen Pieps hervor. Tante Rósa warf ihm einen vorwurfsvollen Blick zu. Schwatzend warf sie die Haustür hinter sich ins Schloss.

Die beiden Burschen begannen nun mit kleinen Schaufeln zu graben und von Zeit zu Zeit Fotos zu schießen. Jetzt erst löste sich Jóns Starre, und er schlich hinüber zur Messerschmitt. Sein Bruder machte große Augen und zog den Kopf ein, doch er bewegte sich so, dass das Wrack immer zwischen ihnen lag. Manchmal reckte er sich und spähte neugierig, aber ängstlich zu Jón.

Der Kommissar rief ihn zu sich, als er aus dem Haus gekommen und zur Fundstelle hinzugestoßen war. Da stand er breitbeinig. Die zwei Burschen rauchten. Jón trottete rüber zu ihnen, die Hände in den Hosentaschen vergraben, blieb aber in sicherem Abstand stehen. Die zwei Burschen hatten auf einer Fläche von zwei Quadratmetern etwa dreißig Zentimeter der Erde abgetragen. Bisher war nur der Schädel zum Vorschein gekommen, da er von Tante Rósa nicht sehr tief vergraben worden war.

»Deine Tante hat mir gesagt, dass du das Skelett am Sonntagmorgen entdeckt und den Schädel entwendet hast«, sagte der Kommissar.

Jón nickte, ohne den Blick vom Schädel abzuwenden.

Er bemerkte ein dunkles Loch am Hinterkopf.

»Und du hast den Schädel mit dir herumgetragen.«

»Ich habe den Schädel nicht *herumgetragen*! Bloß … hochgehoben«, wehrte sich Jón.

»Was sagst du?«, fragte der Kommissar und hielt theatralisch seine Hand ans Ohr.

»Hochgehoben!«, rief Jón.

Der Alte verdrehte vielsagend die Augen.

»Wieso hast du überhaupt gewusst, dass hier ein Skelett liegt?«

Erst jetzt schaute Jón auf.

»Meine Mutter hat es mir gesagt«, antwortete er.

Plötzlich fühlte er, wie Mut in ihn strömte. Als stünde seine Mutter schützend hinter ihm.

»Was du nicht sagst. Wann hat sie es dir denn gesagt?«

»Kurz bevor sie starb.«

»Nújæja«, sagte der Kommissar. »Seltsam. Deine Tante hat mir eben gesagt, dass ihre Schwester kurz vor ihrem Tod nicht mehr sprechen konnte.«

»Das stimmt nicht. Meine Mutter hat noch in derselben Nacht, bevor sie starb, zu mir gesprochen.«

»Bist du dir da ganz sicher?«

»Ich war bei ihr im Zimmer, als sie starb.«

Jón wich dem Blick des Kommissars nicht aus.

»Nun gut«, sagte dieser. »Nehmen wir einmal an, sie hat tatsächlich mit dir gesprochen, als sie starb. Hat sie dir auch gesagt, *wer* hier liegt?«

»Mein Vater liegt hier!«, entgegnete Jón.

»Sie hat dir gesagt, dass hier dein Vater liegt?«

Jón zögerte.

»Sie hat meinen Vater erwähnt, als sie vom Baum sprach.«

Der Kommissar kniff die Augen zusammen. Seine Lippen bewegten sich kaum, als er sagte:

»Sag uns Wort für Wort, was dir deine Mutter gesagt hat, Jungchen. Wort für Wort.«

Jón schaute die beiden jüngeren Männer hilfesuchend an. Diese standen lässig an den Baum gelehnt, rauchten und verfolgten das Gespräch interessiert, wenn auch teilnahmslos. Er holte Luft und sagte langsam:

»Dein Vater. Der Baum … Das hat sie gesagt.«

»Dein Vater, der Baum?«, wiederholte der Kommissar langsam.

Jón nickte, blickte zu Boden und fragte sich, ob sie es tatsächlich so gesagt hatte.

»Ja. Dein Vater, der Baum.«

»Mir verschlägts den Atem. Dein Vater, der Baum. Das erklärt natürlich alles! War sie denn bei klarem Verstand, als sie es sagte?«

Jón nickte stur.

»Und sie sagte es dir, kurz bevor sie starb, das war also am …« Der Kommissar dachte nach. »… am Donnerstagmorgen, nicht wahr?«

Jón nickte. Er dachte an seine Mutter und hätte weinen mögen.

»Dann wollen wir die Sache einmal rekonstruieren«, sagte der Hauptkommissar wichtigtuerisch und schlug die Hände zusammen. »Deine Mutter sagt es dir am Donnerstag … doch erst am Sonntag greifst du zur Schaufel. Seltsam.«

Die zwei jüngeren Männer schauten sich erstaunt an. Wie intelligent ihr Kommissar war! Eine echte Geistesgröße.

»Ich habe zuerst nicht verstanden, was sie meinte«, rechtfertigte sich Jón mit zitternder Stimme. »Ich hatte doch immer geglaubt, mein Vater sei im Gletscherfluss ertrunken.«

»Und das ist er auch!«, entfuhr es dem Kommissar. »Ich habe damals die Untersuchungen geführt. Es gab keine Zweifel!«

Jón schaute ihn an. Plötzlich wurde ihm bewusst, dass hier ein ganz anderes Spiel gespielt wurde. Der Alte fuhr fort:

»Wieso hast du den Schädel überhaupt vom Grab entfernt?«

Jón gab keine Antwort.

»Deine Tante sagt, du bist betrunken und schmutzig gewesen, wie Fjalla-Eyvindur.«

»Nein!«, sagte Jón. »Ich bin …« Er suchte nach Worten. »Ich bin den ganzen Weg vom Ball in Reykjahlíð nach Hause gelaufen. Dabei bin ich fast erfroren. Es hat geregnet, und dann habe ich nach die Überreste meines Vaters gefunden. Ich war längst nicht mehr betrunken, ich war einfach nur wütend und traurig!«

»Aber du bist mit dem Schädel in den Armen umgefallen! Du bist bis zur Besinnungslosigkeit betrunken gewesen.«

»Ich bin von dem Marsch total erschöpft gewesen!«, verteidigte sich Jón.

»Die Ausrede will ich mir merken, wenn ich das nächste Mal verkatert zur Arbeit komme«, sagte der Kommissar. Die Burschen grinsten.

»Siehst du das Loch am Hinterkopf des Schädels?«, fragte der Kommissar.

Jón hatte es schon längst bemerkt.

»Nun sag mir, mein Junge. War da schon ein Loch, bevor du umfielst, oder erst danach?«

»Da war schon ein Loch«, behauptete Jón mit fester Stimme, obwohl er sich kaum an den Moment erinnern konnte, als er den Schädel in den Händen gehalten hatte.

»Und du bist ganz sicher, dass du dem Schädel kein Loch mit der Schaufel verpasst hast, als du ihn ausgegraben hast?«

»Ja.«

»Soso«, sagte der Kommissar. »Ich glaube, du lügst.«

Er wandte sich wieder seinen zwei Untergebenen zu und erklärte ihnen, dass es schwer zu sagen sei, wann dem Schädel das Loch zugefügt worden war. Nur eins stehe fest. Der Junge habe die Fundstelle ganz schön verwüstet.

»Nicht wahr?«

Die Burschen nickten. Jón fehlten die Worte. Er wischte sich flüchtig einige Tränen aus den Augen.

»Keine Angst, Junge«, sagte der Kommissar. »Niemand will dich des Mordes beschuldigen. Dafür liegen die Knochen schon viel zu lange begraben. Aber es fällt mir einfach verdammt schwer zu glauben, dass dein Vater dort liegt. Deine Tante sagt, dass es sich ganz bestimmt *nicht* um dessen Knochen handelt. Ich würde auf sie hören. Sie lebt schon ein paar Jahre länger hier als du. Verdammt nochmal, Junge. Es sind ja auch nur ein paar alte Knochen. Dein Großvater hat den Baum vor über fünfzig Jahren gepflanzt, dein Vater starb vor fünfundzwanzig Jahren. Da fehlen fast dreißig Jahre, von denen wir überhaupt keine Ahnung haben, was passiert sein könnte. Vielleicht ist das ein ganz normales Grab von jemandem, der eines natürlichen Todes gestorben ist und hier begraben werden wollte. Dein Großvater könnte uns bestimmt Antworten auf unsere Fragen geben, aber … Teufel. Wenn ich nicht persönlich an seiner Beerdigung gewesen wäre, würde ich glatt vermuten, dass *seine* Überreste unter dem Baum liegen! Dieser Schafsbock hätte viel eher hier beerdigt werden wollen als auf dem Friedhof. Aber dort liegt er nun mal und zankt sich bestimmt mit seinen Nachbarn. Deine Tante meint –«

»Meine Tante!«, entfuhr es Jón, doch mehr sagte er nicht, denn er wurde ja selbst nicht schlau aus der Geschichte.

Er wusste nur, dass sie ihm etwas verschwieg, und ihm war nun klar, dass Kommissar Kormákur, und mit ihm die ganze Republik Island, auf Tante Rósas Seite war. Doch die Sache ergab einfach keinen Sinn. Wenn sein Vater tatsächlich hier begraben lag, wieso hatte man niemandem davon erzählt? War er umgebracht worden? Hatte ihn jemand aus der Familie erschlagen, oder sonst jemand, der der Familie nahegestanden war? Beispielsweise der Bezirkspräsident?

Jón stolperte rückwärts vom Grab weg. Lag hier etwa der Bezirkspräsident? Hatte er dessen Schädel weinend in den Armen gehalten?

»Wird es denn möglich sein«, würgte er heraus, »die Leiche zu identifizieren?«

Der Kommissar musterte ihn, blieb ihm jedoch eine Antwort schuldig. Als die Stille unangenehm wurde, mischte sich der größere der beiden Burschen in das Gespräch ein:

»Möglich ist das schon«, sagte er. »Aber dazu brauchen wir gewisse Merkmale, wie etwa Goldzähne oder Knochenbrüche von früheren Verletzungen, die dokumentiert wurden.«

Der Kommissar warf ihm einen vorwurfsvollen Blick zu.

»Unsinn! Niemand hier draußen hat Gold im Maul. Zudem sind solche Obduktionen aufwändig. Manchmal lohnt es sich nicht, solche Untersuchungen anzustellen. Wir finden schließlich ständig Überreste. Teufel, das ganze Land ist übersät mit Skeletten, als hätte man in den letzten tausend Jahren jeden gerade da verscharrt, wo er tot umgefallen ist. Meist handelt es sich nur um namenlose Gräber, und, Junge, ich habs im Urin. Hier ist es nicht anders.«

Damit trat der Kommissar ein paar Schritte vom Baum weg, öffnete seine Hose, fummelte seinen Pimmel hervor und pinkelte in den Schlamm. Seine zwei Mitarbeiter und Jón schauten verlegen weg. Niemand wagte etwas zu sagen, während der Kommissar sein Wasser auf den Boden plätschern ließ. Das dauerte eine ganze Weile, denn der Alte war nicht mehr der spritzige Pinkler, der er einmal gewesen war. Endlich schüttelte er ab, zog die Hose hoch und knöpfte sie zu. Er gesellte sich wieder zu den Männern, trat nahe an Jón heran und klopfte ihm auf die Schulter, fast so, als wischte er sich die Hand ab. Er sagte:

»Reg dich ab, Junge. Mr. Skelett hier ist ganz bestimmt nicht dein Vater.«

Er lachte rasselnd, hustete, und zu seinen Untergebenen sagte er:

»Packt zusammen, Kinder! Wir machen morgen weiter.«

Die Männer von der Polizei ließen die Werkzeuge liegen und latschten zurück zum Kastenwagen, ohne sich von Jón zu verabschieden.

»Wenn du die Fundstelle noch einmal anrührst, bist du wegen Grabschändung dran, Jungchen«, rief der Kommissar über seine Schulter.

Man hörte ihn noch fluchen, bevor er die Autotür zuschlug. Jón schaute dem Kastenwagen hinterher, und er wusste nicht, ob er erleichtert oder enttäuscht sein sollte.

Eine ganze Weile blieb er am Grab stehen. Der Schädel lag halb freigelegt in der Grube, die Gesichtsseite schräg in den Boden gedrückt. Der Schatten am Hinterkopf – eine eckige Bruchstelle von der Größe eines Kleeblattes – war gut auszumachen. Nun gesellte sich Palli vorsichtig zu seinem Bruder, behielt jedoch einen Sicherheitsabstand zu ihm. Er sagte etwas und zeigte auf den Schädel. Jón fuhr herum.

»Was sagst du da?«

Doch Palli schaute ihn nur mit seinem nichtssagenden, idiotischen Grinsen an.

»Palli! Weißt du, wer hier liegt?«

Jón sprach lauter und trat einen Schritt auf seinen Bruder zu.

»Sag mir, wer das ist!«

Palli machte einen Schritt rückwärts. Sein Gesicht verdunkelte sich. Jón zwang sich, behutsamer vorzugehen.

»Sag mir, Palli mínn, wer liegt hier. Ist es Papa? Liegt hier Papa?«

Palli stolperte weiter von seinem Bruder weg, hob schützend die Hände, als fürchte er, dass ihm Jón wieder wehtun würde. Der packte ihn grob am Arm und zog ihn näher an die Grabstelle heran.

»Wer liegt hier? Sag schon! Du warst damals alt genug, um dich erinnern zu können. Du weißt, wer hier liegt, nicht wahr? Sag schon! Wer liegt hier?«

Palli riss sich mit einem Schrei los und rannte zurück zum Flugzeugwrack. Jón bückte sich und griff nach der kleinen Schaufel, welche die Polizisten zurückgelassen hatten, wollte sie in den Boden stoßen, doch mitten in der Bewegung hielt er inne.

»Til helvítis!«

Er warf die Schaufel wütend zu Boden. Ein Windstoß strich durch das Geäst über ihm. Jón atmete tief ein und blickte zum Horizont. Er bemerkte, wie sich die Dunkelheit anschlich und den Tag auffraß. Er schaute zum Wrack hinüber, doch sein Bruder hielt sich dahinter versteckt.

»Palli!«, rief Jón. »Beruhig dich, ich tu dir nichts.«

Er seufzte und betrachtete lange den dunklen Himmel, der seine Gedanken aufsog wie ein schwarzes Loch.

5

Jón hatte oft versucht, die Schuld an dem Unfall anderen zuzuschieben; seiner Mutter, die an dem Tag mit dem Landfrauenverein an einem Singfest in Þórshöfn gewesen war und nicht auf die zwei Buben aufpassen konnte. Der deutsche Pilot, der mit seiner Bruchlandung anno 42 eine Schusswaffe nach Steinholt gebracht hatte. Der Großvater, der so dumm gewesen war und die verdammte Waffe aufbewahrt hatte. Doch vielleicht war Tante Rósa an der ganzen Tragödie schuld, die den zwei Buben erlaubt hatte, in die Küche zu laufen, um ihren Durst zu löschen und ein Stück Kuchen zu essen … Nein, es war einzig Pallis Verschulden, der sich täglich einen Spaß daraus gemacht hatte, seinen kleinen Bruder zu ärgern.

Es war ein schwüler Tag im Juni. Sie hatten seit der Früh draußen auf den Wiesen gearbeitet, um das Heu noch vor dem Abend in den Schober zu schaffen. Eigentlich war es Sonntag, doch Großvater sah Regen voraus und wagte keinen Aufschub. Es regnete an dem Abend nicht, und auch nicht am darauffolgenden Tag. Man hätte sich locker auf die faule Haut legen können.

Palli stieß seinen Bruder draußen vor den Stallungen zu Boden und schlug sogleich einen Wettlauf vor, den Jón – am Boden liegend – nur verlieren konnte.

»Wer zuerst in der Küche ist, darf als Erster Kuchen essen!«, verkündete Palli und rannte los.

Tante Rósa sah die Ungerechtigkeit nicht. Sie war noch damit beschäftigt, das letzte Heufuder in die Bretterkisten zu stampfen und schüttelte nur den Kopf, als sie sah, wie Jón heulend hinter Palli herrannte. Sie wischte sich den Schweiß von der Stirn und beachtete die zwei Buben nicht weiter.

Jón erinnerte sich an die Heuernte, er erinnerte sich an die Abwesenheit seiner Mutter, daran, wie müde und durstig er gewesen war und dass Palli ein Wettrennen vorgeschlagen hatte. Was danach geschah, erfuhr er häppchenweise durch die Kinder am Mückensee. Sie riefen es ihm zu, um sodann kreischend wegzulaufen oder ihn mit Steinen zu bewerfen, damit *er* sich davonmachen würde.

»Peng, Peng!«, riefen sie und zielten mit allen möglichen Fantasiewaffen auf ihn. »Nehmt euch in Acht vor Billy the Kid! Er pustet dir das Hirn weg!«

Palli wachte dreiundfünfzig Tage später wieder auf. Doch er war nicht mehr derselbe. Er sprach keine richtigen Wörter mehr, sagte nur noch »bababa« und »dadada«, als wäre er wieder ein Kleinkind. Alles, was er einst gelernt hatte, war wie weggeblasen. Ein Arzt erklärte, Palli sei auf dem Stand eines Zweijährigen und werde es sein Leben lang bleiben. Auch das erfuhr Jón nicht durch seine Familie. Er erinnerte sich gut an die Art und Weise, wie man ihm in der Mývatnsveit selbst Jahre später noch begegnete: distanziert, mit einer gewissen Abneigung, manche sogar böse. Erst nachdem er zu einer lokalen Schachgröße aufgestiegen war, geriet die Untat in den Hintergrund. Nur die Leute, die von dem schrecklichen Unfall nichts wussten, behandelten ihn wie einen ganz normalen jungen Mann; die Menschen im Ausland beispielsweise.

Jón hatte nicht gewusst, dass ihn Hauptkommissar Kormákur Dagsson schon damals verhört hatte. Er konnte sich weder an das Verhör erinnern noch daran, den Hauptkommissar jemals gesehen zu haben. Er erinnerte sich indes kristallklar an seinen Großvater, der einige Wochen nach dem Unfall plötzlich auf ihn zukam, ihn fest an den Schultern packte und ihn aufforderte, ihn anzuschauen. Und Jón schaute auf, starrte dem Alten mit Entsetzen in die Augen, als erwarte er eine Tracht Prügel.

»Bub, jetzt hörst du mir gut zu!«, zischte der Großvater und drückte Jón noch fester an den Schultern, dass es ihn schmerzte. »Du kannst ja nichts dafür. Hörst du! Du kannst nichts dafür. Du kannst nichts dafür!«

Er wiederholte sich mehrere Male, und mit jedem Mal sprach er lauter, und plötzlich hatte er Tränen in den Augen. Da ließ er von Jón ab und ging so ungestüm ins Freie, dass er dabei einen Stuhl umstieß.

Es war die erste Erinnerung nach der Tat. Die Worte seines Großvaters zeigten tatsächlich Wirkung: Jón erwachte aus seinem Schockzustand, wie auch sein Bruder aus dem Koma.

Großvater durfte die Pistole des deutschen Piloten absurderweise behalten. Schließlich war es nicht verboten, Waffen in der Nachttischschublade zu lagern. Doch Großvater entsorgte die Pistole bald darauf, stiefelte mit ihr tief ins Hochland, blieb zwei Tage lang fort. Er habe sie unter einem Stein so groß wie eine Kuh vergraben, wie er später im Alkoholrausch behauptete. Monate bevor er starb, als seine Selbstgespräche immer lauter und verbitterter wurden, hörte man ihn öfters über die Pistole fluchen. Er hätte den jämmerlichen Nazi erschießen und die Pistole mit ihm verbuddeln sollen, hörte man ihn manchmal poltern.

Indes konnte nie festgestellt werden, ob Jón seinem Bruder mit Absicht ins Gesicht geschossen oder ob sich der Schuss versehentlich gelöst hatte. Tatsächlich fanden sich an der Pistole die Fingerabdrücke beider Kinder. Die Verbrennung an Jóns Hand ließ jedoch darauf schließen, dass er den Abzug betätigt hatte. Wer die Pistole aus Großvaters Nachttischschublade geholt hatte, blieb ungeklärt. Wer sie nach der Untat zurückgelegt hatte, lag auf der Hand.

Inzwischen war es schwarze Nacht geworden. Jón saß noch immer draußen am Grab und wünschte sich, die Dunkelheit würde seine Gedanken verschlingen. In der Küche brannte Licht. Bald würde Tante Rósa nach ihnen rufen, nach ihm und Palli, der sich noch immer drüben bei der Messerschmitt versteckte.

Ach, der arme Palli. Er hatte Jón in seiner andauernden, kindlichen Unschuld nie Vorwürfe gemacht. Dabei hätte sich Jón gewünscht, dass ihn Palli einmal so richtig verdreschen, ihm das Gesicht blutig schlagen würde, bis er Zähne spuckte. Dabei war es möglich, dass Palli nicht einmal wusste, dass ihm Jón den Hirnschaden zugefügt hatte. Wahrscheinlich war er sich gar nicht bewusst, dass er einen Hirnschaden hatte.

Die ganzen Jahre, die Jón weggewesen war, hatten ihm tatsächlich geholfen zu vergessen. Er hätte nie zurückkehren sollen. Wen kümmerte es schon, wer hier in der Erde lag. Sein Vater war seit fünfundzwanzig Jahren tot. Was machte es für einen Unterschied, ob er im Gletscherfluss ertrunken war oder ob ihn jemand wegen der illegalen Schnapsbrennerei erschlagen hatte.

Jón sah das Gesicht seiner toten Mutter, wie sie festlich gekleidet im Sarg lag. Plötzlich wusste er, warum sie einen so friedlichen Gesichtsausdruck gehabt hatte. Sie war befreit von Schuld; eine Schuld, die sie ihm nicht mehr hatte beichten können.

Er seufzte.

»Komm rein!«, rief er dem Flugzeugwrack zu, als er zum Haus hinüber trottete.

Palli rannte ihm sofort hinterher.

6

Jón fiel ein Stein vom Herzen, als am nächsten Tag lediglich die zwei jüngeren Polizisten im Kastenwagen aufkreuzten. Auch sie waren ohne den Alten deutlich besser drauf. Der Längere hieß Helgi. Er war Gerichtsmediziner, beinahe zumindest, wie er grinsend gestand, als er Jón die Hand zum Gruße reichte. Ihm fehle bloß der Abschluss, denn er habe das Studium abgebrochen, als seine Bewerbung bei der Gerichtsmedizin gutgeheißen worden war.

»Angeber!«, sagte der Kleinere. »Du hast dich nicht mal bewerben müssen.«

»Halt die Klappe«, sagte Helgi.

Der Kleinere hieß Nonni und war Gärtner. Er arbeite aber schon seit sieben Wochen bei der Polizei, wie er stolz angab.

»Abteilung Blumen und Gemüse«, ergänzte Helgi.

Nonni boxte ihm gegen die Schulter. Er war ein kräftiger Bursche mit schwieligen Händen. Die beiden hatten überhaupt nichts dagegen, dass ihnen Jón mit der Freilegung des Skelettes behilflich sein wollte, auch wenn es gegen die Vorschriften verstoße, da war sich Helgi ziemlich sicher. Doch sie würden es im Bericht nicht vermerken. Nonni überreichte Jón feierlich eine kleine Schaufel, salutierte und ging sodann zurück zum Wagen. Er kletterte ins Auto, setzte sich auf den Beifahrersitz, zündete sich eine Zigarette an und starrte gedankenverloren aus dem Fenster.

»Er graust sich vor den Skeletten«, erklärte Helgi halb entschuldigend, halb amüsiert.

Jón nickte verständnisvoll.

»Glaubst du, dass *ich* das Loch in den Hinterkopf geschlagen habe?«, fragte er, als Helgi den Schädel vorsichtig aus dem Graben hob.

»Das bezweifle ich ernsthaft«, sagte Helgi und erklärte, dass man an den Bruchstellen erkenne, wann das Loch in den Schädel geschlagen worden sei.

»Hier, die Bruchstellen sind leicht abgerundet. Sie sind alt. Das Skelett wurde wahrscheinlich mit dem Loch im Schädel begraben.«

»Hast du das nicht schon gestern bemerkt?«

»Natürlich«, sagte Helgi verlegen.

»Und warum hast du nichts gesagt? Ich meine, du bist doch Gerichtsmediziner. Der Kommissar müsste dir doch glauben, er ist ja …«

»… er ist mein Vater«, unterbrach ihn Helgi und grinste.

Jón kam ins Stottern.

»Warum, glaubst du, verhält sich dein Vater … na du weißt schon …«

Helgi zuckte mit den Schultern.

»Damals, als der Bezirkspräsident und dein Vater in den Gletscherfluss gefallen sind, hat *er* die Untersuchung geleitet. Und jetzt kommst *du* dahergelaufen und behauptest, dass dein Vater all die Jahre unter diesem verfluchten Baum gelegen hat! Das ist natürlich peinlich für so eine Größe wie Kormákur Dagsson. Aber vielleicht hat es ihn auch einfach geärgert, in die Wüste geschickt zu werden, um ein zwanzig Jahre altes Grab freizulegen.«

»Echt jetzt? Glaubst du, dass das Grab *zwanzig* Jahre alt ist?«

»Möglicherweise«, sagte Helgi und hielt ihm den Schädel unter die Nase. »Das Schwarze hier ist ein Stück Haut vom Gaumen. Nach fünfzig Jahren wäre das weg. Auch wenn der Boden hier in der Senke ziemlich lehmig ist. Ich schätze, das Skelett ist seit ungefähr zwanzig, vielleicht dreißig Jahren im Boden. Vielleicht fünfunddreißig Jahre, aber bestimmt nicht fünfzig Jahre, wie mein Alter vermutet.«

Jón nickte erleichtert. Jetzt war er doch wieder froh, die Polizei gerufen zu haben. Helgi zeigte ihm sodann, wie er zu graben hatte. Sie trugen Zentimeter um Zentimeter ab und kamen dabei ziemlich schnell vorwärts. Und als die ersten Knochen des Skelettes zum Vorschein kamen, begann Helgi Fotos vom Grab zu schießen. Nonni war inzwischen im Auto eingeschlafen. Er hatte seinen Kopf gegen die Autoscheibe gelegt. Grauer Dunst zeichnete sich da ab, wo sein Atem die Scheibe streifte.

Jón bemerkte, wie Tante Rósa die Burschen durchs Küchenfenster beobachtete. Bestimmt gefiel es ihr nicht, dass Kommissar Kormákur nicht aufgekreuzt war. Jón winkte ihr provokativ zu und streckte den Daumen in die Luft.

Palli schlich sich zu ihnen, fand Schutz hinterm Baum, streckte aber von Zeit zu Zeit den Kopf hervor und schaute den beiden bei der Arbeit zu. Jón und Helgi sprachen kaum, arbeiteten konzentriert und zügig. Es störte sie wenig, dass der Wind gedreht hatte. Ein trockener Eiswind blies bissige

Luft von den Hochland-Gletschern. Die Arbeit wärmte sie, und der Anblick eines jeden Knochens, der langsam zum Vorschein kam, pumpte ihnen heißes Blut in die Glieder.

Gegen Mittag hatten sie einen Großteil des Skelettes ansatzweise freigelegt. Wider Erwarten lag die Leiche nicht ausgestreckt im Graben, sondern zusammengekauert, auf der Seite liegend, was auf den ersten Blick bloß wie ein achtlos hingeworfener Knochenhaufen aussah.

»Man könnte meinen, die Leiche ist zerstückelt und dann ins Loch geworfen worden«, sagte Jón.

Helgi grinste und legte seinen kleinen Besen beiseite, richtete sich auf und betrachtete das Skelett vor sich im Loch.

»Nö. Die Leiche ist nicht zerstückelt worden«, befand er. »Alles passt zusammen.«

Er glaube, fuhr er fort, man habe ein zu kleines Loch gegraben, und dann die Leiche, so gut es eben ging, hineingestopft. Jetzt, wo nur noch Knochen übrig seien, sehe es natürlich so aus, als sei die Leiche zerstückelt worden. Aber das sei sie bestimmt nicht. Auch der Kopf sei noch bis vor wenigen Tagen dran gewesen, soweit er das feststellen könne. Jón sagte nachdenklich:

»Es sieht fast so aus, als fehlte den Totengräbern die Zeit.«

»Sieht ganz danach aus«, stimmte ihm Helgi zu. »Die Leiche liegt nicht sehr tief im Boden. Nur etwa siebzig Zentimeter unter der Oberfläche.«

Er fischte einen Messstab aus seiner Jackentasche und hielt ihn an den Grubenrand.

»Fünfundsechzig, siebzig Zentimeter.«

»Der Mann hier wurde also erschlagen und dann so schnell als möglich verscharrt«, fasst Jón zusammen.

»Es könnte auch eine Frau sein.«

»Eine Frau?«

Helgi zuckte mit den Schultern.

»Ich sehe jedenfalls keinen Pimmelknochen«, sagte er augenzwinkernd.

Jón verzog den Mund kaum.

»Gibt es eine Möglichkeit, das Geschlecht der Person zu bestimmen?«, fragte er.

Helgi nickte.

»So ungefähr. Aber das können wir nur im Labor feststellen, sobald wir alle Befunde erfasst und ausgewertet haben. Die Beckenknochen beispielsweise könnten uns verraten, ob sie vielleicht Kinder gebar oder so.«

Plötzlich wurde hinter ihnen die Autotür zugeschlagen. Nonni reckte sich, gähnte und rieb sich die Augen.

»Gibt es bald was zu essen?«, rief er.

Helgi schaute auf die Uhr und legte den Kopf schräg, als wartete er, bis der Uhrzeiger bei der richtigen Ziffer angekommen war. Jón schaute hinüber zum Haus. Seine Tante trat vom Fenster weg.

»Komm mal her«, sagte Helgi. »Schau dir das an.«

Nonni trat mit steifen Gliedern zu ihnen an den Grubenrand. Auch Palli trat hinter dem Baum hervor und schaute neugierig ins Loch.

»Jesusmaria!«, sagte Nonni und machte zwei Schritte rückwärts. »Die Leiche wurde ja völlig zerstückelt!«

Jón und Helgi schauten sich an und brachen in Gelächter aus, Palli stimmte mit ein.

»Ihr könnt mich mal!«, sagte Nonni und trottete zurück zum Auto. »Saukälte. Nichts zu futtern hier«, hörte man ihn noch brummen.

»Ich schau mal, ob es etwas zu essen gibt«, sagte Jón und ging hinüber zum Haus.

Palli folgte ihm.

Der Tisch war gedeckt für fünf, auf dem Feuer blubberte eine dicke Fleischsuppe. Das merkwürdige Verhalten seiner Tante konnte Jón nicht mehr überraschen. Sie stand beim Feuer, rührte in der Suppe und sagte:

»Du solltest den beiden nicht helfen. Du könntest die Untersuchungen behindern. Hast schon genug Schaden damit angerichtet, den Schädel über den ganzen Hofplatz zu tragen.«

Palli hörte konzentriert mit, stand dicht hinter Jón, als wäre er sein unterwürfiger Gefolgsmann.

»Ich habe ihn schließlich gefunden«, murrte Jón.

»Das heißt nicht, dass du mit den Knochen machen kannst, was du willst.«

»Wieso sollte ich die Untersuchungen behindern wollen? Ich will ja wissen, was passiert ist.«

»Du hast schon genug Schaden angerichtet«, wiederholte Tante Rósa, ohne ihren Blick von der Suppe zu heben.

Es klopfte. Helgi und Nonni kamen zur Tür herein. Sie zogen ihre Schuhe aus und setzten sich erwartungsfroh an den Tisch, als wäre es selbstverständlich, dass sie von der alten Tante gefüttert würden. Nonni nahm sogar schon den Suppenlöffel in die Hand. Palli gesellte sich zu ihnen und glotzte sie grinsend an, sodass sie verlegen die Blicke senkten. Jón blieb geduldig stehen, wartete, bis sich alle hingesetzt hatten.

»Wir könnten uns die Arbeit sparen, wenn du uns ganz einfach sagen würdest, wer da draußen in diesem schäbigen Loch liegt«, sagte Jón kalt.

Helgi und Nonni tauschten Blicke. Ein paar klamme Sekunden verstrichen, Tante Rósa rührte einfach weiter in der Suppe, dann zischte sie:

»Hände waschen.«

Die beiden Polizisten standen wie Springteufel von ihren Stühlen auf und eilten zum Waschtrog, wo sie sich die Hände so gründlich wuschen, als rechneten sie mit einer Inspektion der Köchin.

»Palli, Jón, ihr auch!«

Während der Mahlzeit wagte niemand zu sprechen. Selbst Palli benahm sich für einmal zurückhaltend. Bis er den Zeigefinger, an dem ein Stück Zwiebel klebte, vor sich in die Luft hielt und sagte:

»Mah. Mah. Mah?«

Dabei schaute er erst Tante Rósa, dann Jón fragend an, doch niemand wusste eine Antwort auf seine Frage. Auch Jón hätte gern gewusst, wo seine Mutter jetzt war.

»Mah! Mah! Maaah!«, forderte Palli und schlug mit der Hand auf den Tisch.

Die zwei Burschen hielten mit Suppelöffeln inne und starrten ihn verstört an.

»Genug!«

Rósa fasste Pallis Handgelenk, drückte es auf die Tischplatte und sagte erneut, wenn auch etwas sanfter:

»Genug.«

Jón verging der Appetit, und er war der Erste, der den Löffel in den Teller fallen ließ, sich undeutlich für die Suppe bedankte und hinaus ins Freie trat.

Er atmete tief durch. Der kalte Wind schmerzte in seinen Lungen, und Jón hielt die hohle Hand schützend vor den Mund. Er fragte sich, ob ihm seine Mutter zuschaute, und wenn ja, ob sie gewollt hätte, dass er beim Baum eine Leiche ausgrub. Wieso hatte sie ihm nicht schon früher davon erzählt? Sie musste gewusst haben, wer da begraben lag.

Jón ging zum Grab hinüber und schaute auf die bleichen Knochen, die kreuz und quer in der Grube lagen. Bald gesellten sich Helgi und Nonni zu ihm, die Hände tief in den Taschen vergraben. Man rauchte. Die Kälte fraß sich ungehindert in die Glieder, solange man nur herumstand.

»Eine gottverdammte Kälte ist das hier draußen«, sagte Nonni.

»Wenn wir uns beeilen, sind wir heute Abend fertig«, sagte Helgi und schlug die Hände zusammen.

»Braucht ihr mich?«, fragte Nonni und machte Anstalten, in den Kastenwagen zu steigen.

»Halt da, Gartenzwerg!«, sagte Helgi. »Bring mir den Schreibblock und Schreibzeug.«

Er erklärte Jón, dass sie nun eine Skizze der Grabstelle machten, um den Knochen Nummern zu geben und sie zu vermessen. Dann könne man sie wegpacken, um sodann tiefer zu graben.

»Sag mal«, begann Nonni, als er mit Block und Schreibzeug zu ihnen trat. »Glaubst du wirklich, dass deine Tante weiß, wer hier liegt?«

Jón zuckte mit den Schultern, ohne den Blick von den Knochen zu heben.

»Ich meine«, fuhr Nonni fort, »es könnte doch sein, dass hier dieser Bezirkspräsident liegt, und dann wäre sie mitschuldig, verstehst du, und dann kommt sie hinter Gitter. Willst du etwa, dass deine Tante in den Bau wandert? So schlimm ist sie nun auch wieder nicht. Die Suppe war echt spitzenmäßig. Ich wäre glücklich, wenn meine Mutter so gut kochen könnte. Und wer soll dann auf den Idioten aufpassen ...«

»Halt die Klappe, Nonni!«, sagte Helgi.

Nonni machte ein fragendes Gesicht.

»Nach zwanzig Jahren steckt man niemand mehr in den Knast«, fuhr Helgi fort. »Die Angelegenheit ist verjährt. Die Spuren sind verwischt.«

»Excuse me, Mr. Gerichtsmediziner«, sagte Nonni. »Ich sag ja nur, was Sache ist.«

»Halt jetzt einfach die Klappe, Mann.« Nonni schüttelte beleidigt den Kopf.

»Schon gut«, sagte Jón. »Ich weiß ja selbst nicht, was ich denken soll. Ich will einfach nur wissen, was passiert ist damals, und wer hier liegt. Verstehst du?«

»Alles klar, Kamerad«, sagte Nonni, fluchte und stieg hinunter ins Loch, wo er die Knochen mit Schnur und Zettel zu markieren begann.

Jón half mit, und so kamen sie gut voran. Sie merkten in ihrem Eifer nicht, dass der Wind das Brummen eines Autos zu ihnen trug. Erst als es über die Anhöhe gerast kam, hoben sie die Köpfe. Es war ein verbeulter Jaguar, der über die Schlaglöcher hinwegsteuerte, als wäre ihm eine Horde stinkwütender Elefanten auf den Fersen. Auf dem Hofplatz machte er einen gefährlichen Schlenker, sodass Steine unter den Rädern hervorspritzten, kurvte dann direkt auf den Baum zu, wo ihm nun drei Männer erschrocken entgegenschauten. Nur wenige Meter vor ihnen pflügte sich der Jaguar mit stehenden Rädern durchs Gras und kam zum Stillstand. Sogleich sprang die Tür auf, Arnór entstieg dem Auto in einem verdreckten Uniform-Overall der Landesvermessung.

»Was geht hier vor!«, brüllte er. »Jón! Sag mir auf der Stelle, was zum Teufel hier vorgeht!«

Jón stand mit aufgerissenen Augen neben der Grabstelle und suchte nach Worten, doch er fand keine. Als Arnór die Knochen vor sich in der Grube und auf der Plane liegen sah, wurde er grau im Gesicht.

»Teufel, Jón!«, presste er hervor. »Wieso hast du mir nichts gesagt?«

Jón öffnete zwar den Mund, doch Helgi kam ihm zuvor.

»Nur die Ruhe«, sagte er bestimmt. »Wir graben hier nur ein paar Knochen aus. Die liegen schon seit Jahrzehnten hier. Kein Grund sich aufzuregen. Wir sind von der Gerichtsmedizin in Akureyri.«

Arnór starrte ihn an, musterte ihn von Kopf bis Fuß. Er zeigte mit ausgestrecktem Arm auf den Haufen Knochen und sagte mit fast tonloser Stimme:

»Das hier könnten die Überreste meines Vaters sein, du Anfänger! Der Präsident des Bezirkes Mývatnsveit! *Mein* Vater!«

»Auweia«, sagte Nonni.

Arnór nahm ihn nicht zur Kenntnis und zeigte nun mir dem Arm auf Jón, der noch immer reglos am Grabrand stand.

»Und sein Vater hat ihn wahrscheinlich umgebracht.«

»Arnór!«, entfuhr es Jón. »Das kannst du doch unmöglich …«

Mehr sagte er nicht.

»Ich muss dich warnen«, sagte Helgi schmallippig. »Du hast kein Recht, die Arbeit der Polizei zu behindern. Wir sind *die Polizei*. Ich muss dich bitten, uns in Ruhe arbeiten zu lassen, oder …«

»Oder was?«

Arnór bebte. Er trat ganz dicht an Helgi heran, sodass sich ihre Nasenspitzen fast berührten. Helgi kniff die Augen zusammen.

»Arnór!«, sagte Jón nun etwas entschlossener. »Ich will doch auch wissen, was hier passiert ist. Ich bin auf deiner Seite!«

Jetzt ließ Arnór von Helgi ab und machte einen Schritt rückwärts. Er starrte auf die Knochen, als versuchte er, seinen Vater zu erkennen. Seine Lippen formten Worte, doch er gab keinen Ton von sich. Er fiel erschöpft auf die Knie und hob den Schädel behutsam von der Plane. Tränen sammelten sich in seinen Augen, seine Lippen zitterten. Nach ein paar Sekunden ließ er den Schädel fallen, als hätte er plötzlich das Interesse daran verloren, sprang auf die Beine und lief zurück zum Auto. Der Jaguar fauchte bedrohlich, und so schnell wie Arnór gekommen war, verschwand er wieder. Nur das Brummen des Motors hing noch eine Weile in der Luft, bis auch das erstarb.

Die Burschen atmeten auf. Nonni kreiste den Zeigefinger um die Schläfe.

»Welchem Irrenhaus ist der denn entlaufen!«, sagte er.

»Man wundert sich tatsächlich, wer hier wen umgebracht hat«, sagte Helgi und schaute Jón an.

Der sah immer noch zur Anhöhe, als befürchte er, der Sportwagen könne wenden und zurückgerast kommen.

»Wie hat der Psycho eigentlich erfahren, dass wir hier ein Skelett ausbuddeln?«, fragte Nonni.

Helgi zündete sich eine Zigarette an und brummte:

»Jetzt machen wir die Sache endlich fertig, bevor das ganze Dorf mit Heugabeln und Sensen angerannt kommt!«

Er grinste, als Nonni entsetzt zur Anhöhe hochschaute.

»Himmel!«, rief der. »Du nimmst mich wieder auf den Arm!«

Er versuchte, Helgi zu fassen zu kriegen, doch der wich ihm lachend aus, flüchtete sich hinter den verdutzten Jón und sagte, was er schon einmal gesagt hatte:

»Pass bloß auf! Wir sind die Polizei!«, sodass selbst Jón grinsen musste.

Als sie rund zweihundert Knochen markiert, aus dem Grab gehoben und auf der Plane ausgelegt hatten, kam Tante Rósa mit einem Picknick-Korb und Palli im Schlepptau aus dem Haus marschiert. Die drei Männer hielten in ihrer Arbeit inne und schauten ihr überrascht entgegen.

»Siehst du, du Sauertopf? Die ist gar nicht so übel«, flüsterte Nonni.

»Warts ab«, knurrte Jón.

Beim Grab angekommen verteilte Tante Rósa Tassen und schenkte Kaffee aus einer Thermosflasche ein. Die zwei

Burschen bedankten sich übertrieben höflich, als vollbringe die Alte eine Großtat. Jón führte die Kaffeetasse an die Lippen, ohne seine Tante dabei aus den Augen zu lassen. Er wollte feststellen, ob sie nach draußen gekommen war, um das Skelett zu begutachten. Doch sie reckte das Kinn in die Höhe, schaute von einem zum anderen, abwartend, ohne etwas zu sagen, ohne einen Blick auf die Knochen zu werfen. So verstrichen einige unbehagliche Momente, sodass es selbst Palli langweilig wurde und er rüber zu den Stallungen ging und darin verschwand.

»Auf der Vaðlaheiði hat es zu schneien begonnen«, unterbrach Rósa das Schweigen. »Haben sie im Radio gesagt.«

Die zwei Burschen schauten sich erschrocken an.

»Ich werde hier nicht übernachten!«, sagte Nonni, und bewegte dabei den Mund kaum.

Helgi seufzte.

»Danke für den Kaffee«, sagte er, trank die Tasse leer und überreichte sie Rósa.

Nonni tat es ihm gleich.

»Geh nur, ich bring meine Tasse mit rein«, sagte Jón, worauf seine Tante nur mit den Schultern zuckte, sich umdrehte und zurück ins Haus ging.

Da bemerkte Jón, wie sie einen Blick auf das Skelett warf. Er kniff die Augen zusammen.

»Nichts wie weg hier!«, sagte Nonni, und begann die Werkzeuge zum Kastenwagen zu tragen.

»Jetzt mach mal halblang!«, sagte Helgi, doch Nonni ließ sich nicht beirren.

»Das Skelett ist praktisch vollständig«, rief er über die

Schulter. »Was willst du denn noch mehr?« Helgi knirschte mit den Zähnen.

»Na gut«, sagte er. »Wir kommen vielleicht wieder.«

Jón schaute dem Kastenwagen hinterher, welcher freilich viel länger brauchte, die Anhöhe zu erklimmen und dahinter zu verschwinden als zuvor der Sportwagen. Erst, als der Wagen mitsamt dem Skelett im Laderaum verschwunden war, kam Palli aus den Stallungen und gesellte sich zu seinem Bruder. Lange starrte er in das leere Erdloch, bis er sich plötzlich umdrehte und ins Haus lief. Da bemerkte Jón, dass Tante Rósa wieder am Fenster stand und ihn beobachtete. Es lief ihm heiß und kalt den Rücken runter, als sich ihre Blicke trafen. Die Alte hob ihre Faust gemächlich auf Brusthöhe, Daumen oben.

Am Abend saß Palli mit hängenden Schultern am Tisch. Der Speichel tropfte ihm in Fäden von den Lippen. Seine Stirn glühte und seine Augen glänzten. Tante Rósa hielt ihre Hand auf seine Stirn und sagte:

»Palli hat Fieber. Er hätte nicht den ganzen Tag draußen im kalten Wind stehen sollen.«

Jón ignorierte den Vorwurf und fragte:

»Wer lag da draußen beim Baum, all die Jahre?«

Tante Rósa blieb ihm eine Antwort schuldig.

In der Nacht erfüllten Pallis Angstschreie das Haus. Fiebrige Albträume plagten ihn, solche, in denen sich schlimme Erlebnisse in den wirren Hirnwindungen verheddern wie ein entsetztes Schaf im Stacheldraht, das immer weiter gegen den Zaun springt. Tante Rósa kümmerte sich um Palli, kühlte ihm die Stirn mit einem nassen Lappen.

Jón lag wach auf seinem Bett in Großvaters Zimmer und hielt sich die Ohren zu, denn die Schreie fraßen sich wie Kreissägen durch seinen Körper.

7

So schwarz kann nur eine schneelose Spätwinternacht im Hinterland der Mückenseegegend sein. Die zu Eis erstarrten Pfützen schimmern im Sternenlicht, so wie der See, der weiter nördlich liegt. Die meisten Häuser scharen sich denn auch um diesen entzückenden See, als ziehe sie das Licht der Sterne magisch an. Wie die Vögel halten sich die Menschen gern nahe am seichten Gewässer auf, und selbst die schrecklich lästigen Mücken vermögen sie nicht in den Wahnsinn zu treiben und vom Seeufer zu verjagen, die Bewohner von Reykjahlíð, von Hallskot und Viðasel, von Hrisheimur und Gautlönd, von Skútustaðir und Grímsstaðir. Flinke Fischer und standhafte Bauern sind sie.

»Die Mücken mögen das Wasser wie die Fische oder die Enten«, wusste man schon seit jeher, denn man hatte die Tierwelt über viele Jahrhunderte beobachtet und studiert, wenn es nichts Besseres zu tun gab, als mit einem Grashalm im Mundwinkel über den Kreislauf der Natur nachzudenken oder den Schafen beim Weiden zuzuschauen. Den Bauern blieb nicht verborgen, dass die Vögel und auch die Fische die Mücken mit solcher Gier aus der Luft und von der Wasseroberfläche picken, als wären sie dänisches Konfekt. Vogeldreck ist schließlich der beste Dünger, weshalb die Weiden am See so saftig sind. Und wer haut nicht gern eine

Forelle oder ein Entenei in die Pfanne, wenn die Landwirtschaft nicht genug hergibt? Es solle darum niemand die Mücken verfluchen, sagen die Bauern seit bald tausend Jahren, auch wenn diese Biester die sonnigen Sommertage zur Hölle machen und man sich eher im Stall bei den Mistfliegen als draußen bei den Mücken aufhält. Es soll nur niemand die Schöpfung verfluchen, sagen sie, denn alles hat seinen Sinn. Alles. Selbst die kleinste Mücke und der kleinste Vogelschiss.

Amen.

Zur Jahrhundertwende kamen die Naturforscher von den Universitäten der großen Städte. Feierlich nannten sie die Namen dieser Metropolen, Kopenhagen, Stockholm, London oder gar Cambridge in Amerika, als wären sie deren Gründungsväter. Sie kamen an den Mückensee und stolperten über die Grashöcker, rutschten auf Kuhfladen aus, verfingen sich an den Stacheldrahtzäunen und rissen beim Versuch, sich zu befreien, Löcher in ihre Freiluftkleidung. Nach Atem ringend erklärten sie den Bauern, dass alles einen Sinn habe. Es solle hier nur niemand die Mücken verfluchen, sagten sie, denn die Mücken machten es den Menschen überhaupt erst möglich, hier zu leben. Man könne es nun beweisen, denn man habe schließlich Naturwissenschaften in Kopenhagen studiert, in Stockholm, in London oder in Cambridge, Amerika. Man habe den Vogeldreck untersucht, wortwörtlich unter die Lupe genommen und festgestellt, dass die Vögel Mücken verspeisen!

Die Bauern kauten indes nur auf ihren Grashalmen und wunderten sich, warum die Naturforscher sie nicht einfach gefragt hatten. Auch wenn sie das Wissen der Studierten nicht sehr beeindruckte, so genossen sie doch die ausländische Gesellschaft, die Abwechslung, denn man schwatzte mit jedem gern, den man nicht wöchentlich beim Tanzabend zum Trinkgelage und tags darauf in der Kirche traf; ewig dieselben, verkaterten Nachbarn mit roten Gesichtern und faulem Atem, die sprachen, als seien Wörter kleine Schafskügelchen, die man zerbeißen muss, bevor man sie ausspuckt, so schwer drückt der Kater auf den Magen. Da ist doch ein übereifriger Professor eine erfrischende Abwechslung! Eine wunderbare Gelegenheit, den Kaffee von gestern aufzuwärmen und in schwedischen Porzellantassen zu servieren.

Doch an diesem scheinbar gewöhnlichen Spätwinterabend im Jahr 1967 lag nichts als Schwärze über dem Mückensee, so schwarz, dass man nicht einmal die weißen Dampfwolken der warmen Quellen nordöstlich des Sees erkennen konnte. Man versuchte zu schlafen, denn der Winter war lang und hielt noch immer an, und der Sommer, dieser träge Faulpelz, ließ auf sich warten. Also versuchte man, früh schlafen zu gehen und blieb am nächsten Morgen lange liegen in der Hoffnung, der Sommer möge an die Tür klopfen, mit Blumen im Arm und einer warmen Brise im Haar. Doch er ließ weiter auf sich warten, und deshalb betrank man sich an den Wochenenden noch wütender, als hätte man das gute Recht, das magere Einkommen zu verflüssigen, flüchtig zu verdauen und damit den eigenen Namen in goldenen Lettern in den Schnee zu pissen. Sakrament, wenn doch nur alles Gold wäre, was gelb ist. Wenn doch die Naturforscher, diese Blindgänger, nur endlich daran arbeiten würden, aus Pisse Gold zu machen.

Aber nein, Vogeldreck interessierte sie mehr als Alchemie!

An diesem Abend jedoch war die Stille über dem Mückensee anders als sonst. Sie war angespannt, als hielten alle in ihren Betten den Atem an und horchten angestrengt auf jeden Laut, der von draußen in die Zimmer drang. Denn die Neuigkeit hatte die Runde gemacht, bis die Drähte heiß gelaufen waren: Auf Steinholt habe man ein menschliches Skelett ausgegraben! Und dieser fleißige Junge Arnór Theodórs sei überzeugt, dass es sich nur um seinen Vater Theodór Gíslason handeln konnte, der anno 42, zusammen mit dem Steinholt-Bauern, angeblich in den Gletscherfluss gefallen war. Pff! Man hatte es noch nie geglaubt, dass zwei Männer einfach so in einen Fluss fallen können, ohne ersichtlichen Grund. Zwei Naturforscher vielleicht, mit der Topographie des Geländes unvertraut, durch den Nebel und die Elfen in die Irre geleitet, das wäre schon möglich. Aber doch keine Schafbauern aus der Mývatnsveit! Man hatte es schon immer gewusst – wenn man es auch nicht ausgesprochen hatte, denn man wollte die beiden Familien nicht verärgern, aber man hatte es gewusst, dass an der ganzen Geschichte etwas faul war.

8

Die Fieberschreie seines Bruders waren verebbt, die Stille und die Dunkelheit nahmen überhand. Jón lag wach im Bett. Wenn man sich mit Denken tatsächlich den Kopf zerbrechen könnte, dann läge seiner in tausend Stücken auf dem Kissen. War ihm etwas entgangen? Übersah er ein kleines Detail, das Licht ins Dunkel bringen könnte? Die Lösung des Rätsels schien direkt vor seinen Füßen zu liegen – er würde noch darüber stolpern! So ein Tölpel.

Jón erwachte aus einem leichten Schlaf, als das Kurbeltelefon neben dem Hauseingang schrillte. Am anderen Ende der Leitung betätigte jemand die Kurbel, drehte zweimal lang und einmal kurz. Das Signal galt Steinholt.

Jón hielt den Atem an. Er hörte Tante Rósas schwere Schritte, wie sie aus der Küche zum Telefon ging und den Hörer abnahm.

»Hallo!«, rief sie.

Jón lauschte gespannt.

»Nur ein altes, namenloses Grab! … Nein. … Nein! … Denk bloß nicht dran!«

Damit schmetterte Rósa den Hörer auf die Gabel.

Jón zog sich an und ging in die Küche, wo seine Tante das Frühstück für ihn zubereitete. Er wusch sich das Gesicht mit eiskaltem Wasser, prustete, trocknete sich ab und setzte sich an den Küchentisch. Dabei versuchte er, den vorwurfsvollen Blicken seiner Tante auszuweichen. Sie sah erschöpft aus, hatte dunkle Schatten unter den Augen, und ihre Bewegungen waren langsamer als gewöhnlich. Manchmal blieb sie beim Waschtrog stehen, stützte sich auf die Kante und schloss die Augen – wenn auch nur für ein paar Sekunden.

»Ist Palli oben?«, fragte Jón.

»Er hat noch immer Fieber«, antwortete Rósa.

Das Telefon schrillte zweimal lang und einmal kurz. Jón beobachtete seine Tante, wie sie murmelnd an ihm vorbei zum Eingang ging.

»Lasst uns in Ruhe!«, brüllte sie in den Hörer.

Kaum war sie wieder in der Küche, läutete das Telefon auch schon wieder, doch diesmal galt das Signal nicht Steinholt. Tante Rósa schaltete das Transistorradio ein und seufzte erleichtert, als der isländische Rundfunk knisternde Aufnahmen eines Männerchores spielte.

Auch Jón entspannte sich ein wenig und ließ sich sogar zu der Aussage hinreißen, sich später ein wenig um seinen kranken Bruder kümmern zu wollen. Doch erst müsse er etwas erledigen, draußen auf dem Land. Er machte eine flüchtige Handbewegung, stand kauend auf und spülte den letzten Bissen mit einer bis zum Rand gefüllten Tasse Kaffee hinunter.

Draußen zerrte der kalte Nordwind an den Ästen des Götterbaumes. Jón zog den Kopf ein und knöpfte seine Winterjacke bis unter die Nase zu. Er blieb eine Weile schlotternd stehen, die Hände tief in den Taschen vergraben, als überlege er, ob er sich diese Kälte wirklich antun oder sich doch lieber in Großvaters Zimmer verkriechen wollte.

»Verfluchter Wind«, murmelte er.

Eine Krähe saß auf dem Stalldach und legte den Kopf schräg. Jón hielt nach den zwei Pferden Ausschau. Sie standen reglos auf der Weide, gut hundert Meter von den Hofgebäuden entfernt, die Köpfe hängend, die Hintern dem Nordwind zugedreht. Jón rieb sich die Hände, formte sie zu einer Kugel und blies warmen Atem in sie hinein. Dann ging er zum Stall hinüber und verschwand darin. Die Krähe flog schimpfend davon. Nach einer Weile trat Jón wieder ins Freie. Auf den Armen trug er Zaumzeug und einen Sattel, dessen Leder steif und staubig war.

Die zwei Pferde schauten ihm aufmerksam entgegen, wie er übers Feld auf sie zukam. Ihre Winterfelle waren struppig, ihr Mähnenhaar wirbelte wild im Wind umher. Den ganzen Winter über hatten sie hier draußen gestanden und hatten sich nur bewegt, wenn ihnen Tante Rósa oder Palli gelegentlich einen Heuballen vor die Hufe geworfen hatten.

Jón verlangsamte seine Schritte. Die zwei alten Gäule kannten ihn bestimmt nicht mehr, er musste also behutsam vorgehen. Der mit dem schwarzen, schmutzigen Fell und der rötlich schimmernden Mähne war Skuggi. Der Graubraune mit den weißen Flecken am Bauch war Gamli Grár. Er war stärker als Skuggi, hatte breite Hufe und ein buschiges Fell. Ihn hatten sie seit bald zwei Jahrzehnten. Jón hatte ihn schon als Kind geritten. Skuggi hatten sie vor einigen Jahren dem Skútustaðir-Schlächter abgekauft, damit Gamli Grár nicht allein war.

Jón legte den Sattel behutsam aufs gefrorene Gras, ohne

die Tiere aus den Augen zu lassen. Er büschelte das Zaumzeug, sodass er die Trense flink ins Maul eines der Pferde würde stecken und das Zaumzeug über die Ohren streifen können. Jón hatte es auf Gamli Grár abgesehen. Ganz langsam ging er auf das Pferd zu. Es schnaubte und tänzelte ein paar Schritte von Jón weg. Skuggi hob den Kopf und schaute sich um, in der Befürchtung, dass noch jemand kommen würde, um auch ihm Zaumzeug anzulegen. Doch da war niemand, außer diesem langen Jungen. Also senkte Skuggi wieder den Kopf und schnupperte am gefrorenen Gras, doch er blieb aufmerksam, richtete seine Ohren auf den Jungen aus.

Jón blieb stehen und streckte die Hand aus. Zögernd traten beide Pferde auf ihn zu und schnupperten daran, in der Hoffnung, etwas Essbares vorzufinden. Doch sie wurden enttäuscht; die Handfläche war leer. Flink warf Jón das Zaumzeug über Gamli Grárs langen Kopf.

Hätte jemand aus der Ferne zugeschaut, etwa seine Tante vom Stubenfenster aus, oder Bauer Gísli, irgendwo auf einer Anhöhe, dann hätten sie Jón ins Leere greifen und mitsamt dem Zaumzeug umfallen sehen. Die zwei Pferde stoben davon. Doch niemand schaute zu, wie Jón erleichtert feststellte, als er sich hastig aufrappelte und umsah. Er zerbiss einen deutschen Fluch, denn auf Deutsch flucht es sich besser. Die Pferde blieben einige Meter entfernt stehen und schüttelten vor Aufregung die Köpfe. Jón wischte sich mit dem Ärmel den Rotz von der Nase, blieb eine Weile einfach nur stehen und dachte nach. Er brauchte eine neue Strategie. Die Pferde würden auf denselben Trick nicht mehr hereinfallen.

Erst nachdem Jón in der Küche eine Handvoll Zucker geholt und den Pferden unter die Nase gehalten hatte, gelang es ihm, Gamli Grár das Zaumzeug anzulegen und den Sattel überzuwerfen. Ruppig schwang er sich auf den Pferderücken, sodass sich das Tier erschreckt aufbäumte und sich Jón an der Mähne festklammern musste, um nicht auf dem Boden zu landen. Er griff nach den Zügeln, schnalzte mit der Zunge und ließ den alten Gaul über das unebene Feld galoppieren, auf die dunklen Berge am Horizont zu.

Dahinter verbarg sich das Hochland, wo die Grasfelder in spärliche Moos- und Steinwüsten ausliefen und der Wind die Kanten schliff. Skuggi lief den beiden in kurzem Abstand ängstlich wiehernd hinterher. Jón überkam ein herrliches Gefühl der Freiheit, obwohl ihm der Pferderücken hart zwischen die Beine schlug. Seine Glieder wurden schnell warm, und er erlaubte sich einen Jauchzer, sodass die beiden Pferde vor Schreck beinahe durchgingen. Er nutzte ihren Schrecken und jagte sie aufs Hochland zu, hinein in den dunklen Schatten des Sellandafjall.

Als sie alle drei außer Atem waren, beruhigte er die Pferde und ließ sie locker traben. Die Hügel um sie herum erhoben sich, an ihren Schattenhängen lag hartgefrorener Schnee, der das ganze Jahr über würde liegen bleiben. Ewiger Schnee. Ewige, verfluchte Kälte. Für die Pferde wurde es immer mühsamer voranzukommen, denn der alte Pfad war übersät von Gesteinsbrocken; kantiges Basaltgestein, vom Frost gesprengt. An den scharfen Kanten schlugen sich die Pferde die Fesseln blutig. Es wäre dumm, sich zu beeilen, und so ließ Jón die Pferde das Tempo bestimmen.

Bald kamen sie zum Eingang einer Schlucht, die von den

Bewohnern der Mückenseegegend Elfenschlucht genannt wird, doch auf den Landkarten mit einem anderen Namen versehen ist. Jón ließ die Pferde einem gefrorenen Rinnsal entlangtrotten, immer tiefer in die Schlucht hinein. Obwohl er sie aus seiner Jugend noch gut kannte, überkam ihn ein Gefühl von Unbehagen; als würde er von allen Seiten beobachtet. Erstaunlich, wie ein simpler Flurname Paranoia auslösen kann.

Es war fast windstill in der Schlucht. Das Klappern der Pferdehufe auf den Steinen echote an den Wänden. Die Schlucht glich durch die sechseckigen Basaltsäulen einer mittelalterlichen Ruine. Sie wurde an ihrem Ende etwas breiter, die Wände bildeten eine Arena. Im Sommer kamen manchmal Jugendliche aus der Gegend hierher, brachten Holz, Kartoffeln und Schnaps mit und schmetterten Volkslieder dagegen. Noch war es zu kalt für derartige Ausflüge. Eiszapfen reichten vom Himmel bis hinunter auf den Schluchtboden.

Hier gab es keine Elfen, davon war Jón überzeugt, auch wenn es in einer Volkserzählung hieß, dass an dieser Stelle drei Söhne aus Hvammur von Elfen entführt worden waren.

Wenn man die Schluchtwände genau betrachtete, konnte man mit ein bisschen Fantasie die zu Stein erstarrten Körper der Gebrüder im Fels erkennen. Teufel. Wenn man den Blick lange genug auf die Schluchtwände gerichtet hielt, war gar eine ganze Schar erstarrter Körper auszumachen. Schwer zu sagen, wie viele arme Seelen hier über die Jahrhunderte in die Felswände eingemauert worden waren. Doch wer zählt schon.

Der Pfad führte steil aus der Schlucht hinaus. Stellenweise waren Stufen in den Stein geschlagen worden. Jón stieg vom Pferd und führte es am Zügel. Sie erklommen eine karge Hochebene, die sich sanft und weit bis hinunter zum Gletscherfluss senkte; ein milchiger Fluss mit vielen Armen und Windungen, mal breit und träge, mal schmal und reißend. Es gab keine Stelle, keine Untiefe oder Weitung, wo ein Queren des Flusses möglich gewesen wäre. Wieso sollte man ihn auch queren wollen? Auf der anderen Seite des Flusses wartete lediglich eine schwarze Steinwüste. Da gab es nichts, was einen Bauern hätte interessieren können.

Oben pfiff der Wind ungebremst über die Ebene und fraß sich durch Jóns Kleider. Am liebsten wäre er gleich wieder in die windgeschützte Schlucht zurückgeklettert, doch er wusste, dass es nun nicht mehr weit war. Der Gletscherfluss führte dicke Eisplatten mit sich, die weiter unten einen Wasserfall hinunterkrachten. Jón hörte den Fluss aus einiger Ferne, wie das Wasser an den Ufersteinen nagte, Steine unterspülte und mit sich führte. Wenn man genau hinhörte, vernahm man das Poltern der Steine und das Knirschen der Eisschollen, die sich stießen und übereinander schoben, wo das Flussbett enger wurde.

Jón hielt unweit des Flussufers inne, stützte sich auf das Sattelhorn und starrte gedankenverloren ins Wasser.

Die Pferde schüttelten die Mähnen und peitschten nervös mit den Schweifen. War es tatsächlich möglich, dass man die gefährliche Nähe des Flusses übersehen oder gar überhören konnte? Dichter Nebel soll an dem Unglückstag während des Schafabtriebes die Sicht beeinträchtigt haben. Doch hätten die Pferde die gefährliche Nähe des Wassers trotz ungünstigen Wetterverhältnissen nicht gespürt? Wären sie dem Fluss nicht instinktiv ferngeblieben? Nein, niemand fällt versehentlich da hinein. Die Knochen unter dem Götterbaum waren schließlich Beweis genug, dass sich die Tragödie nicht so abgespielt hatte, wie erzählt wurde.

Plötzlich presste Jón seinem Pferd die Fersen in die Seiten, dass es zusammenzuckte und auf den Gletscherstrom losgaloppierte. Skuggi wieherte erschrocken und folgte den beiden in einigem Abstand. Gamli Grár warf den Kopf wild hin und her, doch er gehorchte dem Befehl seines Reiters. Jón jagte ihn erbarmungslos auf das eisige Wasser zu und hielt die Zügel fest umklammert. Er biss die Zähne zusammen und gab einen knurrenden Laut von sich, der in einen irren Kampfschrei überging. Der Teufel höchstselbst muss den Steinholt-Burschen geritten und gepeitscht haben. Erst im letzten Moment fing sich Jón, riss an den Zügeln und lehnte sich im Sattel zurück. Gamli Grár sperrte mit ausgestreckten Vorderbeinen die Hufe ins Flussufer, stolperte und wieherte, Steine spritzten unter ihm hervor, doch schließlich kam er zitternd und tänzelnd zum Stillstand. Es fehlte nicht viel, und Pferd und Reiter wären baden gegangen.

Ein göttlicher Adrenalinschub durchfuhr Jón. Halleluja! Seine Augen waren weit aufgerissen, sein Herz raste, er sah die Welt, die Schöpfung so klar, als hätte er sie zuvor durch einen Schleier betrachtet. Die nassen Steine am Flussufer glänzten schwarz im schwachen Tageslicht, er sah Wassertropfen wie Perlen durch die Luft schweben. Alles war einen Moment lang vollkommen, die Elemente in völliger Harmonie. Luft, Wasser, Erde und das Feuer, das in seinem Herzen loderte. Skuggi wieherte und zerriss die Harmonie, die Melodie des Flusses, den Klang der Berge. Allmählich wurde sich Jón bewusst, wie nahe er dem Tod gekommen war. Tatsächlich hatte er den Bruchteil einer Sekunde gezögert, hatte Gamli Grár einfach ins Wasser galoppieren lassen wollen. Etwas hatte ihn in den Fluss jagen wollen, eine teuflische, selbstzerstörerische Kraft, die tief in ihm lauerte. War er des Lebens müde? Wollte er das Schicksal seines Vaters teilen? War er mit der Absicht losgeritten, nicht zurückzukehren? Vielleicht hatte er sein Vorhaben, der Sache auf den Grund zu gehen, zu wörtlich genommen. Dabei wollte er doch nur Antworten auf seine Fragen.

Jón ließ sich völlig erschöpft, ohne die Zügel loszulassen, vom Pferderücken gleiten, setzte sich auf einen Stein, starrte in den Fluss und begann hemmungslos zu weinen. Gamli Grár stand schwitzend neben ihm und schnaubte gelegentlich, Skuggi suchte in sicherem Abstand zum Flussufer den Boden nach Essbarem ab.

Jón verscheuchte die Tränen aus dem Gesicht und schnäuzte sich auf den Boden. Er starrte in die tanzenden Wellen und versuchte sich vorzustellen, was damals wirklich passiert war. Der Gedankte streifte ihn, dass sich sein Vater mit zwei Pferden absichtlich in den Fluss gestürzt haben könnte.

9

Großvater hatte sich fürchterlich über den Zeitungsartikel im Bauernblatt aufgeregt. Er schüttelte während der Lektüre immerzu den Kopf, schließlich schmetterte er die Zeitung auf den Tisch.

»Was soll denn daran falsch sein!«, platzte es aus ihm heraus. »Wir haben es immer so gemacht, und das hat seine Gründe. Es kostet nichts und es wirkt. Sollen sich etwa alle Bauern verdammte Bolzenschussgeräte kaufen?«

Niemand, außer Jón, der mit ihm am Tisch saß, schenkte ihm Beachtung. Jón war damals noch ein Bub, zwölf, vielleicht dreizehn Jahre alt, neugierig und leicht zu beeindrucken. Er hatte gerade begonnen – ganz nach dem Vorbild seines Großvaters – Kaffee zu trinken. Die Frauen wuschen fleißig das Geschirr ab, Palli spielte mit Schafsknochen, Jón und sein Großvater waren am Tisch sitzengeblieben und tranken Kaffee. Manchmal goss ihm der Großvater ein paar Tropfen Brennivín in seine Tasse. Doch heute hatte er es wegen dieses Zeitungsartikels vergessen.

»Das ist es doch, was sie wollen«, polterte er. »Unser Geld! Wollen, dass wir immer etwas Neues kaufen, die neusten Geräte und Maschinen, und sie tun so, als sorgten sie sich um das Wohlbefinden der Tiere, sitzen in ihren Büros und denken sich Dummheiten aus. Du wirst sehen,

Bub, bald verbieten sie uns noch, Tiere zu schlachten. Aber auf eine saftige Lammkeule wollen sie trotzdem nicht verzichten, nein, nein, der Herr!«

Jón machte ein ernstes Gesicht und nippte vorsichtig am Kaffee, der schwarz und bitter war.

»Die glauben, Tiere sind nur zum Streicheln da. Sollen sie doch Gras fressen!«

Jón lachte über den gelungenen Scherz seines Großvaters, und der, ermuntert durch die Bestätigung seines Enkels, goss ihm endlich ein paar Tropfen Brennivín in die Kaffeetasse.

Am Nachmittag schlachteten sie ein Schaf. Es war nicht das erste Mal, dass Jón seinem Großvater dabei half. Doch auch er hatte den Artikel gelesen, und bis dahin hatte er sich noch nie Gedanken über die verschiedenen Tötungsarten eines Tieres gemacht.

Sie zerrten das verschreckte Schaf in den kleinen Schlachtraum, der gerade groß genug für Kleinvieh war; Pferde und Kühe brachten sie nach Skútuvogur. Großvater grub seine Hände in die Wolle des Tieres, hob es etwas in die Höhe und wuchtete es seitlich auf den Beton. Jón hielt das Schaf am Boden, drückte sein Knie mit dem ganzen Körpergewicht auf das Tier. Das Schaf blökte hysterisch, zappelte mit den Beinen, als wollte es davonrennen, doch die Beine schlugen ins Leere. Geschickt schnitt ihm Großvater mit einem kleinen Messer die Schlagader an der Kehle durch. Das Schaf blökte nun nicht mehr, doch es zappelte und zuckte noch eine ganze Weile, während sich das Blut aus der Kehle ergoss. Schnell wurde das Tier schwächer, doch den panischen Ausdruck in den Augen verlor es bis zuletzt nicht.

»Wohin gehst du denn!«, rief Großvater dem Knaben hinterher, der zum Stall hinaus auf die Wiesen lief.

Wenigstens hatte der Alte die Tränen nicht bemerkt.

Jón erinnerte sich jäh an diese Szene, als er Sattel und Zaumzeug zurück in den Stall gebracht hatte und am Schlachtraum vorbeigekommen war. Er flüchtete sich ins Freie, schüttelte die Erinnerung ab und schaute noch einmal hinüber zum Hochland, schloss die Augen und sah seinen Großvater auf einem Pferd auf den Horizont zu galoppieren. Pferdegestank stieg Jón in die Nase, sodass er die Augen wieder öffnete und an sich hinunterschaute. Bestimmt hatte auch sein Großvater manchmal nach Pferd gerochen, was diese plötzliche Erinnerung erklärte.

Jón klopfte sich das Pferdehaar von den Hosen und ging ins Haus, um sich zu waschen und frische Kleider anzuziehen.

Die Luft war abgestanden im Zimmer unterm Dach. Palli lag bleich und unruhig im Bett. Behutsam setzte sich Jón neben seinen Bruder. Palli musterte ihn müde, sein Blick war kraftlos, sein Körper unruhig, als wohne ein Tier darin, das raus wollte. Er streckte seine Hand unter der Bettdecke hervor und zeigte mit dem Finger aus dem Fenster, dazu murmelte er etwas, doch Jón verstand ihn nicht. Vielleicht wollte er ihm sagen, dass er nach Pferd roch.

Jón lächelte. Niki würde sich die Nase zuhalten und ihm ein langes Bad verschreiben, wenn sie jetzt bei ihm wäre. Vielleicht wäre sie sogar angetan von dem männlichen Geruch.

»Mein Cowboy«, würde sie sagen und ihre Finger über seine Brust wandern lassen.

Er wünschte, sie hätte ihn reiten sehen.

»Ich weiß«, sagte Jón. »Ich rieche wie ein Pferd.«

Pallis Gesicht hellte sich auf, nur ganz kurz, bis ihn die Gliederschmerzen wieder einholten, und er stöhnte und jammerte. Er schaute seinen Bruder aus halbgeschlossenen Augen an und trug ein Klagelied vor, das nicht enden wollte. Vielleicht beklagte er sich nicht nur über die Schmerzen, sondern auch darüber, dass sich sein Bruder den ganzen Tag nicht um ihn gekümmert hatte, mehr noch, dass er ihn einfach so verlassen, sich bis nach Hamburg abgesetzt hatte und mehrere Jahre nicht mehr nach Hause gekommen war. Wer weiß schon, was im Kopf eines Hirngeschädigten vor sich geht.

Jón nahm den warmen Lappen, der von Pallis Stirn gerutscht war, und trug ihn nach unten, um ihn im Waschtrog mit eiskaltem Wasser auszuwaschen. Im Haus war es still. Er bemerkte seine Tante, die in der Stube auf dem Sofa lag und schlief. Es war kalt im Haus, denn die Kohle im Herd war beinahe verglüht. Jón brachte das Feuer wieder in Gang und setzte Wasser auf, dabei hielt er seine Hände an den warmen Wassertopf. Dann schlich er sich in die Stube. Er betrachtete seine schlafende Tante auf dem Sofa. Ihre harten Gesichtszüge hatten sich gelockert. Ihr Gesichtsausdruck war nahezu biblisch; erhabenes, stilles Leiden. Jón seufzte und breitete eine Wolldecke, die zusammengefaltet auf einem Stuhl lag, über ihr aus. Tante Rósa rührte sich nicht, atmete tief und schwer. Oben jammerte Palli. Ob er wusste, was mit ihm war? Die Schmerzen, die nicht wie ein Schlag von außen kamen, sondern aus dem Innern der Knochen, als glühten sie und setzten alles in Brand, doch ein Feuer war nicht auszumachen. Ob er wusste, dass seine Mutter gestorben war und nie mehr zurückkehren würde? Dass er, Jón, gar nicht hier sein wollte, dass er nur so lange bleiben würde, bis er wusste, wer da draußen beim Götterbaum die ganze Zeit gelegen und wer ihn da begraben hatte?

Das Pfeifen des Wassertopfes riss Jón aus den Gedanken. Er rannte zurück in die Küche und holte den Topf vom Herd. Dem Pfeifen ging die Luft aus. Vorsichtig lugte Jón in die Stube. Seine Tante lag unverändert auf dem Sofa und schlief. Jón atmete erleichtert auf. Er streute getrocknete Pfefferminzblätter in einen Teekrug und goss das heiße Wasser dazu.

Palli hatte die Bettdecke mit den Füßen von sich gestoßen und schlotterte nun am ganzen Körper. Doch seine Stirn brannte. Jón deckte seinen Bruder wieder zu und legte ihm den kalten Lappen auf die Stirn. Sein Bruder stöhnte, doch er wehrte sich nicht.

Jón setzte sich auf den Bettrand und zog Palli die Decke, die dieser immer wieder wegzustoßen versuchte, bis unters Kinn. Palli jammerte in seiner unverständlichen Sprache, doch Jón fürchtete, dass die Klagen an ihn gerichtet waren, und bald sagte er, um ihn zu beruhigen:

»Es tut mir leid, aber ich verstehe dich nicht. Ich habe dich noch nie verstanden. Und das ist wirklich schade, denn bestimmt könntest du mir so einiges erzählen.«

Palli beruhigte sich tatsächlich und schaute seinen Bruder mit schmerzverzerrtem Gesicht an. Er atmete unregelmäßig, doch er blieb ruhig, als wartete er darauf, dass Jón weitersprach. Doch der hatte nichts mehr zu sagen, und so stimmte Palli bald wieder sein Jammer- und Klagelied an.

»Schh, es geht alles vorbei«, sagte Jón und deckte seinen Bruder wieder zu. »Ich weiß schon, was du mir sagen willst. Ich sehe doch auch, dass dir alles wehtut, aber das geht vorbei, glaube mir. In ein paar Tagen kannst du draußen wieder den Pferden hinterherrennen. Es wird alles gut.«

Palli schaute seinen Bruder erwartungsvoll auf den Mund, als wartete er auf weitere Wörter, die herauspurzeln würden.

Jón seufzte.

»Also gut«, sagte er schließlich. »Ich erzähl dir eine Geschichte.«

Palli hielt voller Erwartung den Atem an. Jón dachte nach.

»Was soll ich dir denn erzählen?«

Schon wurde Palli wieder unruhig, da schnippte Jón mit dem Finger.

»Ah!«, sagte er. »Ich könnte dir die Geschichte vom deutschen Soldaten erzählen. Ich kann mich zwar selbst nicht daran erinnern, wie das Flugzeug vom Himmel gefallen ist, aber Großvater hat uns die Geschichte ja oft genug erzählt. Weißt du noch? Wie hat er immer begonnen?«

Jón dachte nach.

»Ach ja. Er war draußen beim Schafstall und flickte den Zaun, als er plötzlich ein Rattern und ein Stottern vernahm. Nicht wahr, Palli mínn? Er dachte, ein Lastwagen komme über die Anhöhe geschaukelt, dabei war es ein Kriegsflugzeug! Ein deutscher Jagdbomber, eine Messerschmitt, die ja noch immer draußen auf der Wiese liegt. Du versteckst dich doch so gern darin, nicht wahr?«

Und so erzählte Jón seinem vom Fieber geplagten Bruder

die Geschichte des deutschen Kriegspiloten, der mit seiner Maschine vom Himmel direkt vors Haus gefallen war. Er erzählte, wie Großvater mit der Axt die Cockpitscheibe eingeschlagen und den entsetzten Piloten am Kragen seiner Uniform gepackt, ins Freie gezogen und ihm damit das Leben gerettet hatte. Wie sie dabei ziemlich unsanft auf die Wiese geplumpst, doch nicht lange liegengeblieben waren. Großvater rappelte sich nämlich schnell wieder auf und zog den Piloten weg vom Wrack, da er befürchtete, dass es explodieren könnte.

Es explodierte nicht. Die Bomben hatte es schon über Seyðisfjörður abgeworfen, und der Treibstoff war ihm ausgegangen, es schwelte nur vor sich hin, fast zwei Tage lang, bis die Glut im Regen erlosch.

Jón brach seine Erzählung ab, nachdem Großvater dem Piloten ein Schnapsglas mit Selbstgebranntem bis zum Rand eingeschenkt hatte. Palli war stirnrunzelnd eingeschlafen. Es war einer dieser Momente, wo er ganz normal aussah. Er war eigentlich ein hübscher Bursche. Im Schlaf war ihm seine geistige Behinderung fast nicht anzusehen. Nur die Narbe auf der Wange verriet, dass da etwas nicht stimmte. Jón betrachtete ihn nachdenklich. Die Mädchen hätten sich bestimmt um ihn gestritten.

Die Stille fraß sich bis tief in sein Inneres vor. Draußen verschluckte die Dunkelheit den Hof, die erschöpften Pferde auf der Weide und den Götterbaum. Man hörte nur Pallis flachen Atem. Jón ging nach unten und machte sich Abendbrot. Tante Rósa regte sich auf dem Sofa und kam bald in die Küche geschlurft. Oh je, sie war schlecht drauf.

»Du hättest mich wecken können«, knurrte sie.

Sie machte sich in der Küche zu schaffen und wusch später Jóns schmutziges Geschirr ab. Sie sprachen an dem Abend nichts und gingen früh schlafen. Das Telefon schrillte noch einige Male, gelegentlich zweimal lang und einmal kurz, blieb jedoch unangetastet, sodass es bald zur Ruhe kam.

10

Am nächsten Morgen fuhr Jón mit dem rostigen Chevrolet nach Akureyri. Er wollte – nein, er musste – das Skelett noch einmal sehen, das all die Jahre unterm Götterbaum gelegen hatte. Es musste doch möglich sein, dem Skelett einen Namen, eine Identität zuzuordnen! Vielleicht hatte die Obduktion neue Erkenntnisse ans Tageslicht gebracht. Wenn er Glück hatte, würde er Helgi, den Beinahe-Gerichtsmediziner, ausfindig machen können.

Eine Bauersfrau bemerkte Jón, als er an Gautlönd vorbeifuhr. Sie vermutete richtig, dass es sich um den Steinholt-Burschen handelte. Sie schaute ihm hinterher, wie er versuchte, den Schlaglöchern in der Straße auszuweichen. Jón hielt den Kopf eingezogen, denn mit seiner Körperlänge lief er Gefahr, bei jedem Schlagloch an die Autodecke zu stoßen.

Die Fahrt nach Akureyri dauerte Stunden. Die Schotterstraßen waren besonders im Frühling mit Schlaglöchern übersät, nachdem sich der Winterfrost an ihnen zu schaffen gemacht hatte. Jón gönnte sich unterwegs nur eine kurze Pause. Er hielt beim Wasserfall Goðafoss an, sprang aus dem Auto, zündete sich eine Zigarette an und starrte in die tosenden Wassermassen. Dann zog er ein Foto aus seiner Jackentasche und betrachtete es gedankenverloren. Darauf war sein Vater zu erkennen, wie er sich lässig an die Stalltür lehnte und, geblendet von der Sommersonne, lächelnd die Augen zukniff. Seltsam, wie vertraut er ihm auf dem Bild war. Das Foto wurde etwa ein Jahr vor seinem Tod geschossen. Die Jahreszahl *1941* war auf der Rückseite mit Bleistift vermerkt worden, dazu die Worte: *Páll von Steinholt genießt das gute Wetter.* Wer 1941 den Auslöser der Kamera gedrückt hatte, war Jón nicht bekannt.

Bevor er sich auf den Weg gemacht hatte, war er mit dem Foto zu der mutmaßlichen Stalltür gegangen, an die sich sein Vater gelehnt hatte. Er kam mit dem Scheitel bis an den Türsturz, obwohl er etwas gebückt stand. Jón hatte die Höhe der Leibung gemessen – einen Meter und knappe achtzig Zentimeter. Sein Vater war also mindestens einsfünfundachtzig groß gewesen. Vielleicht würde es möglich sein, die Größe des Skelettes zu bestimmen.

Auf der Suche nach einem Foto seines Vaters war Jón auch auf ein Bild von ihm und Palli gestoßen, als sie noch klein und unschuldig gewesen waren. Man hatte sie hübsch gemacht, in winzige Anzüge gesteckt und in einem Studio in Akureyri ablichten lassen. Der Name des Fotostudios war unten in verschnörkelter Schrift vermerkt: *Stefán Tharuk Photographien Akureyri.* Das war, bevor Jón seinem Bruder eine Kugel in den Kopf gejagt hatte. Pallis Augen waren bei klarem Verstand, wenn auch dunkel und ernst, als misstraute er dem komischen Kasten. Jón dagegen strahlte über das ganze Gesicht, war jedoch etwas unscharf, weil er sich wohl bewegt hatte, als der Auslöser betätigt worden war. Sein großer Bruder drückte ihn an sich, damit er nicht umkippen oder aus dem Bild krabbeln würde. Teufel. Diesen großen Bruder hätte Jón gerade heute gut gebrauchen können. Es war ihm nichts anderes übriggeblieben, als auch dieses Bild einzustecken.

Er verstaute das Foto wieder, schnippte die Zigarette in eine Pfütze, stieg ins Auto und fuhr weiter.

Akureyri, der Hauptort des Nordens, ist scheinbar wie zufällig an einem leicht ansteigenden Hang platziert worden und ist schutzlos dem Wind ausgeliefert. Die weit zerstreute Siedlung wird dichter, je näher sie dem Ufer des Fjordes kommt; als wären manche Häuser den Hang hinuntergepurzelt und hätten dabei kräftig etwas abbekommen.

Jón steuerte den gelben Chevrolet durch eine graubraune Welt. Er blieb in dieser kleinen Stadt nicht unbemerkt, zumal der Motor des Chevrolets längst eine Überholung nötig gehabt hätte und wie ein Lastwagen röhrte. Leute blieben stehen, drehten sich nach dem Wagen um und schauten ihm fragend hinterher. Jón hielt sich geduckt und richtete seinen Blick starr vor sich auf die staubige Straße. Im Hafen lagen einige Fischerboote vertäut, kleine Trillas und große Trawler. Einige Boote waren noch draußen. Das Meer war unruhig. Eine graue Wolkendecke hing über dem Fjord, hielt die noch weißen Bergspitzen ringsum verborgen.

Jón fand die Polizeizentrale nahe dem Hafen; eine schäbige, doppelstöckige, mit Wellblech verkleidete Holzbaracke, die nur provisorisch als Hauptquartier dienen konnte. Ein paar Polizeiautos standen aufgereiht vor dem Gebäude. Viel kriminelles Treiben schien es hier nicht zu geben.

Jón stellte den Chevrolet auf der gegenüberliegenden Straßenseite ab, blieb sitzen und beobachtete die Umgebung. Die Island-Fahne war gehisst und flatterte im Wind.

Neben dem Eingang stand ein Polizist und rauchte eine Zigarette. Jón stieg aus dem Auto, drückte die Tür behutsam zu und ging mit eingezogenem Kopf über die Straße.

»Guten Tag«, sagte Jón, als er in die Nähe des Polizisten gekommen war. Der nickte ihm gleichgültig zu und blies Rauch aus der Nase. Jón zog an der abgegriffenen Messingstange der Schwingtür und trat in die Baracke.

Am Empfang saß eine junge Frau hinter einem Schreibtisch und tippte geschickt auf einer Schreibmaschine. Sie schaute von ihrer Vorlage auf und lächelte Jón freundlich aber distanziert an. Er schätzte sie auf sein Alter, was ihn beruhigte. Sie war hübsch, hatte ihre braunen Haare traditionell isländisch geflochten, was ihn schmerzhaft an seine Mutter im Sarg erinnerte.

»Schönen guten Tag«, sagte Jón und versuchte locker aber selbstsicher aufzutreten.

Die junge Frau erwiderte den Gruß nicht. Sie schien nur darauf zu warten, dass er sein Anliegen endlich vortrug.

»Kann ich Helgi, den Gerichtsmediziner sprechen?«, fragte er.

»Wieso?«, fragte sie.

Ihre Stimme war kalt und rein wie Gletscherwasser.

»Es geht um den Skelettfund auf Steinholt in der Mývatnsveit.«

»Er ist nicht für diesen Fall zuständig«, sagte sie, lächelte entschuldigend und richtete ihre Aufmerksamkeit wieder auf ihr Blatt.

Jón schluckte.

»Ja, ich weiß, dass Helgi nicht die Untersuchungen leitet«, sagte er nach einem Moment. »Kormákur ist für den

Fall zuständig. Aber es geht um die gerichtsmedizinischen Untersuchungen, die Helgi –«

»Dann musst du zu Hauptkommissar Kormákur Dagsson«, unterbrach ihn die Empfangsdame. »Hast du einen Termin?«

»Nein«, antwortete Jón, »aber –«

»Du musst erst einen Termin vereinbaren. Er ist sehr beschäftigt. Am besten, du rufst an.«

Sie tippte ungerührt weiter. Fast hätte sich Jón auf dem Absatz umgedreht und sich aus dem Staub gemacht, doch da regte sich ein Funken Wut in ihm.

»Ich *muss* zu ihm«, sagte er. »Ich bin den ganzen Weg von der Mývatnsveit hierhergefahren, um ihn zu sprechen.«

»Das sagen heute alle«, murmelte die Empfangsdame, ohne aufzuschauen.

Jón wusste nicht, was sie damit meinte. Doch er beschloss, sich nicht abwimmeln zu lassen. Er beugte sich etwas vor, stützte sich mit den Händen auf dem Pult ab und sagte:

»Ich habe … Indizien. Indizien, die für den Fall entscheidend sein könnten.«

Die Empfangsdame schaute langsam auf. Jón fuhr fort:

»Doch dazu muss ich den Gerichtsmediziner … oder den Hauptkommissar persönlich sprechen. Am besten den Gerichtsmediziner. Ich möchte Kormákur nicht unnötig belästigen …«

»Der Gerichtsmediziner darf dir keine Auskunft geben«, unterbrach sie ihn.

Sie musterte ihn genervt, als wäre sie kurz davor, die Geduld zu verlieren. Jón wurde es viel zu heiß, und er erklärte, dass er von dem Hof komme, wo die Leiche ausgegraben worden sei. Die Empfangsdame seufzte, ganz wie eine Mutter, die ihrem quengelnden Kind nachgibt.

»Na gut. Versuchs mal in der Kantine. Treppe hoch, den Korridor runter, letzte Tür rechts.«

»Danke!«, entfuhr es Jón.

»Auf deine Verantwortung.«

Sie schaute ihm kopfschüttelnd hinterher. Er nahm drei Stufen auf einmal, nur um ihr zu zeigen, wie wichtig ihm die Angelegenheit war, vielleicht auch, um ihr zu imponieren.

Jetzt hieß es, besonnen vorzugehen. Aus der offenen Tür ganz zuhinterst auf dem Korridor drang Geschwätz. Jón glaubte, Kormákurs Lachen zu hören, das dem Rasseln von Gefängnisketten glich. Auf leisen Sohlen schlich er den Korridor hinunter und steckte den Kopf durch die Tür. Die kleine Kantine des Polizeireviers war mit wackligen Stühlen und ein paar abgewetzten Tischen möbliert, die mit Aschenbechern, Kaffeetassen und Zeitschriften beladen waren. An den Wänden hingen zwischen Fotos von Polizeiautos und uniformierten Männern die Nationalfahne sowie eine Landkarte Nordislands, die bis weit über den Polarkreis hinausreichte. Eine Pendeltür führte in die Küche. In der Mitte des Raumes saßen Hauptkommissar Kormákur Dagsson und ein paar uniformierte Kollegen. Sie rauchten und tranken Kaffee. Die Runde verstummte, als Jón in die offene Tür trat, den Kopf etwas eingezogen, um ihn nicht am Türsturz zu stoßen. Hauptkommissar Kormákur schaute ihn ausdruckslos an. Jón blieb unter dem Türrahmen stehen.

»Kann ich dich kurz sprechen?«, fragte er vorsichtig und nickte dem Hauptkommissar zu.

Der zog erst an seiner Zigarette, blies den Rauch aus den Nasenlöchern, dann glättete er mit Daumen und Zeigefinger seinen Schnurrbart.

»Wenn du wegen den Überresten hier bist, kommst du zu spät.«

Er legte seine Zigarette auf den Aschenbecherrand, zog seine Taschenuhr hervor, betrachtete sie gewohnt theatralisch und schätzte:

»Etwa eine halbe Stunde. Junge, Junge, Junge. Du hättest heute früher aufstehen müssen!«

Er schaute seine Männer grinsend an, als er seine Taschenuhr wegsteckte und nach der Zigarette griff. Die Polizisten lachten unterdrückt.

»Wir sind ausverkauft«, sagte ein anderer amüsiert, die Augen rot und feucht vom Rauch.

Jón rührte sich nicht. Der Hauptkommissar setzte wieder sein Pokergesicht auf.

»Der Junge von Theodór hat die Knochen eben erst abgeholt«, sagte er und unterdrückte ein Husten. »Er ist überzeugt, dass es die sterblichen Überreste seines Vaters sind.«

Jón war wie vor den Kopf gestoßen.

»Arnór war hier? Sein Vater? … Gibt es denn einen Beweis?«

Die Männer musterten ihn wie eine kuriose Jahrmarkts-Attraktion. Kormákur zuckte nur gelangweilt mit den Schultern.

»Der Junge hat ihn identifiziert, was soll ich dazu sagen. Sein Vater ist vor über zwanzig Jahren verschwunden. Die Sache ist verjährt, der Käse ist verfault und interessiert keine Maus mehr.«

Jón wollte widersprechen, doch der Alte fuhr plötzlich aus der Haut und bellte:

»Tut doch, was ihr wollt, ihr da, im Hinterland. Es spielt doch keine Rolle, ob er in den Fluss gefallen ist oder ob ihn jemand abgemurkst hat. Schnee von gestern, sag ich. Wer weiß, vielleicht hat er sogar noch gelebt, als du ihm mit der Schaufel eins über den Schädel gezogen hast!«

Das Lachen der Männer ging in Husten über, den sie sich mit flacher Hand aus der Brust klopften.

»Junge«, sagte einer der Polizisten und tat so, als hätte er einen ernsthaften Gedanken. »Es könnte doch auch sein, dass *du* und dieser *Arnór* denselben Vater habt!«

Er japste und hielt sich an seinem Sitznachbarn fest, um nicht vom Stuhl zu fallen.

»Bei euch im Hinterland ist doch so einiges los!«

Das Gelächter der Polizisten hallte durch den Korridor der Polizeistation.

»Wir helfen immer gern, wenn jemand seinen Frieden finden will.«

Sie grinsten, nickten zustimmend und tippten mit den Fingerspitzen die Asche von den Zigaretten.

»Kann ich wenigstens den Bericht des Gerichtsmediziners sehen?«, fragte Jón, der noch immer bleich und gebückt im Türrahmen stand.

Die Augen des Hauptkommissars wurden klein.

»Glaubst du eigentlich, wir sind deine Dienstmädchen?«, knurrte er und richtete sich langsam auf.

Jón machte einen Schritt rückwärts. Die Männer zogen abschließend an ihren Zigaretten und drückten sie aus, als gäbe es gleich etwas zu tun.

»Ausgerechnet du!«, fuhr der Alte fort. »Glaubst, du kannst einfach deine kranke Mutter, deine Tante und den Mongoloiden im Stich lassen. Doch wenn es etwas zu erben gibt, kommst du gleich angeschlichen …«

Jón drehte sich auf dem Absatz um und lief davon, den Korridor zurück, dem Licht des Treppenhauses entgegen. Das Gelächter aus der Kantine rollte ihm hinterher. Sein Gesicht war so grau wie der Fjord, bewölkt wie der Himmel. Er eilte die Stufen hinunter, an der Empfangsdame vorbei, die noch immer auf ihrer Schreibmaschine tippte, doch bevor er die Tür aufstieß, hielt er inne und drehte sich noch einmal um.

»Ach, entschuldige«, sagte er gepresst. »Ich sollte hier bei dir den gerichtsmedizinischen Bericht über den Leichenfund auf Steinholt einsehen können … Lässt Hauptkommissar Kormákur ausrichten.«

Jón zeigte mit dem Finger unnötigerweise nach oben.

Die junge Frau hielt inne und schaute von ihrer Vorlage auf.

»Er lässt es ausrichten«, wiederholte Jón, denn die Frau schaute ihn nur an.

Plötzlich lächelte sie müde und bat ihn, an Ort und Stelle zu warten. Sie strich sich über ihr Kleid und betastete ihre Frisur, als sie leichtfüßig die Treppe hochging. Jón schaute ihr mit pochendem Herzen hinterher, wischte sich ein paar Schweißperlen aus dem Gesicht und zerbiss einen Fluch. Ging sie hinauf, um sich zu vergewissern, ob ihr Kormákur diesen Auftrag tatsächlich erteilt hatte? Hatte sie seinen Bluff durchschaut? Oder befand sich das Aktenzimmer im oberen Stock?

Jón kaute auf seiner Unterlippe. Er lauschte gespannt, doch er hörte nur das Brummen eines vorbeifahrenden Lastwagens und das gelegentliche Knarren der Holzkonstruktion. Irgendwo im Gebäude klingelte ein Telefon, ohne dass sich jemand die Mühe machte, den Anruf entgegenzunehmen. Vom oberen Stockwerk kam eisige Stille. Noch einmal wischte sich Jón den Schweiß aus dem Gesicht, dann drehte er sich um, stieß die Tür auf und eilte ins Freie. Er schaute sich flüchtig nach allen Seiten um und lief im Stechschritt über die Straße zum Chevrolet.

»Jón!«, rief ihm jemand hinterher.

Jón senkte den Blick und ging schneller.

»He, Steinholt-Detektiv, jetzt warte doch mal!«

Er blieb stehen. Er kannte die Stimme. Es war Helgi, der ihm aus dem Polizeigebäude hinterherlief.

»Was machst *du* denn hier?«, rief er, noch bevor er in Jóns Nähe kam.

Jón machte ein dunkles Gesicht und vergrub die Hände in den Jackentaschen, als wollte er etwas verbergen. Er wartete, bis ihn Helgi auf der anderen Seite der Straße erreicht hatte.

»Dein Boss ist ein verdammter –«, entfuhr es Jón, doch er hielt mitten im Satz inne, denn er erinnerte sich jäh, dass der Hauptkommissar Helgis Vater war.

Helgi grinste.

»Das brauchst du mir nicht zu erzählen.«

»Tut mir leid.«

»Mach dir nichts draus. Man kann sich seinen Vater leider nicht aussuchen, nicht wahr.« Jón nickte. Helgi fuhr fort:

»Mein Alter hat es auch nicht gerade einfach, weißt du. Offenbar lief damals bei den Untersuchungen nicht alles genau nach Lehrbuch. Deshalb sieht er es nicht gern, dass du in längst vergessenen Gräbern herumbuddelst. Aber wieso bist du überhaupt gekommen?«

»Ich wollte fragen, ob ich die Überreste und den gerichtsmedizinischen Bericht sehen kann. Aber wie ich vernommen habe, komme ich zu spät.«

»Der Typ im Jaguar hat die Knochen eben erst abgeholt!«

Helgi zog den linken Hemdsärmel hoch und warf einen Blick auf seine Armbanduhr.

»Vor ungefähr einer Stunde war er da. Er hat seinen Vater identifizieren können.«

»Aber … wie ist das denn möglich?«

»Frag mich nicht. Keine Ahnung, wie er anhand der Knochen seinen Vater erkennen konnte. Aber der Bursche war total überzeugt. Eine harte Nuss, sag ich dir. Bei dem ist sogar mein Alter weich geworden. Scheinbar ist er politisch tätig.«

»Gab es keine besonderen Merkmale?«

»Doch«, sagte Helgi, »aber das muss nichts heißen. Das Skelett war in einem relativ schlechten Zustand und unvollständig. Wir haben ziemlich gepfuscht, weißt du? Da liegen vielleicht noch ein paar Knochen bei dir auf dem Hof, echt. Na ja, wir mussten ja los, sonst hätte es uns noch eingeschneit.«

»Hat es denn auf dem Pass wirklich geschneit?«, fragte Jón.

»Kaum, aber das spielt doch keine Rolle.«

Helgi trat verlegen von einem Fuß auf den anderen.

»Ich würde mir wegen der paar Knochen nicht zu sehr den Kopf zerbrechen. Ist doch egal, ob man sie in ein namenloses Grab wirft, oder ob man ihnen einen Namen gibt und dadurch eine Familie ihren Frieden finden kann. Ich denke, du und Arnór müsst das irgendwie unter euch ausmachen. Unsere Arbeit ist erledigt.« Jón blieb die Spucke weg.

»Wie! Kommt ihr denn nicht mehr?«

»Das kannst du vergessen, dass uns mein Alter nochmals in die Pampa schickt.«

Jón fühlte sich hintergangen. Als hätte sich jemand die Knochen, die ihm zustanden, angeeignet, ohne eine Erklärung abzugeben. Er hatte den ganzen Weg nach Akureyri umsonst zurückgelegt, war nur hierhergekommen, um verspottet zu werden. Doch er fasste sich wieder.

»Du hast die Leiche untersucht, nicht wahr?«, fragte er Helgi.

»Hab ich«, bestätigte der.

»Was waren die Merkmale?«

»Wie gesagt, es fehlten ein paar Knochen, doch mit ziemlicher Sicherheit waren dem Mann an der linken Hand schon Jahre vor dem Tod zwei Finger abhandengekommen waren. Der kleine und der Ringfinger.«

»Es war also ein Mann.«

»Hundertprozentig.«

Jón war sich anhand des Fotos ziemlich sicher, dass sein Vater im Besitz aller zehn Finger gewesen war. Und wären ihm die zwei Finger irgendwann abhandengekommen, hätte Jóns Großvater oft genug davon erzählt. Dieser alte Schwadroneur.

Helgi war indes noch nicht fertig. Er trat einen Schritt auf Jón zu und senkte seine Stimme.

»Etwas ist mir aufgefallen. Ich kann mir aber fast nicht erklären, wie mir das an der Grabstelle entgangen ist. Ich habs im Bericht auch gar nicht erwähnt, weil ich nicht weiß, ob wir gepfuscht haben, oder …«

»Was denn?«, unterbrach ihn Jón.

Helgi starrte ihn an.

»Er hatte sechs Zehen. Am rechten Fuß.«

»Sechs Zehen?«

Helgi nickte.

»Sechs Zehen.«

»Aber …«

»Doch, doch, es waren eindeutig sechs Zehen! Das kommt übrigens öfters vor, als man denkt. Bloß, ich habs noch nie gesehen. Ich meine, sechs Zehen! Ist doch irgendwie abartig.«

»Und du nimmst mich nicht auf den Arm?«

»Himmel, ich frag mich ja auch, ob mir jemand einen Bären aufbinden will!«

Jón wiederholte langsam und deutlich:

»Der Bezirkspräsident hatte sechs Zehen am rechten Fuß?«

»Aber sag es bitte nicht weiter. Seine Familie will bestimmt nicht, dass so was an die Öffentlichkeit …«

In diesem Moment wurde die Tür zum Polizeirevier aufgestoßen und Hauptkommissar Kormákur Dagsson trat schwer und breitbeinig ins Freie. Er streckte seinen Arm aus, richtete seinen Zeigefinger wie eine Pistole auf Jón und brüllte:

»Du verdammter Bastard! Mit mir treibst du keine Spielchen!«

Dann zog er sich die Hosen hoch und setzte sich in Bewegung, den Kopf wie ein Bulle gesenkt, stampfte erst träge aber kraftvoll los, dann immer schneller werdend direkt auf Jón zu. Er lief über die Straße, ohne das Auto bemerkt zu haben, dass im letzten Moment abbremste und schaukelnd zum Stillstand kam. Helgi trat vorsichtshalber ein paar Schritte von Jón weg.

»Oh, Hölle!«, sagte er.

Jón wusste nicht, was er tun sollte. Der Hauptkommissar kam immer näher, und es sah nicht danach aus, als würde er nur mit ihm sprechen wollen. Auch Helgi erkannte die Gefahr, und als sein Vater nur noch wenige Meter von Jón entfernt war, zischte er:

»Lauf!«

Und Jón drehte sich um, rannte zum Chevrolet und fummelte verzweifelt am Türgriff. Der Bulle war nun so richtig in Fahrt gekommen, schien sich vorgenommen zu haben, Jón noch zu erwischen und am Kragen zu packen, bevor er entkommen konnte. Doch Jón warf sich hinters Steuer, zog die Autotür hinter sich zu und verriegelte sie. Kaum hatte er den Autoschlüssel mit zittriger Hand ins Zündschloss gesteckt, krachte die Faust des Hauptkommissars aufs Autodach. Sein aufgedunsenes Gesicht war dicht am Fenster, und es brüllte, dass sich die Scheibe beschlug:

»Wenn du deine Nase noch einmal in diese Angelegenheit steckst, kannst du was erleben, du Mückensee-Bastard!«

Und wieder schlug er die Faust mit ganzer Kraft aufs

Autodach, dass es eine Delle gab, die blieb. Endlich sprang der Motor an, Jón trat aufs Gaspedal und ließ den Bullen im Staub zurück.

»Die Sache ist verjährt! Dein Vater ist im Gletscherfluss ersoffen!«, brüllte der Hauptkommissar, dann drehte er sich zu seinem Sohn um und schnauzte nun auch ihn an, doch Jón verstand nicht mehr, was gesagt wurde.

Im Rückspiegel sah er, wie Helgi seinem Vater den Rücken zudrehte und davonlatschte. Dann bog Jón um eine Hausecke.

Die Sonne drückte durch die Wolken und blendete den Steinholt-Burschen, als er sich aus der Kleinstadt flüchtete. Sein Herz schlug ihm bis in den Hals. Er kramte, ohne den Chevrolet zu verlangsamen, Feuerzeug und Zigarette hervor und zündete sich die Zigarette mit zitternder Hand an. Erst nachdem er die letzten Häuser von Akureyri hinter sich gelassen hatte, beruhigte er sich allmählich. Doch er schaute immer wieder in den Rückspiegel, in der Befürchtung, von einem Polizeiauto verfolgt zu werden. Dabei sah er sich selbst, bleich und stoppelbärtig, die geröteten Augen weit aufgerissen. Jón wich seinem Blick aus, versuchte, den Schrecken abzuschütteln.

»So ein Spinner«, murmelte er mit der Zigarette im Mundwinkel. »Was für ein Psychopath!«

Und jetzt lachte er gar ein wenig und grinste sich im Spiegel an. Plötzlich war er stolz auf sich, denn er war dem Polizeirevier mit geheimen Informationen entkommen.

Bloß drei Finger an der linken Hand.

Dafür sechs Zehen am rechten Fuß.

Sechs Zehen. Am rechten Fuß. Höchst seltsam.

Die Straße führte jetzt auf der gegenüberliegenden Fjordseite den Hang hoch, der Wagen röhrte in tiefer Frequenz. Jón kannte niemanden, der eine Zehe zu viel hatte. Wenn der Bezirkspräsident tatsächlich sechs Zehen am Fuß gehabt hatte und seine Familie davon wusste, dann war es Beweis genug, dass tatsächlich *er* die ganzen Jahre unterm Götterbaum gelegen hatte. Dann hatte ihn jemand erschlagen, und dieser jemand hatte mit Steinholt zu tun. Die Gletscherfluss-Variante war also ein Märchen – oder zumindest nicht die ganze Wahrheit. Es konnte nicht ausgeschlossen werden, dass tatsächlich jemand im Fluss ertrunken und weiter unten an Land gespült worden war. Doch was auch immer 1942 passiert war; sein Vater hatte mit dem Tod des Bezirkspräsidenten irgendwie zu tun. Und dieser Gedanke bereitete Jón Unbehagen. War sein Vater ein Mörder? Hatte er auf der Flucht den Gletscherfluss queren wollen und war dabei ertrunken? Hatte er die Querung überlebt und trieb nun als Geächteter sein Unwesen im Hochland?

Jón stockte der Atem. Konnte es sein, dass er noch am Leben war? Nach all diesen Jahren?

Es war das erste Mal, dass er mit diesem scheinbar absurden, doch nachvollziehbaren Gedanken spielte. Jón zündete sich eine weitere Zigarette an, nahm einen tiefen Lungenzug und kratzte sich in den Haaren.

»Unsinn«, murmelte er und zerbrach sich den Kopf von neuem.

Sechs Zehen am rechten Fuß. Drei Finger an der linken Hand. Dass der Tote unterm Baum an der Linken nur drei Finger hatte, war eigentlich nichts Ungewöhnliches hier auf dem Land. Die Bauern sägten oder hackten sich ständig

Finger ab, steckten ihre Hände in irgendwelche Getriebe oder verhedderten sich in den Messern der Balkenmäher. Aber sechs Zehen? Welch kuriose Missbildung! Natürlich wusste Jón, dass so etwas in der Natur durchaus vorkam. Vor ein paar Jahren wurde auf Hraunstaðir ein Lamm mit zwei Köpfen geboren. Es lebte zwar nicht sehr lange, aber lange genug, um die Reporter aus der Stadt in den Norden zu locken. Das Foto des zweiköpfigen Lammes schaffte es auf die Titelseite der *Morgenpost*. Darauf machten Schauergeschichten die Runde, in denen von zweiköpfigen Menschen im entfernten Indien die Rede war.

In den Furchen der Berge lag Schnee, die Uferränder der geschwungenen Flüsse waren mit einer Eiskruste versehen, was ein wenig wie Salzablagerungen aussah. Jón beachtete die Landschaft, die an ihm vorbeizog, kaum. Er dachte immerzu an den missgebildeten Fuß und an Helgis Gesichtsausdruck, als er näher auf ihn zugetreten und ihm die Sache anvertraut hatte, als würde auch er nicht schlau aus seinem Befund werden.

Am liebsten wäre Jón direkt vor die Haustür seines Jugendfreundes Arnór gefahren, um ihn zu fragen, ob sein Vater tatsächlich sechs Zehen am rechten Fuß gehabt hatte. Aber er ließ es bleiben, bog nach Steinholt ab, obwohl er Zigaretten gebraucht hätte.

Er beschloss, sich von nun an still und unauffällig zu verhalten, sich so wenig wie möglich blicken zu lassen, als wäre er gleich nach der Beerdigung wieder abgereist. Jemand hatte schließlich Arnórs Vater umgebracht. Jemand, der mit Steinholt zu tun gehabt hatte. Vieles deutete darauf hin. Die illegale Schnapsbrennerei war ein mögliches Motiv. Ein persönlicher Streit. Ein unglücklicher Unfall vielleicht, oder einfach eine schreckliche Tragödie, die man zu vertuschen versuchte.

War sein Vater ein Mörder? Hatte er den Bezirkspräsidenten umgebracht? Oder war er selbst umgebracht worden? Hatte er sich in den Gletscherfluss gestürzt, als ihm der Bulle auf die Schliche kam? Jón sah seinen Vater locker an die Stalltür gelehnt, die Sonne im Gesicht, ein keckes, verliebtes Lächeln auf den Lippen, das nur der Sonne oder seiner Frau gegolten haben konnte. Seine Gesichtszüge waren freundlich, geradezu gütig. Ein lieber Kerl, den man einfach mögen musste. Nein, dieser Mann trug keinen Hass mit sich herum.

So unauffällig wie möglich fuhr Jón auf den Hofplatz. Es war Abend geworden. Im Haus brannte Licht, man war also noch wach, doch niemand erschien am Fenster, um zu sehen, wer da angefahren kam. Müdigkeit lag über dem Hof. Jón stellte den Motor ab und blieb eine Weile reglos hinter dem Steuer sitzen. Er war völlig erschöpft von seinem Abenteuer im Polizeirevier, von der holperigen Fahrt, doch seine Gedanken jagten sich. Wieder plagte ihn dieses Gefühl, er wäre der Einzige, der nicht wusste, was hier gespielt wurde.

Sechs Zehen, dachte er, spreizte die Finger seiner rechten Hand und fügte ihr seinen linken Zeigefinger bei. Der Bezirkspräsident. Unterm Götterbaum?

Jón seufzte und trat aus dem Auto in die raue Abendluft. Er sog sie ein. Er streckte seine langen Arme hoch in die Luft, als wollte er nach dem Abendstern greifen.

»Wo bist du?«, flüsterte er. »Wo bist du?«

Dann ging er hinüber zum Baum und stellte sich an den Grubenrand, wo bis vor kurzem der Bezirkspräsident gelegen hatte.

Er tastete nach seinen Zigaretten, doch die waren alle. Die letzte hatte er auf der Vaðlaheiði geraucht. Verdammt.

Hätte er nur welche in Reykjahlíð gekauft.

Sechs Zehen. Etwas stimmte hier nicht.

»Sechs Zehen«, murmelte Jón und bückte sich nach seiner Schaufel, die noch immer neben der Grube am Boden lag, wo er sie fallengelassen hatte.

Der Griff war feucht und kalt, und fast hätte er sie wieder hingeschmissen, doch er stieß sie stur in den Boden, direkt neben der Grube, wo der Bezirkspräsident mehr als zwanzig Jahre lang gelegen hatte. Er ließ die schwere Erde neben sich auf den Boden prasseln. Gedankenverloren hielt er inne, schaute hoch in die Äste des Götterbaumes, und wieder stieß er die Schaufel in den Boden, kräftiger diesmal, und die Erde flog durch die schwarze Abendluft, und als die ersten Knochen zum Vorschein kamen, rannen Jón Tränen übers Gesicht, denn endlich hatte er seinen Vater gefunden.

11

Diesmal wollte er Ruhe bewahren, wollte die Oberhand behalten, nichts falsch machen. Sein nächster Schachzug musste sitzen.

Jón legte nur ein paar wenige Knochen frei, um Gewissheit zu erlangen, dass er tatsächlich auf ein weiteres menschliches Skelett gestoßen war. Er war sich sicher, dass er die Überreste seines Vaters gefunden hatte. Dem Skelett würde ein Zehenknochen fehlen, der mit dem ersten Leichenfund nach Akureyri geschafft worden war, davon war er überzeugt. Ein paar Knochen waren gebrochen, wie er feststellte, und es war nicht die Kante seiner Schaufel gewesen. Die Bruchstellen waren von den Jahren zerfressen und abgerundet worden. Sein Vater war genauso gewaltsam ums Leben gekommen und eiligst verscharrt worden wie der Bezirkspräsident – nur wenige Zentimeter neben ihm. Jón setzte sich an den Baum, um besser denken zu können.

»Also nochmal von vorn«, murmelte er.

Sie hatten sich gemeinsam aufgemacht, die Schafe aus dem Hochland zu treiben, und sie waren beide zur selben Zeit gestorben und eiligst beerdigt worden. Etwas musste also im Hochland geschehen sein. Etwas Schreckliches.

Jón rappelte sich auf, legte die Knochen behutsam zurück ins Grab und deckte sie mit Erde zu. Hier ruhte sein

Vater, unter dem Baum, den Großvater vor fast hundert Jahren gepflanzt hatte; der einzige Baum weit und breit.

Eine schöne, würdige Grabstelle. Hier sollte sein Vater liegen bleiben, hier sollte er seine Ruhe finden. Dass die beiden Männer unter diesem Baum begraben worden waren, konnte kein Zufall sein. Der Totengräber musste die Stelle aus sentimentalen Gründen gewählt haben.

Jón schlug das Kreuz über seiner Brust und sprach das Vaterunser, was er eigentlich nur machte, wenn es andere neben ihm taten. Doch irgendwie war ihm jetzt danach. Er verweilte noch eine Weile an den Baum gelehnt über seinem Vater. Das Licht im Küchenfenster war ausgegangen, der Hofplatz war stockdunkel. Sterne gab es keine mehr; schwere Wolken hatten sich vom Hochland her über die Mývatnsveit gewälzt. Die Kälte drang durch Jóns Kleider, und bald schlich er sich ins Haus, legte sich in Großvaters Zimmer schlafen und machte kein Auge zu.

12

Tante Rósa hielt sich am Waschtrog fest. Reglos stand sie da und starrte ins Becken, als müsste sie sich gleich übergeben. Jón und Palli saßen am Küchentisch und verschlangen ihr Frühstück. Doch als sie bemerkten, dass ihre Tante einfach nur reglos dastand, hielten sie inne und tauschten Blicke aus, und während dieses kurzen Augenblicks war es, als würden sie von demselben Gedanken erfasst, als schwebte über ihnen dasselbe Fragezeichen. Was war nur mit ihr los? War sie krank? Ging ihr die Lebensenergie aus?

Palli, der sich von seiner Erkältung erholt hatte, starrte auf seinen Teller mit Brot und kalter Schafsleber vor sich auf dem Tisch. Er nahm das Stück Leber in die Hand, zerdrückte es, dass es zwischen seinen Fingern hervorquoll. Dann ließ er es neben sich zu Boden fallen und betrachtete es, als rätselte er, wie es da hingekommen war.

Jón atmete gepresst aus. Er versuchte, seinen Bruder zu ignorieren und aß weiter. Palli stopfte sich das Brot in den Mund und gab dabei Laute von sich. Tante Rósa drehte sich mit grauem Gesicht um. Erst jetzt fiel Jón auf, dass sie ihre Bluse verkehrt herum angezogen hatte. Sie setzte sich zu den Burschen am Küchentisch. Jón und Palli mampften munter weiter.

»Geht es dir nicht gut?«, fragte Jón und hob die Kaffeetasse an die Lippen.

Rósa gab keine Antwort. Vielleicht hatte sie ihn nicht einmal gehört.

»Rósa!«, sagte Jón, diesmal lauter. »Ist alles in Ordnung?«

Sie zuckte zusammen und sagte:

»Es sitzt eine Krähe im Baum. Du solltest Stofffetzen in die Äste hängen, Bub.«

Jón runzelte die Stirn und musterte seine Tante. Sie saß etwas krumm auf dem Stuhl, die Hände vor sich auf dem Tisch, wie zum Gebet gefaltet, und schaute immer wieder zum Fenster hinaus.

»Ihr habt sie beide da draußen begraben, nicht wahr?«, sagte Jón, ohne wütend klingen zu wollen. »Etwas ist passiert, im Zusammenhang mit der Schnapsbrennerei. Der Bezirkspräsident wollte euch anzeigen, und ihr habt ihn umgebracht, erschlagen, als alle anderen Männer im Hochland waren. Und dabei ist mein Vater auch irgendwie zu Schaden gekommen. Und ihr habt sie beide unterm Baum vergraben, unter Großvaters geliebtem Götterbaum.«

Rósa schaute ihren Neffen mit müden Augen an. Ihr Kopf wackelte ganz leicht hin und her. Sie war während der letzten Tage um Jahre gealtert.

»Bitte schön«, sagte sie völlig gelassen. »Du kannst mir alle Schuld zuschieben, Bub. Rósa war es, die dicke, hässliche Rósa. Sie hat alle vergiftet und erschlagen, erschossen und begraben, oh ja. Hat allen das Leben schwer gemacht, und *alle* haben sich gewünscht, dass sie endlich heiraten würde, wieso nicht gleich einen dieser Schluckspechte, um den sie sich auf seinem heruntergekommenen Hof hätte fürsorglich kümmern können. Ganz besonders dein Vater hat sich das gewünscht, das war ja klar. Denn er wusste, dass ich ihn durchschaute. Dabei war es *dein Vater,* der nicht hierher gehörte. Dieses Land gehörte nämlich nicht seiner Familie. Er kam aus den Westfjorden. Wusstest du eigentlich«, sagte Rósa, und ihre Stimme wurde immer lauter, »wusstest du, dass er zwei Halbbrüder hatte? Da staunst du, was! Ja, Bub, du hast Familie in den Fjorden! Aber die haben deinen Vater auch nicht gewollt. *Wir* haben ihn aufgenommen. *Ich* war gut zu ihm. Hab für ihn gekocht, habe ihm die Wäsche gewaschen und hab ihn akzeptiert, als meine Schwester ihn geheiratet hat. Seine zwei Söhne habe ich aufgezogen, als wären es meine eigenen. Dich und Palli! Hast du schon vergessen, wer sich dafür eingesetzt hat, dass du Medizin in Hamburg studieren kannst? Tja, wem hast du das zu verdanken, frage ich dich? Wenn es nach deiner Mutter gegangen wäre, dann wärst du jetzt Bauer auf Steinholt, wärst nie weiter als bis nach Reykjavík gekommen. Das wäre wohl gar nicht so dumm, dann wäre deine Mutter vielleicht noch am Leben. Du hättest den Ernst der Krankheit vielleicht frühzeitig erkannt. Du hast ja den Durchblick, verstehst alles auf Anhieb, machst alles richtig, nicht wahr? Und dein Bruder, der hätte jemanden. Aber nein. Es ist alles meine Schuld! Sag es nur, Junge, ich weiß ganz genau, was in deinem Kopf vorgeht, ich seh's dir ja an. Du denkst nämlich dasselbe wie alle anderen auch. Rósa ist schuld. Rósa, die dickköpfige Rósa ist schuld an allem! Glaub, was du willst, Jón Pálsson, aber lass mich doch mit deinen Geistergeschichten einfach in Ruhe!«

Rósa richtete sich auf, stützte sich mit den Fäusten auf die Tischplatte und fixierte Jón mit wütenden Augen. Etwas Speichel spritze ihr aus dem Mund, als sie sagte:

»Lasst mich in Ruhe! Ich bin müde und ich will in Ruhe gelassen werden! Ist das denn so schwer zu verstehen?«

Jón zog den Kopf ein und gab keinen Ton von sich. Sein Atem ging schnell, als wäre er während der Standpauke zweimal ums Haus gelaufen. Palli klaubte Brotkrumen vom Teller und ließ sie in seine Milch fallen, doch auch sein Gesicht war düster, und für einmal war auch er mucksmäuschenstill.

»Ich wusste nicht –«, stammelte Jón, »… es gibt so vieles, das ich nicht weiß …«

Die Alte richtete sich zitternd auf, schob den Stuhl zur Seite und wankte zu ihrer Zimmertür.

»Ich lege mich ein paar Minuten hin«, murmelte sie erschöpft.

Dann blieb sie noch einmal stehen und drehte sich um.

»Ich will nicht, dass die Krähen nach den Knochen picken und auf die Gräber scheißen.«

Sie verschwand im Zimmer, und Jón kletterte draußen auf den Götterbaum, befestigte Stofffetzen und Schnüre an den Ästen. Die Krähe flog laut schimpfend davon.

13

Jón hielt sich drinnen auf, wie ein Hausgeist, der nicht realisiert, dass seine Zeit abgelaufen ist. Nicht weiß, wo er hin soll. Er stand am Fenster und starrte auf den Baum. Der Stoff flatterten im Wind. Ein paar Krähen saßen abwartend auf dem Heuschober.

»Teufelsviecher.«

Jón schleppte sich die Treppe hoch, setzte sich aufs Bett seiner Mutter, stand wieder auf und stellte sich ans Fenster. Schaute ins Freie. Er öffnete Schränke, Pappkisten, fand Dinge, die ihn um Jahre zurückwarfen: Fotos, Kinderbücher, Zeichnungen. Ein kleines Archiv einer abgequälten, wenn auch behüteten Kindheit. Jón wurde von Trauer fast erdrückt. Er verkroch sich wieder in Großvaters Zimmer, legte sich aufs Bett, starrte an die Decke und hörte, wie Palli draußen mit der Schaufel Löcher auszuheben versuchte. Jón öffnete die Nachttischschublade, ohne sich dabei aufzurichten. Sie war bis auf einen metallenen Gegenstand leer. Er reckte den Kopf und erkannte Großvaters Schnupftabakdose. Jón schloss die Augen und sah seinen Großvater, wie er sich den Tabak mit Daumen und Zeigefinger in die Nase steckte und ruckartig hochzog. Seine Nasenlöcher waren meist bis weit über die Nasenflügel schwarz. Manchmal floss ihm der Rotz in Fäden aus der Nase, kleckste auf sein

Hemd oder – noch schlimmer – auf den Teppich in der Stube. Tante Rósa hatte sich oft darüber beschwert und versucht, ihrem Vater das Schnupfen abzugewöhnen. Vergeblich, denn er hatte einen noch dickeren Schädel als sie.

Rósa war schon seit einer Weile nicht mehr aus ihrem Zimmer gekommen. Jón legte die Schnupftabakdose zurück in die Schublade und fragte sich, ob die Alte noch lebte. Wie viel Zeit konnte er verstreichen lassen, bis er sich Sorgen zu machen hatte?

Die Minuten tropften wie Lebertran von der Pendeluhr in der Stube. Es war, als spürte er, wie der Wind mit jedem Stoß die Hauskanten abrundete.

Am Nachmittag kletterte er über die steile Holztreppe in den erstaunlich geräumigen Keller und schaute sich um. Nur ein kleines Fenster, das sich auf der Rückseite des Hauses unter die Decke drängte, spendete etwas Licht. Auf einem verstaubten Regal neben dem Schornstein fand er, zwischen Alteisen und leeren Holzkisten, drei gut versiegelte Weißglas-Flaschen. Jón pfiff erfreut durch die Zähne.

»Bingo!«, murmelte er.

Er schnappte sich eine der Flaschen, wischte den Staub ab und drehte sie in den Fingern. Die Flüssigkeit war klar wie Wasser, doch bestimmt schlummerte in ihr das Feuer. Saubere Ware. Steinholt-Landi, vom Großvater meisterlich destilliert und aufgespart.

Zufrieden kletterte Jón nach oben, schlüpfte in Schuhe und Wollpullover und verließ das Haus. Seinem Bruder, der Anstalten machte, ihn zu begleiten, befahl er, sich nicht vom Fleck zu rühren.

»Ich bin gleich wieder zurück«, sagte er, doch Palli schlug

den Befehl in den Wind, tat, als hätte er ihn nicht gehört und folgte ihm bis zum Zaun.

Da holte Jón die Schnapsflasche hervor, holte aus, als würde er sie seinem Bruder über den Kopf ziehen wollen, worauf Palli heulend davonlief und sich ins Haus flüchtete.

Jón steckte die Flasche wieder weg und fühlte sich elend. Er drehte sich um und ging eilig querfeldein über die Weiden, als würde er verfolgt. Er betete, dass ihn Palli nicht beobachtete, stolperte, denn er schaute immer wieder über die Schulter und gab kaum acht, wo er hintrat.

Er ging über die buckeligen Weiden, dem Schafbauern Gísli hinterher, dem traurigen Kauz, der nach der Totenwache in seinem schönsten Anzug und zu großen Gummistiefeln auf den Horizont zu gestolpert war, als hätte er sich feierlich über die Kante werfen wollen. Jón schlug dieselbe Richtung ein, hielt auf denselben Horizont zu, wo die Welt scheinbar endete.

Doch sie endete nicht. Dahinter senkten sich die Weiden und hoben sich wieder und wieder zum nächsten Horizont. Einzig die zwei abgesägten Berge im Osten waren zuverlässige Orientierungspunkte.

Endlich lag der Hof mit den flachen Gebäuden, an denen viele harte Winter ihren Schaden angerichtet hatten, vor ihm. Jón kletterte über den Zaun und trat auf den Vorplatz, als ein ungepflegter Schäferhund angetrottet kam und müde an seinen Schuhen schnupperte. Jón strich ihm über den Kopf und ließ sich vom Hund die Hand beschnuppern.

»Cezar, mein lieber alter Cezar«, sagte Jón. »Dass du noch nicht ins Gras gebissen hast.«

Er kraulte ihm den Nacken, während Cezar ihm auf die

Schuhe starrte. Ihn überkam ein plötzliches Gefühl der Freundschaft für den Köter, der ihn so gelassen und ohne Aufruhr zu veranstalten begrüßt hatte.

Jón erinnerte sich gut an Cezar, der früher oft bis zu ihnen nach Steinholt gestreunt war. Jetzt war er wohl für solch weite Ausflüge zu alt.

»Wo ist dein Herrchen?«, fragte Jón, ohne eine Antwort zu erwarten.

Cezar winselte, trottete zum Stall zurück und kauerte sich an die Außenwand, wo die wolkenverschleierte Sonne den Beton etwas erwärmt hatte. Jón richtete sich auf und wischte sich die fettig gewordene, mit Hundehaar verklebte Hand am Hosenbein ab. Die Tür zum flachen Wohnhaus – ein rissiger Betonbau mit Pultdach und zugezogenen Gardinen – wurde aufgestoßen. Bauer Gísli trat in Stallkleidung ins Freie.

»Guten Tag, Gísli«, rief ihm Jón über den Hofplatz zu und hob die Hand zum Gruße.

Gísli schien überrascht.

»Was machst du denn hier draußen?«

»Ich schau mir die schöne Gegend an«, scherzte Jón verkrampft. »Stör ich?«

»Nein«, sagte Gísli und kratzte sich am Kopf. »Durchs Küchenfenster wusste ich erst gar nicht, wer da plötzlich auf dem Hofplatz steht. Ich dachte, du wärst dein Bruder.«

»Mein Bruder? Kommt er manchmal hierher?«

»Wie? Nein. Wieso denn …«

Gísli machte eine müde Handbewegung. Es schien ihm Unbehagen zu bereiten, dass der Steinholt-Junge unangemeldet auf seinem Hof aufgetaucht war. Er schaute vor sich auf den Boden, dann hoch in den Himmel, als versuche er zu erraten, ob es Regen oder Schnee geben würde. Jón tat es ihm gleich. Er hätte auf Schnee getippt.

Es verstrichen einige Augenblicke, bis Bauer Gísli die Stille unterbrach:

»Ist bei euch alles in Ordnung?«

Jón zuckte mit den Schultern.

»Wir haben bestimmt schon bessere Tage erlebt, aber was will man machen.«

»Was will man machen«, echote Gísli.

Wieder verstrichen einige Augenblicke. Der Bauer rang mit sich, dann sagte er, als hätte er etwas im Hals stecken: »Kaffee?«

»Gern!«, rief Jón, zauberte die Flasche Steinholt-Landi unter dem Pullover hervor und hielt sie hoch. »Damit können wir den Kaffee verdünnen!«

Gísli schlug erstaunt die Hände zusammen.

»Ist das … hast du …?«

Jón lachte.

»Da staunst du, was? Dieses Baby hab ich im Keller gefunden. Viel ist von Großvaters Produktion nicht übriggeblieben.«

»Mach, dass du reinkommst!«, rief der Bauer, drehte sich auf dem Absatz um und verschwand kichernd im Haus.

Die Tür ließ er offen stehen. Jón folgte ihm, trat ins Dunkel und warf die Tür hinter sich ins Schloss.

Es dauerte einen Moment, bis sich seine Augen an die Dunkelheit gewöhnt hatten. Im Haus stank es nach Schafen und Mist. Doch in den finsteren, unordentlichen Räumen waren keine Tiere zu finden – keine Schafe zumindest. Es war zweifellos Bauer Gísli, der böckelte. Jón folgte seiner Nase bis in die Küche. Der Bauer räumte hastig Kleidungsstücke von einem Stuhl, damit sich sein Gast setzen konnte, wusste aber nicht, wohin damit. Er schaute sich suchend um, dann lud er sie auf einen anderen Stuhl, der mit Zeitschriften beladen war. Ein paar Kleidungsstücke rutschten vom Haufen auf den Boden, doch Gísli ließ sie liegen.

»Setz dich!«, befahl er, und Jón setzte sich.

Er stieß sich die Beine an etwas Weichem, etwas Felligem. Er warf einen Blick unter den Tisch, doch da war nur Schwärze. Jón zog die Beine wieder ein.

Gísli ging zum Waschtrog und spülte zwei Kaffeetassen unter fließendem Wasser. Jón hätte sich am liebsten die Nase zugehalten, doch er versuchte, sich nichts anmerken zu lassen, schloss nur kurz die Augen.

»Meine Frau«, sagte Gísli in den Waschtrog, »ist ein paar Tage in der Stadt. Darum ist hier alles so unordentlich. Sie kümmert sich sonst um den Haushalt. Ich kümmere mich um die Tiere, und das gibt zu tun, da kann ich mich nicht auch noch um den Haushalt kümmern, weißt du. Ich bin ja keine Hausfrau!«

Der Bauer kicherte.

»Doch wenn ich gewusst hätte, dass ich Besuch bekomme …« Er verstummte. Es war offensichtlich, dass hier schon lange keine Frau mehr in der Küche gewesen war. Überall stand schmutziges Geschirr herum, leere Konservendosen, leere Blumentöpfe und Vasen, dazu die schmutzigen Arbeitskleider und der ganze Papierkram. Auf den Fensterbänken lagen tote Fliegen im Staub. Am oberen Ende des Küchentisches lag der Motor irgendeiner landwirtschaftlichen Maschine, dazu ein paar Werkzeugschlüssel, Schrauben und Muttern. Die Zeitungsblätter unter dem Motor hatten sich mit Motorenöl vollgesaugt. Dicke Gardinen sperrten das späte Tageslicht aus. Nur das kränkliche Licht einer nackten Glühbirne beleuchtete die Küche. So blieben der Dreck und die Unordnung wenigstens halbwegs im Dunkeln verborgen. Doch es knirschte unter den Schuhsohlen, wenn man auf den Küchenboden trat.

»Stört mich nicht«, sagte Jón.

Plötzlich bereute er, dass er überhaupt hergekommen war. Das Elend sprang auf ihn über. Er hätte es dem Alten gegönnt, dass sich seine Frau erbarmte und eines Tages zurückkehren würde. Zugleich hätte er ihr ans Herz legen wollen, bloß nie wieder einen Fuß in diese deprimierende Müllhalde zu setzen.

Bauer Gísli stellte die zwei Tassen auf den Tisch und schenkte mit unruhiger Hand Kaffee aus einem Krug ein, der neben dem Motor gestanden hatte. Er setzte sich auf die Wandbank und stieß sich dabei den Kopf an der frei hängenden Glühbirne. Sie schaukelte hin und her, sodass die Schatten der beiden Männer über die Küchenwände tanzten. Nun schob Jón dem Bauern seine mitgebrachte Schnapsflasche über den Tisch zu. Der nahm sie feierlich entgegen, drehte sie in den Händen, öffnete den Bügelverschluss und hielt die Öffnung unter die Nase.

»Mich tritt ein Pferd«, sagte er, lachte kurz und schob die Flasche über den Tisch zurück. »*Du* erweist uns die Ehre.«

Jón nahm sie etwas verdutzt entgegen.

»Meinst du … in den Kaffee?«

Bauer Gísli nickte erwartungsvoll. Jón hob die Flasche hoch und ließ ihren quellwasserklaren Inhalt in den schwarzen Kaffee plätschern.

»Das ist wie Musik«, stellte der Bauer fest.

Sie prosteten sich zu und tranken. Der Kaffee war kalt, doch der Schnaps brannte vom Gaumen bis tief in die Seele hinein.

»Jæja«, sagte Gísli zufrieden und schnalzte mit der Zunge.

Jón hielt sich die Faust vor den Mund und hustete unterdrückt. Er schaute sich die Flasche genauer an, drehte sie in den Händen, als suchte er nach einem Etikett, das Aufschluss über den Prozentgehalt gegeben hätte.

»Kommt ihr klar, drüben auf Steinholt?«, fragte Gísli erneut und nippte an der Tasse.

»Es geht schon. Palli war krank, aber es geht ihm wieder besser.«

»Was hatte er denn?«

»Eine Erkältung, nehme ich an. Er hat sich wohl zu lange draußen herumgetrieben.«

»Der Winter hält sich verdammt hartnäckig dieses Jahr.«

»Ja, eine Schweinekälte ist das. Selbst Tante Rósa hat sich etwas erkältet. Ich kann mich nicht daran erinnern, sie jemals krank gesehen zu haben.«

»Mach dir keine Sorgen ...«

»Ich mach mir keine Sorgen.«

»Brauchst du auch nicht. Deine Tante ist zäh.«

»Und stur!«

Gísli grinste. Jetzt bemerkte Jón, dass in der oberen Zahnreihe des Bauern eine Lücke klaffte. Der nahm einen weiteren Schluck aus seiner Kaffeetasse – und die Tasse war leer. Seine Hand zitterte nicht mehr.

»Sag einfach, wenn du drüben Hilfe brauchst«, sagte der Bauer.

»Ich bleibe ja nicht lange«, sagte Jón.

Gísli starrte ins Licht der Glühbirne über ihm. Jón räusperte sich.

»Ich meine«, sagte er, »danke fürs Angebot, aber es wird schon gehen. Tante Rósa ist, wie du weißt, unverwüstlich.«

Gísli schaute ihn nachdenklich an.

»Manchmal wünschte ich, dass ich auch so eine dicke Haut hätte«, sagte er.

»Von ihr kann man was lernen«, sagte Jón.

Bauer Gísli nickte lächelnd. Nun schien er sich über die unerwartete Gesellschaft gar ein wenig zu freuen.

»Kaffee?«, fragte er aufmunternd.

»Gern«, antwortete Jón, obwohl seine Tasse noch halbvoll war.

Er schenkte dem Bauern Schnaps nach.

»Nichts passt so gut zusammen wie Kaffee und Landi«, sagte Gísli, und Jón nickte zögerlich.

Es fielen ihm durchaus einige bessere Beispiele ein, wie Bier und Zigaretten, Lennon und McCartney oder Haferbrei und gezuckerter Zimt, doch er wollte dem Bauern nicht widersprechen und hielt die Klappe.

Sie tranken. Jón sagte:

»Wenn du hier eine Hand gebrauchen könntest, solange ich noch da bin …«

Gísli winkte ab.

»Danke, das ist überhaupt nicht nötig«, sagte er.

Er kratzte sich verbissen am Kopf. Als er damit fertig war, stand ein Büschel Haare in die Luft.

»Gehst du wieder zurück nach Hamburg?«

Jón nickte.

»Wann denn?«

»Noch nicht«, antwortete Jón und zuckte mit den Schultern. »Erst will ich …« Er zögerte. »Noch nicht«, wiederholte er schließlich.

Gísli gab sich mit der Antwort zufrieden. Er tauchte seine Oberlippe in die Kaffeetasse, dann sagte er:

»Man tut, was man tun muss. Aber meinetwegen kannst du so lange hier bleiben, wie du willst. Es wäre doch toll, wenn du den Hof deines Großvaters übernehmen und wieder in Schwung bringen würdest. Die Felder verwildern, und wir brauchen junge Leute hier im Norden, sonst sterben wir aus. Das Land ist gut, etwa steinig zwar, aber flach und weit, und es ist doch himmelschade, wenn man es nicht bewirtschaftet, wo unsere Vorfahren es mit so viel Mühe ausgeebnet und damit überhaupt erst urbar gemacht haben. Tja. Und deine Tante will den Hof einfach nicht verkaufen, dabei hätte Gunnar von Landakot durchaus Interesse daran. Hast du Hunger?«

Gísli wartete keine Antwort ab, stand abrupt auf und ging zum Herd. Dort hob er einen gesottenen Schafskopf aus einem Kochtopf und ließ ihn auf einem Teller fallen, was ein schmatzendes Geräusch verursachte. Den Teller mit dem Schafskopf stellte er zwischen sich und Jón auf den Tisch. Er drückte seinem Gast ein Messer in die Hand und begann, die dünne Fleisch- und Fettschicht vom Schädel abzukratzen. Die gewonnenen Stücke steckte er sich gierig in den Mund. Jón zögerte. Es war lange her, dass er Schafskopf gegessen hatte. Er schnitt sich ein Stück Backenfleisch ab. Als Kind hatte er Schafskopf nie gemocht, doch an diesem wolkenverhangenen Spätwinternachmittag, in dieser gottverlassenen Küche, schmeckte es ihm.

»Ich weiß noch«, sagte Bauer Gísli kauend, »als mir dein Vater mit dem Anbau beim Schafstall behilflich war. Guter Gott, das ist schon so lange her. Ein halbes Leben! Fast zwei Wochen lang seid ihr jeden Tag hierher geritten, du warst noch so klein, dass dich dein Vater auf dem Pferd festgebunden hat, damit du nicht runterfallen konntest!«

Jón runzelte die Stirn.

»Das muss Palli gewesen sein, auf dem Pferd, nicht ich«, sagte er. »Ich war doch erst zwei, als mein Vater starb.«

»So was, vielleicht war es dein Bruder, natürlich, das könnte schon sein.«

Gísli kratzte verlegen mit dem Messer am Schafskopf.

»Ihr zwei wart euch doch so ähnlich«, brummte er, »zumindest bis Palli ...«

Bauer Gísli verstummte. Sie aßen schweigend. Jón schenkte Landi nach. Den Kaffee ließen sie bleiben.

Plötzlich stand der Bauer wie von einer Wespe gestochen auf und verkündete: »Ich glaube, ich habe noch eine Fotografie von damals!« Und schon verschwand er in der anliegenden Stube, und von da hörte Jón ihn rufen: »Dann kannst du mir sagen, ob das *du* oder *dein Bruder* gewesen ist. Dann haben wir das im Reinen!«

Der Bauer kam zurück in die Küche geeilt.

»Hier«, sagte er, schob den Schafskopf zur Seite und legte ein Fotoalbum auf den Tisch.

Er schlug es auf und blätterte durch die Seiten, bis er plötzlich innehielt und den fettigen Finger auf ein Foto drückte.

»Der da«, sagte er. »Der gutaussehende Bursche hier, der bin ich, und das hier ist dein Vater, und der kleine Knirps hier, ja, bist das jetzt du oder ist das dein Bruder?«

»Das ist Palli«, sagte Jón.

Gíslis Augen flackerten im matten Licht der Küchenlampe. Er nahm den Blick nicht vom Foto. Mit dem Hemdsärmel wischte er die fettigen Fingerabdrücke weg und schalt sich murmelnd einen Tölpel. Auch Jón starrte auf das Bild, auf seinen Vater, den er sofort an seinem stolzen, etwas kecken Lächeln erkannte. Das Bild erinnerte ihn an die Fotografie, die er zu Hause gesehen hatte. Sie hatte dasselbe Grau, denselben weißgebleichten Rand. Dieselbe Schärfe.

»Wer hat das Foto geschossen?«, fragte Jón.

»Theodór Gíslason, der damalige Bezirkspräsident«, sagte der Bauer. »Er war der Einzige damals, der eine gute Kamera besaß. Er kam extra wegen dem Anbau hierher, um das Leben im Bezirk zu dokumentieren, wie er sagte.«

Jón biss auf Knorpel.

»Der Bezirkspräsident«, murmelte er.

»Ja, schau, hier.«

Gísli blätterte im Album.

»Hier sind noch weitere Fotos von ihm. Das ist meine Frau, sieh nur, sie hat sich für den Anlass extra schön gemacht. Weißt du, sie kam ja ursprünglich aus dem Süden und wollte nicht wie ein Landei aussehen, und Theodór hat ihr Zeit gelassen. Er war eigentlich ein guter Kerl. Im Nachhinein muss man sagen, er hat der Mývatnsveit Gutes getan, solange er hier war. Eine Schande, dass er mit deinem Vater in den Fluss gefallen ist. Ein schrecklich tragischer, tragischer Unfall.«

Jón betrachtete den Bauern, wie er eifrig die Seiten des Fotoalbums vor- und zurückblätterte.

»Wann warst du das letzte Mal im Dorf?«, fragte er unvermittelt.

Gísli hielt im Umblättern inne und runzelte die Stirn.

»Na, das war wohl zur Beerdigung, nicht wahr? Und dann war ein Ball am selben Abend, und seither war ich nicht mehr im Dorf. Ich brauche ja nichts. Wieso fragst du?«

Jón erinnerte sich, wie er den Bauern unterm Tisch in der Gemeindehalle friedlich hatte schlafen sehen.

»Dann habe ich Neuigkeiten für dich«, sagte er und ließ ihn dabei nicht aus den Augen. »Ich bin auf die Überreste des Bezirkspräsidenten gestoßen, bei uns, auf Steinholt.«

Gísli schlug das Fotoalbum zu und verschwand damit in der dunklen Stube. Es verstrichen einige Minuten – schon glaubte Jón, der Schafbauer habe sich klammheimlich aus dem Staub gemacht –, bis dieser zögernd zurück in die Küche kam.

»Was sagst du da, Junge?« Seine Stimme war plötzlich heiser. »Wie ist das denn möglich? Man hat doch die Pferde am Flussufer …«

Er ließ sich auf die Wandbank fallen und schenkte sich aus der Flasche nach.

»Er wurde erschlagen«, sagte Jón.

Gísli trank.

»Erschlagen sagst du? Das ist ja grauenhaft. Sag so was nicht! Bei euch auf Steinholt?«

Jón nickte langsam. Bauer Gísli hatte wieder zu zittern begonnen.

»Aber, vielleicht …«, stotterte er, nach einer Erklärung suchend, »vielleicht hat man ihn weiter unten am Flussufer gefunden und auf Steinholt beerdigt, ohne die Behörden davon in Kenntnis zu setzen. Das könnte doch sein, deine Tante ist doch eine harte Nuss –«

»Wieso sollte man ihn auf Steinholt beerdigen?«, unterbrach ihn Jón.

Gísli schaute ihn entsetzt an. Sein Atem war hochprozentig. Er umklammerte die Kaffeetasse so fest, dass seine Knöchel weiß schimmerten.

»Ich habe noch mehr Knochen gefunden«, sagte Jón langsam. »Neben dem Bezirkspräsidenten. Ein zweites Grab. Und wen glaubst du, mein lieber Gísli, habe ich da gefunden?«

War es der Teufel oder war es der Alkohol, der Jón die Wut in die Adern pumpte? Er wollte den Schafbauern zappeln sehen, er wollte ihn leiden sehen. Es war ihm egal, was der klägliche Kauz tatsächlich wusste, doch er wollte, dass er für sein jahrelanges Schweigen litt.

Sie starrten sich an. Nur die zitternde Kaffeetasse in Gíslis Hand ließ darauf schließen, dass die Zeit nicht stehengeblieben war. Eine Minute verstrich. Der Wind zerrte gelegentlich an einem losen Stück Dachblech, sonst war kein Laut zu hören. Endlich sagte Jón:

»Neben dem Bezirkspräsidenten lag mein Vater begraben.«

»Gott, Allmächtiger!«, entfuhr es Gísli, die Starre wich, und er trank die Tasse gierig leer.

»Gísli«, sagte Jón mit harter Stimme. »Ich sehe doch, dass du etwas weißt.«

»Ich weiß nichts!«, entfuhr es dem Bauern.

Er schenkte sich nach und trank.

»Doch … ich glaube, du weißt etwas. Und du wirst es mir sagen.«

»Nein!«

Der Bauer schlug die leere Kaffeetasse mit voller Wucht auf den Küchentisch und vergrub sein Gesicht in den Händen, kurz nur, dann rieb er sich wie wild die Bartstoppeln, seine Halsschlagader war angeschwollen, als würde er gleich explodieren. Dann stand er abrupt auf, fasste den Schafskopf mit beiden Händen, ging schwankend zum Herd und ließ den Kopf zurück in den Topf fallen.

»Glotz mich nicht so an!«, brüllte er in den Topf hinein, dass Jón zusammenzuckte.

Hatte er den Schafskopf gemeint? Der Bauer blieb bebend stehen, als wagte er sich nicht zurück an den Tisch. Er reckte den Hals, schob mit dem Finger die Gardinen zur Seite und schaute auf den Vorplatz, als fürchte er, dass jemand vor dem Fenster stehen und heimlich mithören könnte.

»Gísli, wieso liegen mein Vater und der Bezirkspräsident seit fünfundzwanzig Jahren Schulter an Schulter unter dem Götterbaum?«

Der Bauer zuckte zusammen, als hätte man ihn aus den Gedanken gerissen.

»Nein!«, brüllte er und schlug die Faust auf die Abstellfläche.

Und wieder und wieder.

»Nein! Nein!«

Er drehte sich um. Seine Augen funkelten trunken. Jón machte sich auf dem Stuhl klein.

»Ich sage dir, ich weiß nicht, was passiert ist. Ich weiß nichts! Und wenn ich etwas wüsste, würde ich«, er zögerte, »ich würde es dir sagen.«

Erneut vergrub er das Gesicht in den Händen.

»Du hast etwas gesehen!«, stellte Jón fest. Langsam richtete er sich auf. »Sag mir, was du gesehen hast. Sag mir, was du weißt. Bitte!«

Gísli schüttelte heftig den Kopf.

»Du willst es nicht wissen«, sagte er verzweifelt.

Sie starrten sich an.

»Sag es mir. Bitte!«

Seine Wut wich dem Mitleid, er wurde richtig traurig, als er den verwahrlosten Schafbauern so angstverzerrt vor sich stehen sah. Der arme Gísli. Er hatte doch niemandem etwas zuleide getan.

»Bitte sag es mir.«

Der Schafbauer schnaubte aus den Nasenlöchern, sodass etwas Rotz auf den Boden spritzte. Langsam kam er zurück zum Tisch gewankt und hielt sich daran fest. Er griff nach der Flasche, füllte seine Tasse und hob sie an die Lippen, hielt sie gestürzt, bis sie bis auf die letzten Tropfen leer war. Dann stellte er die Tasse so unachtsam ab, dass sie umkippte, an den Tischrand rollte, auf den Boden fiel und zerbrach. Der Schafbauer schien es überhaupt nicht bemerkt zu haben. Er sagte mit weinerlicher Stimme:

»Dein Vater war ein guter Mensch. Ein guter Mensch. Ein lieber Kerl. Er …«

Er zeigte in die Stube, wo das Fotoalbum war, als befände sich Jóns Vater in Person zwischen den Seiten.

»Er … und Theodór, der Bezirkspräsident …«

Der Bauer brach ab und keuchte. Wieder begann er:

»Dein Vater war eigentlich ein ganz anständiger Kerl, man hätte es ihm gewiss nicht angesehen, aber die Natur treibt so ihre Spielchen, erlaubt sich alle möglichen Sünden und macht sich über das Werk des Schöpfers lustig.«

Er würgte, als wäre sein Rachen nicht gemacht für solch große Brocken. Jón wurde bleich.

»Bitte sag es mir«, flüsterte er. »Sag es einfach. Und dann trinken wir.«

Gísli nickte und starrte auf die Glühbirne.

»Ich habe sie gesehen«, sagte er mit plötzlich sanfter Stimme.

Er war weit weg, viele Jahre zurück, sah gar jünger aus, wie er so gedankenverloren in die Glühbirne starrte.

»Es war an dem Tag, als der Bezirkspräsident eigens zu mir geritten kam, um den Anbau und das Leben in der Mývatnsveit zu dokumentieren, wie er sagte. Da habe ich sie gesehen, hinten, beim Abort. Sie haben mich nicht kommen hören, glaubten wohl, ich mache ein Mittagsschläfchen, drinnen auf dem Diwan …« Er zeigte wieder in die Stube.

»Doch ich musste mal und so habe ich sie gesehen. Sie haben mich nicht bemerkt. Sie hätten mich wahrscheinlich nicht einmal bemerkt, wenn ich zwei Topfdeckel aufeinander gehauen hätte. Sie haben sich –« Seine Lippen zitterten, und er flüsterte:

»Sie haben sich … geküsst, so wie … wie sich zwei Männer nicht küssen.«

Und jetzt ließ sich Gísli erschöpft auf die Sitzbank fallen und schaute Jón verzweifelt ins Gesicht.

»Ich weiß wirklich nicht, was passiert ist. Ich *weiß* es nicht. Du musst mir das glauben, Jón. Wenn ich wüsste, was da im Hochland während des Schafabtriebs geschehen ist, dann würde ich es dir sagen. Wir sind alle miteinander losgeritten, wie es der Brauch ist, von Vogar aus aufgebrochen. Dann, oben bei Tungubakka, haben wir uns in kleine Gruppen aufgeteilt, um die Täler zu durchkämmen und die Schafe zusammenzutreiben. Der Bezirkspräsident hat darauf bestanden, mit deinem Vater zu reiten. Und das war natürlich beschlossene Sache. Sie sind davongeritten, und ich habe sie nie wieder gesehen. Was bei mir da hinten passiert ist, habe ich niemandem erzählt. Ich schwörs! Außer meiner Frau vielleicht, aber sie hat es bestimmt nicht weitererzählt. Glaub mir! Ich habe in all den Jahren nie auch nur ein Sterbenswörtchen darüber verloren.«

Der Bauer brach sein Plädoyer ab und rang nach Atem. Jón nickte traurig. Seltsam. Er war irgendwie erleichtert. Die Nachricht überraschte ihn indes kaum. Vielleicht hatte man die beiden für ihre verbotene Liebe, ihre sündige Lust bestraft. Wieso nicht? Man war schließlich im Hinterland der Mückenseegegend.

Gísli sah nun völlig abgerackert aus. Seine Augenlider drückten schwer, seine Arme lagen leblos auf dem Tisch. Impulsiv legte Jón seine Hand auf den Arm des Bauern – und erschrak über seine unüberlegte, sentimentale Geste. Der Bauer brummte nur und legte seine Hand auf die des Steinholt-Burschen, hielt sie mit warmem Druck fest, ohne den Blick zu heben. Dann nickten sie sich zu, ließen sich los und lehnten sich zurück. Sie starrten auf ihre Hände, schwiegen lange, hingen ihren eigenen Gedanken nach.

Und sie tranken; Jón aus seiner Tasse, der Schafbauer direkt aus der Flasche. Er sah sich nun verpflichtet, seinem Gast immer wieder nachzuschenken. Er war sehr interessiert am Studentenleben im fernen Hamburg, löcherte ihn mit Fragen zu Politik und Gesellschaft. Plötzlich stand Jón auf, entschuldigte sich, er müsse sich draußen erleichtern. Doch die Küche drehte sich um ihn, das ganze Haus hob ab und drehte sich um die eigene Achse, immer schneller und schneller, als wäre es mitten in einen Tornado geraten. Jón knallte beim Versuch, die Küche durch die Tür zu verlassen, gegen die Wand, hielt sich an einem Bilderrahmen fest, bis er damit scheppernd zu Boden ging. Als er es endlich auf allen vieren bis nach draußen geschafft hatte, übergab er sich röhrend in den Dreck. Cezar kam angetrottet und beschnupperte das Erbrochene, doch diesmal kraulte ihn Jón nicht hinter den Ohren. Er erbrach sich erneut, und der Hund machte sich mit hängendem Kopf davon. Bauer Gísli half dem langen Steinholt-Burschen zurück ins Haus, setzte ihn auf den Stuhl, was gar nicht so einfach war, denn er drohte immer wieder herunterzukippen. Das Haus drehte sich nämlich noch immer, doch letztendlich brachte es der Schafbauer fertig, indem er Jón mit dem Oberkörper auf die Tischplatte bettete und ihm eine Weile tröstend über die Haare strich. Er erzählte ihm von seiner Jugend am Mückensee, und wie er seine Frau an einem Junggesellenball kennengelernt und nicht daran geglaubt habe, dass es ihm jemals vergönnt sein würde, so eine Frau zu haben, wenn sie ihm auch keine Kinder schenkte. Und eigentlich müsse er gar nicht so betrübt darüber sein, dass sie ihm davongelaufen sei. Er müsse dankbar sein, *dank-bar,* dass sie überhaupt mit ihm zusammen gewesen war! Doch was würde er geben, wenn sie zu ihm zurückkäme. Das ganze Haus würde er von oben bis unten putzen, damit werde er sogleich anfangen, sobald die Flasche leer sei. Die teuersten Kochtöpfe werde er für sie kaufen, denn er wollte ihr klarmachen, dass er ein guter Ehemann sein konnte, und dass er ihr all ihre Sünden vergeben werde. Es sei ihm egal, mit wie vielen Männern sie in der Stadt verkehrte, obwohl sie auf dem Papier noch immer verheiratet waren und sie so gesehen eine Ehebrecherin war, doch auch das würde er ihr verzeihen, wenn sie nur wieder zu ihm zurückkäme, denn hier gehöre sie hin, zu ihm, denn nur einer konnte sie so lieben, wie *er* sie liebte, nur er, und niemand sonst. Und er fragte Jón, ob er wisse, wie man das vielleicht etwas schöner sagen könne, er sei nämlich nicht gut mit Worten, dagegen müsse er, Jón, mit Worten bestimmt gut sein, schließlich sei er ein Studierter, ein Schachgenie! Er hielt Jón an den Schultern umschlungen, sagte ihm, dass er ihm noch etwas mitteilen müsse, dass sein Vater glücklich gewesen war, an dem Tag, so glücklich, wie man überhaupt sein konnte, so glücklich, wie nur die wenigsten Menschen seien. Dafür lohne es sich allemal zu sterben, er würde sofort den Löffel abgeben, wenn ihn seine Frau nur einmal *so* küssen würde, wie der Bezirkspräsident seinen Vater geküsst habe. Sterben würde er, auf der Stelle, glücklich sterben.

Gísli wischte sich die Tränen aus den Augen und stürzte die Flasche, bis sie auf die allerletzten Tropfen leer war. Ja, nur die Schafe seien ihm treu, sagte er und lachte weinend.

Und die Krähen, sagte er, die Vögel. Die Vögel, die Vögel, die Vögel. Ob Jón die Krähen gesehen habe, draußen auf den Feldern, doch der schielte nur noch.

»Zweifelsfrei!« sagte Bauer Gísli. »Die Krähen wissen alles, alles! Sie beobachten mich. Sie beobachten uns. Jón, wenn du herausfinden willst, was mit deinem Vater passiert ist, dann musst du die Krähen fragen.«

Das seien schlaue Viecher, wusste er zu berichten, wenn nicht die schlausten Viecher auf der ganzen Welt. Smart! Schlauer als mancher Anwalt. Er wisse genau, dass ihn die Krähen verfolgten und zu sich riefen, sie warteten nur darauf, bis er sein Menschengewand ablege und mit ihnen davonfliege, und dann würde er ihm sagen können, was die Krähen wüssten, denn die Scheißviecher seien zwar schrecklich schwarz, und die Farbe Schwarz habe seine Frau gehasst, da es gerade im Winter hier oben im Norden so lange dunkel sei, und das vertrage sie nicht, die Gute, seine Blume, seine Sonnenblume, und deshalb sei sie auch den ganzen Winter über im Süden, und den Sommer über eigentlich auch, denn der Sommer sei doch so kurz und es lohne sich ja fast nicht, sich wegen ein paar Wochen auf einen so weiten Weg in den Norden zu machen. Das verstehe er gut, und dann seien hier die verfluchten, schwarzen Krähen, und die machten ihr Angst, vielleicht, weil sie wusste, dass er selbst eine Krähe sei.

»Jón«, brüllte der Bauer und schüttelte ihn an den Schultern. Doch Jón hatte das Gesicht in den Armen vergraben und war nicht mehr da.

»Jón, hörst du mich, ich bin eine Krähe! Sie rufen mich. Sie rufen mich zu sich. Komm! Flieg mit mir!«

14

Jón träumte vom Teppichklopfen. Er wurde von seinem Bruder geweckt, der ihm mit flacher Hand ziemlich unsanft die Wange tätschelte. Es dauerte eine Weile, bis Jón realisierte, wo er sich befand, nämlich in der Küche des Schafbauern, genauer, auf dem Küchenboden, wie eine Katze zusammengerollt. Palli jauchzte und gluckste vor Freude, als Jón endlich die Augen öffnete. Er schlug ihn noch heftiger, bis Jón die Schläge fluchend abwehrte. Da lief Palli davon, verschwand irgendwo in einem der düsteren Räume, und man hörte, wie irgendwo etwas zu Boden fiel. Jetzt wurde es still im Haus. Jón stöhnte. Er rappelte sich auf und schloss, als sich der Boden unter ihm zu drehen begann, die Augen. Er rettete sich zum Waschtrog, wo er gierig das eiskalte Wasser aus dem Hahn trank. Die Übelkeit verflog. Erst jetzt bemerkte er, dass Bauer Gísli noch immer am Küchentisch saß. Den Kopf hatte er auf beide Hände gebettet, ein Lächeln kräuselte sich um seine Lippen, als liege er im weichsten Bett der Welt, seine Frau neben sich. In der Rechten hielt er liebevoll einen Staubwedel umklammert.

Palli kam wieder in die Küche gerannt. Er hielt etwas in den Händen.

»Palli, was hast du da? Zeig her!«

Jón hörte sich dumpf und wie aus weiter Ferne sprechen. Palli hielt stolz einen Büstenhalter hoch.

»Leg ihn zurück!«

Palli drückte den Büstenhalter mit beiden Händen fest an seine Brust und schaute seinen Bruder gekränkt an. Jón seufzte resigniert.

»Komm, verschwinden wir.«

Draußen war das Blöken der Schafe zu vernehmen, manche kreischten richtiggehend, machten einen fürchterlichen Radau. Jón und Palli schauten sich an.

»Da hat wohl jemand Hunger.«

Die Brüder gingen in den Stall und fütterten die Tiere. Cezar folgte ihnen auf Schritt und Tritt, bis er selbst kläglich zu winseln begann. Als die Schafe versorgt waren, schlich sich Jón zurück in die Küche, wo er den abgenagten Schafskopf aus dem Kochtopf fischte und draußen dem Hund vorwarf.

Dann machten sich die Brüder endlich auf den Nachhauseweg, kletterten über den hängenden Zaun und trotteten über die gefrorenen Weiden. Ein paar Krähen hüpften nicht weit von ihnen übers Gras und schauten den zwei Brüdern hinterher.

»Die Krähen«, murmelte Jón.

Die Grashalme knirschten unter ihren Füßen, die Sonne stand strahlend aber noch tief über dem Horizont, sodass jede noch so kleine Erhebung kilometerweite Schatten warf. Das gefrorene Gras glitzerte, als wäre es von feinen Diamanten bestückt, und Jón wünschte sich, dass Niki hier wäre. Er würde ihr die von Diamanten übersäten Weiden zeigen und sagen: »Alles nur für dich!«

Und sie würde lachen und sich bei ihm einhängen. Schön wärs. Palli musste sich ziemlich anstrengen, um Schritt zu halten. Er schwenkte den Büstenhalter in der Luft wie ein Fähnchen am Nationalfeiertag.

Als sie eine knappe Stunde später auf Steinholt eintrafen, nahm Jón seinen Bruder bei der Hand und ließ ihn erst los, als sie beim Baum angekommen waren.

»Hör zu«, sagte er und suchte den Blickkontakt zu Palli. Doch der war damit beschäftigt, sich den Büstenhalter anzuziehen.

»Unser Vater liegt hier. Unser Vater liegt hier begraben.«

Palli entriss ihm seine Hand und versuchte erneut, in den Büstenhalter zu schlüpfen. Doch sein Gesichtsausdruck hatte sich verdunkelt. Jón seufzte und klatschte die flache Hand an die Baumrinde.

»Papa ist hier. Er ist in diesem Baum.«

Palli war es gelungen, einen Arm durch den Träger des Büstenhalters zu stecken. Jón versuchte es weiter.

»Du darfst, wann immer du willst, hierherkommen und mit Papa sprechen. Er ist hier. Er hört uns zu.«

Nun ließ Palli den Büstenhalter fallen und lief mit rudernden Armen zum Flugzeugwrack. Jón schaute ihm traurig hinterher. Was brachte es schon, wenn er ihm diesen sentimentalen Quatsch erzählte. Ihr Vater war tot. Schon seit über zwanzig Jahren.

Palli schlug mit den Händen aufs Blech und gab unverständliche Laute von sich. Jón hob den Büstenhalter auf und steckte ihn ein.

»Palli, komm!«, rief er. »Ich habe Hunger.«

15

Tante Rósa lag mit dem Gesicht nach unten auf dem Küchenboden. Jón blieb wie festgefroren im Eingang stehen, als ihm der unverkennbare Uringeruch in die Nase stach. Palli kniete sich zu ihr hin und tätschelte ihr unsanft die Wangen, gerade so, wie er es bei Jón gemacht hatte. Jetzt erst dämmerte Jón, warum ihn sein Bruder so früh am Morgen gesucht hatte.

»Verflucht«, entfuhr es ihm, denn er befürchtete, dass sie tot war.

Doch Tante Rósa begann zu stöhnen, bewegte sich ein wenig, als versuchte sie aufzustehen, doch es gelang ihr lediglich, den Kopf zu heben. Jón schob seinen Bruder zur Seite, beugte sich über sie und rüttelte sie an der Schulter.

»Tante Rósa«, sagte er erst vorsichtig, dann etwas bestimmter: »Tante Rósa, kannst du mich hören?«

Sie gab stöhnend Antwort, als wäre sie Welten entfernt. Jón fühlte mit Zeige- und Mittelfinger ihren Puls, oder wenigstens, was davon übrig geblieben war. Er drehte sie behutsam auf die Seite, beugte sich tief über sie und hielt sein Ohr über ihren Mund. Sie atmete regelmäßig. Er tastete sie flüchtig am ganzen Körper ab, untersuchte, ob sie sich beim Sturz am Kopf verletzt hatte, fand jedoch keine äußerlich sichtbaren Verletzungen. Soweit er das beurteilen konnte, waren keine Knochen gebrochen, nur der Puls war schwach, sehr schwach, und die Haut war grau.

Jón atmete tief durch, dann fasste er seine Tante unter den Schultern und hob sie hoch. Sie war schwerer als er befürchtet hatte. Ihr Kopf hing schlaff nach hinten.

»Palli, mach die Zimmertür auf!«, presste er zwischen den Lippen hervor und deutete mit einer hastigen Kopfbewegung zu Rósas Zimmertür.

Zu seiner großen Erleichterung gehorchte Palli und öffnete die Tür, nur um mit neugierigem Grinsen im Zimmer zu verschwinden. Keuchend schleppte Jón seine Tante in ihr Zimmer. Es war sauber und kärglich eingerichtet: ein Bett, ein Stuhl und ein Tischchen. Über dem Bett hing ein Kruzifix, auf dem Tischchen lag ein Schachbrett. Die Figuren auf dem Brett waren so positioniert, als würde gespielt. Einige standen schon geschlagen neben dem Spielfeld. Jón warf einen Blick aufs Spiel und erkannte sofort, dass Tante Rósa die Partie Emms-Hodgson nachspielte. Es überraschte ihn, dass sie sich noch immer für Schach interessierte. Doch Jón hatte andere Sorgen.

»Zieh die Bettdecke weg!«, befahl er, doch Palli war damit beschäftigt, sich durch die ordentlich gefalteten Kleider im Wandschrank zu wühlen.

»Taugenichts«, knurrte Jón und schob die Bettdecke beiseite.

Bald wurde es Palli langweilig, und er schaute zu, wie Jón ihre Tante mühsam aufs Bett hob, ihr den nassen Rock und die nassen Strickstrumpfhosen auszog und ihre Beine auf einem Kissen hochlegte. Abgesehen von ihren Händen und ihrem Gesicht hatte sie weiche Haut, die gepflegt worden und von Sonne, Wind und Regen verschont geblieben war. Wie Jón sie entblößt vor sich liegen sah – ein ganz menschliches Wesen, kein Troll, keine Hexe –, da wurde ihm warm ums Herz. Einen Moment war er nicht mehr der nervös handelnde Medizinstudent. Er war ihr Neffe. Einen winzigen Augenblick waren sie eine Familie. Auch Palli war nahe ans Bett getreten und schaute ganz traurig. In seinen Augen sammelten sich Tränen.

»Ganz ruhig, Palli. Alles ist in Ordnung«, beeilte sich Jón zu sagen. »Tante Rósa schläft nur ganz, ganz tief.«

Palli schaute ihn erleichtert an und hielt den Zeigefinger vor die Lippen, machte »psst«, und Jón lächelte und machte es ihm nach. Behutsam breitete er die Bettdecke über ihr aus. Rósa war inzwischen in einen tiefen Schlaf gefallen, ihr Puls und ihr Atem gingen ruhig und konstant. Die beiden betrachteten sie noch eine Weile, bis Jón seinem Bruder die Haare zerzauste und ihn aus dem Zimmer schob. Er grunzte, wie nur Palli grunzen konnte.

Erst jetzt rief Jón den Arzt Baltasar Gunnarsson an, sagte ihm, dass Rósa vermutlich einen Kreislaufkollaps erlitten habe. Der versprach, sich umgehend auf den Weg zu machen.

Jón und Palli ließen ihre Tante im Zimmer schnarchen und strichen sich, während sie auf den Arzt warteten, Butterbrote. Was für ein Morgen!

Baltasar Gunnarsson traf fünfundvierzig Minuten später auf Steinholt ein und war die Ruhe selbst. Jón führte ihn in die Kammer und klärte ihn im Flüsterton auf. Der Alte hörte Rósa gründlich ab und meinte, sie sollten sie schlafen lassen. Schlaf sei hier im Hinterland seit jeher die beste Medizin gewesen. Er fragte Jón, ob er denn nicht bemerkt habe, dass sich die Gute völlig überarbeitet habe. Man dürfe nicht vergessen, dass sie ein ganzes Leben mit ihrer Schwester verbracht habe. So ein plötzlicher Verlust sei nur schwer zu verkraften. Er, Jón, müsse ihr helfen, wo er nur könne, im Haushalt, mit den Tieren, mit Palli, gerade jetzt, und wozu er denn eigentlich nach Hause gekommen sei!

Doch dann klopfte der Arzt Jón, der beschämt die Lippen zusammenpresste, versöhnlich auf die Schulter und sagte:

»Mach dir keine zu großen Vorwürfe, Junge. Du hast es nicht einfach, hast ja auch jemanden verloren. Lass deine Tante schlafen, und wenn sie aufwacht, dann machst du ihr eine kräftige Eierbrühe und gibst ihr gezuckerten Tee, und du verbietest ihr, das Bett zu verlassen. Du wirst sehen, in zwei, drei Tagen ist sie wieder auf den Beinen und ruppig wie eh und je.«

Draußen auf dem Hofplatz drehte er sich noch einmal um.

»Morgen wird der Bezirkspräsident auf dem Friedhof der Reykjahlíðs-Kirche begraben«, sagte er mit Grabesstimme und fügte hinzu: »Nun ja … seine mutmaßlichen Überreste. Ich weiß ja nicht, wie das damals abgelaufen ist … Also, um vierzehn Uhr. Da musst du hin. Anstelle deiner Tante, verstehst du? Da darfst du auf gar keinen Fall fehlen, ob du nun willst oder nicht. Sonst stehen die Dinge krumm.«

Jón blies die Wangen auf, doch der Arzt bestand darauf und drohte mit Sanktionen, die er indes nicht weiter umschrieb.

Als sie wieder allein waren, tat Jón, was er schon längst hätte tun sollen: Er wusch sich selbst und seinen Bruder. Dann wusch er die Kleider und hängte sie draußen zum Trocknen auf. Als Tante Rósa am Abend aufwachte, half er ihr auf die Toilette, fütterte sie mit einer versalzenen Eierbrühe und brachte ihr so zuckersüßen Kräutertee, dass man damit Tapeten an die Wände hätte kleben können. Tante Rósa war viel zu schwach, um sich darüber zu beschweren. Sie brummte nur verärgert, doch ihre Worte waren kraftlos und unverständlich. Jón hatte die leere Suppenschale noch nicht einmal zurück in die Küche getragen, als sie schon wieder eingeschlafen war. Palli kroch zu ihr ins schmale Bett, blieb noch eine ganze Weile dicht neben ihr liegen, während Jón die Küche sauber machte und lauschte, was sein Bruder nebenan reden mochte. Doch er verstand kein Wort. Dann schickte er Palli nach oben und erzählte ihm noch die Geschichte des deutschen Piloten, hielt sich jedoch kurz. Schließlich fiel Jón völlig erschöpft in sein Bett und stöhnte erleichtert und ausgiebig.

Endlich konnte er seinen Kater ausschlafen.

16

Die zwei Steinholt-Burschen hielten sich unauffällig in den hinteren Reihen, weit draußen vor der Kirche. Überraschend viele Leute waren zur Beerdigung des ehemaligen Bezirkspräsidenten angetrabt. Es war, als hätte man die Gebeine eines Nationalhelden wie Jónas Hallgrímsson nach Hause gebracht. Man war sogar aus Reykjavík angereist, um dem einst hochangesehenen Lokalpolitiker die letzte Ehre zu erweisen. Selbst ein paar Fotografen von der Presse drückten sich rücksichtsvoll beim Friedhofszaun herum und rauchten Kette.

Wie bestellt hatten erste Vorboten des Frühlings Einzug gehalten. Strahlend blau war der Himmel, ein warmer Wind ließ die Krawatten der Herren und die Röcke der Damen flattern. Draußen vor der Kirche musste man sich den Hut auf dem Kopf festhalten.

Zu Jóns Erleichterung verhielt sich Palli ziemlich ruhig. Tante Rósa wäre bestimmt dagegen gewesen, ihn zur Trauerfeier mitzunehmen. Doch sie hatte tief geschlafen, als sich die Brüder auf den Weg gemacht hatten.

Palli hatte noch nie so viele Menschen gesehen, was ihn ziemlich beeindruckte. Wohl deshalb gab er keinen Mucks von sich, schaute sich nur nach allen Seiten um und klammerte sich an seinen Bruder.

Sie hatten sich unter die Leute gemischt, die keinen Platz in der Kirche gefunden hatten und eine Traube vor dem engen Kirchentor bildeten. Hier draußen hörte man nicht, was drinnen über den Bezirkspräsidenten gesagt wurde. Nur gelegentlich flüsterte man sich, mit der Verlässlichkeit eines Buschtelefons, die wichtigsten Passagen der Trauerrede über die Schultern zu:

»Er stammte mütterlicherseits aus Dalvík«, sagte ein Großgewachsener, der sich verpflichtet sah, Informationen weiterzugeben.

Er hielt die Hand zu einer Muschel geformt an sein Ohr.

»Soso!«, sagte ein untersetzter Typ, der verkehrtherum in der Menge stand, da er sowieso nichts sah. »Das erklärt, warum er auf dem Pferderücken …«

»Sch!«, machte jemand weiter vorn.

Der Großgewachsene reckte den Hals.

»Er war ein leidenschaftlicher Verfechter … der Republik gewesen«, berichtete er.

»Ich dachte, er war ein Fortschrittsparteiler«, brummte jemand.

»Hat jemand Schnupftabak?«, fragte ein anderer.

Seine Bitte wurde erfüllt, während der Lange eine weitere Nachricht über seine Schulter gab:

»Seine Gebeine sind auf Steinholt gefunden worden … die Untersuchungen sind noch nicht abgeschlossen …«

Man warf sich Blicke zu, als man sich den Schnupftabak in die Nasen steckte.

»Der Steinholt-Bauer hat ihn doch im Suff abgemurkst«, sagte der Untersetzte und kippte sich ein imaginäres Schnapsglas hinter die Binde. »Gluck, gluck, gluck!«

Jón lehnte ab, als man ihm die Tabaksdose anbot. Den Blick hielt er zu Boden gerichtet.

»Oder die Alte hat ihn …«

»Ruhe da hinten!«, ertönte es weiter vorn. »Sein Sohn hält eine Rede.«

Jón war erleichtert, dass die Diskussion über seinen Vater und seine Tante im Keim erstickt worden war. Er versuchte wie alle anderen, jedes Bruchstück aufzuschnappen, das man sich über die Schultern hinweg nach hinten reichte. In Arnórs Rede ging es offenbar weniger um das mysteriöse Ableben seines Vaters als um die Zukunft der Mývatnsveit, deren Fundamente er gelegt habe. Landwirtschaft, Fischerei, Wasserkraft und Geothermie würden den Bewohnern der Mückenseegegend eine glorreiche Zukunft bescheren, verkündete Arnór. Er, sein einziger Erbe, wolle sich nicht durch längst vergangene Untaten vom Weg abbringen lassen und schaue vorwärts.

Es war zweifellos der Beginn einer erfolgreichen Politkarriere.

Nun begann Palli die Warterei zu langweilen. Er sprach Leute um sich herum an, und die schauten verlegen zu Boden, als würden sie ihn nicht bemerken. Es gelang Jón, seinen Bruder zum Schweigen zu bringen, indem er ihm ins Ohr flüsterte, dass er verdammt nochmal still bleiben solle, sonst könne er etwas erleben. Das funktionierte eine kleine Weile, bis zu dem schrecklichen Augenblick, als der Pastor ein Kirchenlied anstimmte. Schon war das Tuten der Orgel zu vernehmen, und auch die Leute draußen begannen verlegen mitzubrummen, obwohl sie keine Texte hatten.

Und da geschah das Unfassbare. Pallis Gesicht hellte sich

auf, als werfe der liebe Gott persönlich sein Licht auf ihn. Überwältigt vor Freude klatschte er die Hände zusammen, stampfte mit den Füßen auf den Boden und sang so laut er konnte:

»Haaalleeeluuu-hujaaa!«

Er sang laut und deutlich, als hätte er keinen Sprachfehler, sang mit der Inbrunst eines italienischen Opernsängers, Bass und Tenor zugleich, was etwa so schrecklich klang wie das Gebrüll eines Ochsen, den man in den Schlachthof führt. Sämtliche Gesichter vor der Kirche wandten sich erschrocken den Steinholt-Burschen zu und fertigten sie mit vorwurfsvollen Blicken ab. Selbst der Organist in der Kirche drückte vor Schreck fehl. Jón packte seinen Bruder am Arm, stieß einige Trauergäste zur Seite und ergriff die Flucht. Sie liefen zwischen den Gräbern hindurch, an den verblüfften Fotografen vorbei, weg von der Kirche. Palli protestierte lauthals und versuchte sich loszureißen, denn anscheinend liebte er Musik, liebte es zu singen, zu tanzen und in die Hände zu klatschen, was Jón nicht hatte wissen können, da auf Steinholt nie getanzt oder in die Hände geklatscht wurde. Doch letztendlich ließ sich Palli von seinem Bruder wegzerren, auch wenn er das Kirchenlied zu Ende hätte singen wollen. Trotz allem wollte er nicht von der Seite seines Bruders weichen.

Sie gingen hinunter an den See. Jón setzte sich erleichtert ins Gras, umschlang seine angewinkelten Beine und starrte aufs Wasser. Endlich war auch ihm eine Ruhepause gegönnt. Hier unten in der windgeschützten Senke am See war es wärmer als auf der kleinen Anhöhe bei der Kirche. Die Spiegelung der Sonne auf den Wellen blendete und zwang ihn, die Augen zuzukneifen. Das braune Gras war trocken, der Sommer ließ nun nicht mehr lange auf sich warten. Hoffentlich. Palli warf mit Steinen auf ein paar Graugänse, die entsetzt davonflogen. Er schlug begeistert die Hände zusammen und nahm immer größere Steine, die er jauchzend ins Wasser warf. Seine ungetrübte Freude war ansteckend, und Jón musste lächeln. Er legte sich mit einem zufriedenen Seufzer ins Gras.

Plötzlich spürte Jón kalte Feuchtigkeit am Hintern und am Rücken, und schnell richtete er sich wieder auf. Der Boden war doch noch nicht ganz ausgetrocknet. Das braune Gras und die Sonne hatten ihn getäuscht. Jetzt hatte er einen nassen Hintern. Doch als Jón vom feuchten Boden aufgesprungen war, bemerkte er eine Gestalt weiter oben an der Böschung, die ihn und seinen Bruder beobachtete. Es war Arnór, ganz in Schwarz, der grimmig zu ihnen hinunterstarrte. Er musste dank Pallis Ständchen mitbekommen haben, dass sie bei der Trauerfeier gewesen waren. Er stand einfach da, steif und schwarz, sein rotes Haar züngelte wie Feuer im Wind. Jón schaute zu ihm hinauf, wusste nicht, was er hätte tun sollen. Zu ihm hochgehen? Sich bei ihm entschuldigen oder wenigstens kondolieren? Hätte er ihm erzählen sollen, dass er ein zweites Skelett gefunden hatte? Arnór war bestimmt noch immer wütend. Nein, da blieb er lieber, wo er war. Wenn Arnór etwas von ihm wollte, dann konnte er zu ihm herunterkommen.

Plötzlich hob Arnór die Hand zum Gruße, hielt sie oben, als berühre er die Luft, bis auch Jón den Gruß erwiderte, erstaunt und irgendwie erleichtert. Er winkte fast ein bisschen zu eifrig, und da gab es hinter ihm ein lautes Platschen und Husten, denn Palli war einem seiner Steine hinterher ins Wasser gefallen und kletterte nun prustend und mit aufgerissenen Augen zurück an Land, die triefenden Arme weit von sich gestreckt. Und bevor Arnór wieder verschwand und ein erfolgreicher Politiker wurde, sah man ihn auf der Anhöhe herzhaft lachen.

17

Die Tage purzelten unaufhaltsam wie Schafskügelchen vom Kalender; man konnte sie nicht zurücktun. Die Sonne stieg immer höher, die dunklen Nächte bleichten aus. Bald setzte die Dunkelheit ganz aus. Die Steinholt-Brüder würdigten Ostern und den ersten Sommertag mit Nichtstun. Tante Rósa absolvierte Kirchbesuche.

Jón beschloss, eine Weile in der Gegend auszuharren. Er hätte sich die Rückfahrt nach Hamburg ohne Weiteres leisten können – doch er blieb. Er wollte zumindest so lange bleiben, bis seine Tante ihre Kräfte zurückerlangt hatte und allen wieder das Leben schwer machen konnte. Das Semester war für ihn ohnehin gelaufen. Indes bemerkte er all die längst überfälligen Arbeiten, die auf Steinholt anstanden. Und so spuckte Jón in die Hände, striegelte die Pferde, mistete den Stall gründlich aus und nagelte lose Bretter- und Blechverkleidungen an. Er strich die Fenster, richtete die Pfosten der Wäscheleinen, die umzukippen drohten, und ölte sämtliche Türscharniere im Haus. Manchmal kümmerte er sich, ohne aufgefordert zu werden, um den Abwasch. Einmal machte er den Vorschlag, etwas Leckeres zu kochen, worauf Tante Rósa murrte, dass ihr nicht bewusst gewesen sei, dass ihm ihr Essen nicht schmecke. Es blieb beim Vorschlag.

Anfang Mai brachten die Steinholt-Brüder den Chevrolet nach Akureyri zu einer gründlichen Überholung. Die Garagisten kratzten sich die Köpfe und waren erstaunt, dass die Karre in diesem Zustand den Weg gemeistert hatte. Jón und Palli schauten sich sodann im Ort nach einer Waschmaschine um und wurden fündig. Sie kauften von einem Teil ihrer Erbschaft eine deutsche, brandneue Bauknecht – ohne ihre Tante um Erlaubnis gefragt zu haben.

Natürlich tippte sie sich mit dem Zeigefinger an die Schläfe, als sie die Bauknecht auf der Ladefläche des Chevrolets erblickte. Sie wasche die Wäsche schon immer von Hand, und sie wisse nicht, was daran falsch gewesen sein soll, sagte sie und ging zurück ins Haus.

Tags darauf half Bauer Gísli, die Waschmaschine im Kellerraum anzuschließen. Er hatte sofort eingewilligt, als ihn Jón am Morgen angerufen und eine Flasche Landi in Aussicht gestellt hatte. Als er plötzlich auf dem Hofplatz auftauchte, spielte er den Unwissenden, benahm sich, als hätte er Jón das letzte Mal zur Totenwache gesehen. Ihr Trinkgelage und die Grabfunde blieben unerwähnt. Während der Arbeit sprachen sie sowieso wenig. Es dauerte nicht lange, bis die Maschine funktionstüchtig war, denn der Keller war wie gemacht für eine moderne Waschmaschine, verfügte über Wasserzu- und -ablauf. Sie stellten die Maschine auf einem der Betonsockel ab, wo einst entweder der Brennkessel oder der Kühler der Schnapsbrennerei gestanden hatte.

Das eigentliche Problem war, Tante Rósa dazu zu bringen, die verflixte Maschine überhaupt anzurühren. Sie mied den Keller, um ihrem Misstrauen Ausdruck zu verleihe. Also kümmerte sich Jón um die schmutzige Wäsche, riss sie ihr buchstäblich aus den Händen, was einmal fast zu einem Handgemenge führte, da auch Palli mithelfen wollte.

Nach einer Woche gelang es Jón, seine Tante dazu zu überreden, sich die Maschine wenigstens einmal anzuschauen. Rósa stand grimmig und mit verschränkten Armen bei der Treppe, während ihr Jón aus der Distanz alles zeigte und erklärte. Als er sich wiederholte, weil er nicht sicher war, ob sie ihn verstanden hatte, sagte sie:

»Das hast du mir schon einmal gesagt. Kann ich jetzt wieder gehen?«

Jón nickte und murmelte:

»Bitte schön.«

Wieder vergingen ein paar Tage. Dann, Jón hatte sich gerade für einen Mittagsschlaf auf dem Bett in Großvaters Zimmer ausgestreckt, öffnete Tante Rósa ohne anzuklopfen die Tür und sagte vorwurfsvoll:

»Wo schaltet man das verflixte Ding denn ein?«

Jón zeigte es ihr erneut, und damit war das 20. Jahrhundert auch auf Steinholt angekommen.

18

Am selben Abend ließ die tiefstehende Sonne die Wolken am Horizont in allen möglichen Rottönen aufglühen. Draußen pfiff ein Goldregenpfeifer, die Luft war klar und energiegeladen. Es roch nach Sommer.

Jón kümmerte sich um Palli, wusch ihn flüchtig, kämmte und rasierte ihn, putzte ihm die Zähne und brachte ihn zu Bett. Zum ersten Mal gelang ihm das ohne Haarezerren und Tränenvergießen, schließlich war Palli zum Umfallen müde gewesen, da er den ganzen Abend den Goldregenpfeifern hinterhergejagt hatte. Noch hörte man ihn oben im Zimmer singen. Jetzt wollte Jón den Abend für sich allein genießen. Er fand im Bücherregal einen Þórbergur Þórðarson, den er früher gemocht hatte und nun wieder lesen wollte.

Kaum hatte Jón sich erschöpft aufs Sofa fallen lassen und das Buch aufgeschlagen, gesellte sich Tante Rósa zu ihm. Auf den Händen balancierte sie ihr Schachbrett. Sie legte es behutsam auf den Tisch, setzte sich auf einen Stuhl und begann die Figuren aufzureihen. Jón legte das Buch in den Schoß.

»Vergiss es. Ich spiele nicht mehr«, sagte er.

»Du schuldest mir noch eine Revanche«, antwortete Rósa und hatte die Figuren schon auf dem Brett positioniert.

»Jemínn!«, rief Jón. »Das ist doch schon Jahre her.«

»Neun Jahre, um genau zu sein. Wir haben für Reykjavík trainiert.«

»Danke, dass du mich an diese Blamage erinnerst.«

Tante Rósa drehte sich zu ihm um.

»Dann möchte ich dich auch gleich daran erinnern, wer dir Schachspielen beigebracht hat.«

»Lass mich doch einfach in Ruhe!«, murmelte Jón.

Seine Tante starrte ihn unentwegt an und rührte sich nicht. Jón versuchte zu lesen, doch er behielt kein einziges Wort, denn es war fast unmöglich, die Alte zu ignorieren. Er las den Abschnitt erneut, kämpfte sich durch ein paar weitere, schweifte immer wieder ab. Seine Tante würde einfach so sitzenbleiben und ihn anstarren. Sie hatte einen typisch isländischen Kopf, war störrisch wie der Winter. Jón stöhnte und rappelte sich vom Sofa auf. Er legte das Buch aufgeschlagen neben dem Schachbrett auf den Tisch.

»Aber nur *ein* Spiel!«, sagte er und setzte sich seiner Tante gegenüber.

Sie rutschte voller Vorfreude auf ihrem Stuhl hin und her.

»Bitte schön«, sagte sie, ohne vom Brett aufzuschauen.

Sie hatte ihm die weißen Figuren zugeteilt. Jón fuhr mit dem Bauern, den er vor dem König stehen hatte, zwei Felder vor. Tante Rósa nahm sich Zeit, als müsste sie ihre Strategie überdenken. Jón seufzte genervt und griff nach dem Buch. Da fragte sie ihn:

»Möchtest du mit der Uhr spielen?«

»Nur keine Hektik«, antwortete er und vertiefte sich in die Lektüre.

Rósa rückte mit ihrem Bauern, den sie vor der Dame stehen hatte, ein Feld vor. Jón senkte das Buch und atmete gepresst aus, als ginge einem Autoreifen die Luft aus. Er hatte es fast befürchtet; anstatt ihm die Stirn zu bieten, ihm beispielsweise einen Bauern gegenüberzustellen, reagierte sie passiv. Jón preschte mit einem zweiten Bauern auf D4 vor.

Rósa nahm sich Zeit. Jón las. Endlich legte sie ihre Finger auf einen Bauern, erstarrte, verwarf den Gedanken und setzte ihren Springer auf F6. Der bedrohte nun Jóns Bauern.

Gar nicht mal so dumm, dachte Jón, schlug das Buch zu, legte es neben sich auf den Tisch und setzte seinen Springer auf C3, um seinen Bauern zu decken. Diesmal zögerte seine Tante nicht und setzte einen zweiten Bauern auf C6, direkt neben ihren ersten.

Warum sie ihm das Zentrum überließ, verwirrte Jón. Er betrachtete sie verstohlen. Rósa schaute so konzentriert aufs Schachbrett, als gäbe es nur noch sie und die Figuren, saß reglos da, auf der Tischkante lauerten ihre Hände, bereit, nach den Figuren zu greifen. Jón zuckte mit den Schultern und setzte einen dritten Bauern zwei Felder vor auf F4. Jetzt gehörte ihm das Zentrum; die bestmögliche Ausgangslage, um aus einer Schlacht als Sieger hervorzugehen. Rósa schien es nicht weiter zu kümmern. Sie setzte ihre Dame auf A5 und nagelte damit Jóns Springer auf C3 fest; sein Bauer war erneut in Gefahr.

Jón runzelte die Stirn. Sie hatte ihm damals eingetrichtert, dass man die Dame nicht zu schnell aufbieten dürfe.

Man müsse sie sich aufsparen, dürfe nicht zu viele Züge an ihr verschwenden und sie unnötig in Gefahr bringen. Mit ihr müsse man zuschlagen, wenn die Zeit dafür gekommen war. Hatte sie immer gesagt. Es war ihm fast peinlich, dass er seine Tante, die einst sein Schachtalent entdeckt und mit militärischer Disziplin gefördert hatte, so salopp abservieren würde. Sie schien nicht zu bemerken, dass sie mit ihrer Attacke nur erreichte, dass Jón seine Figuren aufs Feld bringen und positionieren konnte.

Jón kniff die Augen zusammen und stellte seine Dame auf F3, um seinen Bauern zu decken; ein flüchtiger Schachzug, den er umgehend bereute. Er hätte besser den zweiten Springer zur Deckung eingesetzt, denn jetzt konnte Rósa mit ihrem Läufer vorpreschen und seine Dame bedrohen. Er ballte die Hände unter dem Tisch zu Fäusten. Doch als Rósa auf diesen absehbaren Zug verzichtete und stattdessen mit ihrem Bauern auf D5 vorrückte, lockerte er seine Fäuste augenblicklich. Sie bewegte diesen Bauern nun schon zum zweiten Mal, hatte an ihm Zeit, Raum und Energie verschwendet. Er rückte mit seinem bedrohten Bauern ein Feld vor. Attacke ist bekanntlich die beste Verteidigung.

Rósa zögerte keine Sekunde und hüpfte mit ihrem Springer in die neu entstandene Lücke, mitten ins Getümmel. Jón befand ihre überstürzte Spielweise als naiv und attackierte mit seinem Läufer ihren Springer. Der hätte nun ohne weiteres Schaden anrichten können, um schließlich als Märtyrer zu sterben, doch sie hatte schon zu viel Energie in ihn gesteckt, als dass sie ihn einfach so hätte opfern können. Es blieb ihr gar nichts anderes übrig als den Rückzug anzutreten. Doch sie zögerte, rieb sich die Nase, hielt ihre Hand übers Spielbrett, ließ sie wie einen Falken über den Figuren kreisen, rieb sich erneut die Nase. Ihren todgeweihten Springer ließ sie, wo er war, und setzte indes ihren zweiten ganz an den Rand.

Jón richtete sich auf dem Stuhl etwas auf. Was zum Kuckuck hatte sie vor? Er setzte seinen zweiten Springer auf E2. Er wollte nur noch eins: Das Spiel schnellstmöglich zu Ende zu bringen. Rósa schien sein Vorhaben stillschweigend zu unterstützen und setzte den Springer am Spielrand auf B4.

Nun denn, dachte Jón, und schnappte sich mit dem Läufer den Springer im Zentrum, wohlwissend, dass er ebendiesen Läufer verlieren würde. Tatsächlich schnappte sich Rósa den Läufer mit dem Bauern – Jón bestrafte ihn mit seiner Dame. Er war punktemäßig im Vorsprung. Rósa überschaute die Lage mit der Entschlossenheit einer Kriegsherrin und schien nicht unzufrieden darüber zu sein, was sie sah. Sie preschte mit ihrem Bauern auf F5 vor und bedrohte erneut die Dame – Jón eliminierte den Bauern elegant *en passant* und schaute seine Tante abwartend an. Sie erwiderte den Blick, schaute ihn mit kleinen, schwarzen Augen an. Ein teuflisches Lächeln zuckte um ihre Mundwinkel. Jón schluckte. Hatte sie einen Ausweg aus ihrer unfruchtbaren Situation entdeckt? Oder *wollte* sie ihn etwa gewinnen lassen? Wollte sie nach dem Reykjavík-Desaster von 1958 seinen verletzten Stolz rehabilitieren?

Ohne den Blickkontakt abzubrechen, fasste Rósa ihren Läufer und setzte ihn schräg gengenüber Jóns Dame ab.

Jón starrte aufs Spielbrett. Seine Kinnlade klappte ganz langsam nach unten. Plötzlich war ihm viel zu heiß. Denn endlich erkannte er ihn, Tante Rósas großen, teuflischen Plan. Seine Dame zitterte leicht in seinen Fingern, als er mit ihr den Rückzug antrat. Machtlos musste er zuschauen, wie Rósa ihren Springer auf C2 schmetterte und damit sowohl

Jóns Turm als auch seinen König direkt bedrohte. Dieser Schlag war unmöglich zu verkraften. Jón hatte verloren, dabei war es noch ein weiter Weg bis zum Schachmatt.

»Müssen wir noch weiterspielen?«, fragte ihn Rósa und richtete sich halb vom Stuhl auf.

Jón antwortete nicht. Mit hochrotem Kopf starrte er auf die Figuren, doch egal, wie viele Züge er in Gedanken machte, jede Variante führte in eine Sackgasse.

»Das Spiel ist zu Ende, wenn ich es sage!«, zischte er, stand abrupt auf, griff nach dem Buch und warf es mit aller Kraft an die Wand, wo es wie ein benommener Vogel zu Boden flatterte.

Er stieß seine Tante aus dem Weg und stürmte ins Freie.

»Ganz der Großvater«, murmelte Rósa, ging zurück in die Küche und setzte Wasser auf.

Jón stand draußen auf den Stufen und versuchte einen klaren Kopf zu bekommen. Der Goldregenpfeifer pfiff nun in hoher Frequenz, um die Tierwelt vor Jón zu warnen.

»Halt die Klappe«, sagte Jón, mehr zu sich selbst.

Die Abendluft tat ihm gut.

Eine verrückte Partie, dachte er, und spielte jeden Zug in seinem Kopf nach. Allmählich breitete sich auf seinem Gesicht ein Grinsen aus. Seltsam. Ihm war, als falle ihm eine Last von den Schultern. Er verschränkte die Arme hinter dem Kopf und lachte auf.

»Ha!«

Wie sehr er sie unterschätzt hatte. Diese Hexe! Da ging die Tür auf und Rósa stellte sich neben ihn, eine Tasse Kaffee in der Hand, die sie ihm überreichte. Überrascht nahm er ihr die Tasse ab. Seine kleine, breite Tante schaute zu ihm hoch und versuchte, ihre Siegesfreude zu verbergen. Es gelang ihr überhaupt nicht; ihr stieg sogar die Röte ins Gesicht.

»Ich gebe auf«, seufzte Jón.

»Gut«, sagte Tante Rósa und wippte ein wenig auf den Zehen.

»Danke«, murmelte er, dabei meinte er nicht den Kaffee, und sie sagte, bevor sie wieder ins Haus zurückging:

»Du hast es verdient.«

Und auch sie meinte nicht den Kaffee.

Sie spielten noch einige Schachpartien auf Steinholt, abends, wenn Palli im Bett lag und sich so lauthals in den Schlaf sang, dass Cezar in kilometerweiter Entfernung zu jaulen begann. Es gelang Rósa nie wieder, ihren Neffen zu besiegen, und so blieb ihr erstes Spiel die bemerkenswerteste Partie, die man auf Steinholt jemals gespielt hatte. Dass sie fortan verlor, schien sie jedoch nicht im Geringsten zu ärgern, aber umsonst gab es bei ihr nichts. Jón musste sich jeden Sieg hart erkämpfen. Nach beendeter Schlacht tranken sie meist noch einen Kaffee, wortlos, als würden sie das Spiel in Gedanken wiederholen. Er las an diesen Abenden wenig, willigte sogar ein, eine Partie via Telefon gegen den Landarzt zu spielen. Als er ihn nach einer knappen Viertelstunde abserviert hatte, war ein Raunen durch den Telefonhörer zu vernehmen.

Wenn Jón abends erschöpft im Bett lag und immer tiefer in die Matratze sank, dachte er oft an Niki. Er hätte ihr gern von seinen Erlebnissen auf Steinholt berichtet. Manchmal träumte er gar von ihr, und immer folgte auf die Träume, wenn ihn Tante Rósas Geklapper in der Küche weckte, ein

Gefühl der Sehnsucht. Niki. Er hätte sie gern an sich gedrückt, neben sich im Bett wissen, hinters Ohr küssen und ihr seine Finger durch ihr Haar streichen wollen. Ob sie auf ihn wartete? Ob auch sie von ihm träumte? Er schrieb ihr einen Brief, schrieb, dass er oft an sie denke, dass er von ihr träume. Doch eine Antwort bekam er nicht.

19

Von Montag bis Samstag fuhrwerkte Rósa von früh bis spät, hielt die Zimmer und Palli sauber, kochte und buk, und jeden Tag Punkt ein Uhr legte sie sich aufs Sofa, breitete eine gehäkelte Wolldecke über sich aus und begann fast augenblicklich zu schnarchen. Auch Großvater hatte das gekonnt.

Punkt halb zwei wachte sie wieder auf und wärmte den Kaffee vom Morgen, um in die Gänge zu kommen. Manchmal blieb sie etwas länger liegen, wodurch ihr Tagesablauf aus dem Rhythmus kam – was ihr prompt die Laune verdarb. An solchen Tagen war Jón froh, wenn sie ihn damit beauftragte, Palli anständige Kleider anzuziehen und im Genossenschaftsladen in Reykjahlíð Besorgungen zu machen. Er hatte nichts dagegen, dem Hof wenigstens ein paar Stunden entfliehen zu können.

Die zwei Steinholt-Burschen verbrachten manchmal fast den ganzen Tag im Dorf, auch wenn sie die Einkäufe in wenigen Minuten hätten erledigen können. Jón unterhielt sich gern mit Sissa oder ging hinunter an den See und legte sich ins Gras. Manchmal setzte er sich ans Grab seiner Mutter, dachte nach und rauchte. Seinen Bruder ließ er um die Häuser streunen. Meistens, wenn Jón von ein paar erregten Müttern aufgesucht wurde, die ihm nahelegten, er solle sich gefälligst um seinen behinderten Bruder kümmern, gingen sie zurück nach Steinholt. Einmal mischte sich Palli in ein Fußballspiel der Dorfkinder ein, was zur Folge hatte, dass Baltasar Gunnarsson die Wunden zweier Kinder nähen musste. Ein andermal kam der Pastor höchstselbst in den Genossenschaftsladen gelaufen, um Jón darauf hinzuweisen, dass Palli auf dem Friedhof fleißig Frühlingsblumen pflücke und sich nicht davon abbringen ließe. Diesmal lud er ihn nicht zum Kaffee ein.

Manchmal gingen die beiden in der kleinen Badeanstalt baden. Jón legte sich ins heiße Wasser und schloss die Augen, während Palli im Kinderbecken planschte oder durch die Spalten der Damen-Umkleideverschläge lugte. Glücklicherweise waren sie bis auf ein paar Pensionäre oft die einzigen Badegäste.

Währenddessen schien Tante Rósa die Ruhe zu genießen, so als fühlte sie sich nur hier in dieser Einöde, dieser Einsamkeit wohl, einem Thymian-Pflänzchen zwischen Steinen gleich.

»Wie gehts deiner Tante?«, fragte Sissa einmal, als sie und Jón Schulter an Schulter vor dem Laden auf der Pferdestange saßen und die Gesichter in die Sonne hielten.

»Ganz gut, glaube ich«, sagte Jón. »Vermisst du sie etwa?«

»Na klar, ich seh sie ja kaum mehr, seitdem du dich um die Einkäufe kümmerst.«

Sie stupste Jón in die Seite.

»Ich frage mich, ob sie überhaupt noch am Leben ist.«

Er verzog den Mund.

»Sie lebt noch, keine Sorge. Heute Morgen hat sie gesagt,

ich solle mich in diesen Klamotten bloß nicht im Dorf blicken lassen. Ich solle wenigstens eine Krawatte umbinden.«

»Du siehst aber auch aus wie ein Landstreicher!«, scherzte Sissa.

»Was weißt du schon! Das ist Mode in Hamburg. Warts ab, bald laufen hier alle so rum wie ich.«

Sissa lächelte.

»Schön, dass du wieder Witze machen kannst«, sagte sie.

Sie schwiegen eine Weile, saßen einfach nur faul und zufrieden in der Sonne, bis Jón die Stille brach.

»Sie besucht jeden Sonntag das Grab meiner Mutter, hegt und pflegt es, als wäre es die Grabstätte einer Heiligen.«

»Überrascht dich das?«, fragte Sissa.

»Schon, ich meine … ich wusste nicht, dass sie so fürsorglich sein kann.«

»Du bist ein Trottel«, stellte Sissa fest.

Jón schaute sie an.

»Wie bitte? Jetzt beleidigst du mich schon zum zweiten Mal!«

Sissa ignorierte seine Empörung und sagte:

»Wusstest du, dass sie am Grab deiner Mutter ziemlich laute Selbstgespräche führt?«

»Wirklich?«

Sissa nickte.

»Kürzlich hat man darüber im Laden diskutiert. Offenbar verstecken sich manchmal die Kinder hinterm Zaun, hören ihr zu, bis sie sich vor Lachen auf dem Boden wälzen. Dann wird die Alte sauer und verscheucht die ganze Bande mit ziemlich eindrücklichen Flüchen.«

Jón schüttelte nachdenklich den Kopf.

»Weißt du«, sagte er, »für einmal würde ich ihr sogar helfen wollen die Kinder zu verscheuchen.«

»Sissa lächelte und richtete sich auf, als ein Kleinlastwagen auf den Laden zugesteuert kam.

»Wir sehen uns, Schachmeister«, sagte sie und zerzauste Jón die ohnehin schon unordentliche Frisur.

Er blieb noch eine Weile sitzen, nickte den Bauarbeitern zu, die dem Lastwagen entstiegen und im Laden verschwanden. Dass Tante Rósa und seine Mutter selbst nach dem Tod noch eng miteinander verbunden waren, berührte ihn. Er sah die beiden vor sich, wie sie in der Küche standen und in solchem Einklang fuhrwerkten, als wären sie ein und dasselbe Geschöpf mit vier Händen.

Jón seufzte und machte sich auf die Suche nach seinem Bruder. Er war seiner Mutter nicht mehr böse. Wer hätte es ihr übel nehmen wollen, dass sie ein stilles Leben leben und einfach in Ruhe gelassen werden wollte? Sie hatte sich liebevoll um ihre zwei Söhne gekümmert, so gut es ihr eben gelang.

»Die Alte ist, wie sie ist«, murmelte Jón. »Jeder trägt seine Last«.

20

Noch einmal kam Kommissar Kormákur angekarrt, diesmal mit zwei uniformierten Männern im Schlepptau. Jón erkannte beide aus der Polizeikantine, was ihm Unbehagen bereitete. Er beschloss, sich diesmal nicht verspotten zu lassen.

Bevor die Männer an die Tür klopften, betrachteten sie die Grabstelle. Der Alte klärte seine Begleiter über den Stand der Dinge auf, und ihre Blicke folgten seinem Zeigefinger. Jón trat ins Freie. Palli, der mit ihm in der Stube gewesen war und sich einen Comic angesehen hatte, begleitete ihn solidarisch, wenn auch ängstlich. Ein eiskalter Wind fegte über die Ebene. Jón fluchte und verschränkte die Arme, zog die Schultern hoch. Palli tat es ihm gleich. Doch bald kamen die Polizisten anmarschiert, und Jón bekam augenblicklich heiße Ohren. Sie blieben vor den Stufen zum Wohnhaus stehen und blickten zu ihm hoch.

»Junge, ich muss mit deiner Tante reden. Ist sie zu Hause?«, fragte der Alte.

Jón nickte gelassen, machte jedoch keine Anstalten, sie zu holen.

»Bist du taub?«, sagte der Kommissar barsch. »Geh sie holen! Wir haben nicht den ganzen Tag Zeit.«

»Sie ruht sich aus«, entgegnete Jón. »Schläft wohl.«

»Na, dann gehst du rein und weckst sie! Wir sind schließlich den ganzen verfluchten Weg in die Pampa gefahren!«

»Siehst du diese Schnur da oben?« fragte Jón und zeigte in den Himmel. »Siehst du, wie sie die Masten miteinander verbindet? Wir haben seit 1956 ein Telefon. Du kannst *telefonisch* eine Verabredung mit ihr vereinbaren …«

»Werd bloß nicht frech, du Dreckskerl!«

Der Alte brüllte so laut, dass selbst seine Gefolgsleute zusammenzuckten. Er stürzte sich mit ausgestreckten Armen auf Jón, als wollte er ihm tatsächlich an die Gurgel. Jón versuchte, seinen Bruder zurück ins Haus zu stoßen, doch der sprang seitlich von den Stufen und rannte so schnell er konnte zum Flugzeugwrack, als plötzlich Tante Rósa ins Freie trat. Der Kommissar blieb wild schnaufend stehen und zeigte mit fuchtelndem Zeigefinger auf Jón: »Diesem Bengel muss man Manieren beibringen!«

Rósa trat neben ihren Neffen.

»Was gibt es denn jetzt schon wieder, Kormakúr?«, fragte sie. »Ich dachte, ihr habt die Knochen schon abgeholt?«

Der Hauptkommissar kniff die Augen zusammen.

»Ja, die Knochen haben wir. Jetzt fehlt uns nur noch der Täter.«

»Der Täter? Wieso bist du dir plötzlich so sicher, dass die Person unterm Baum umgebracht wurde?«

»Sie hat gebrochene Knochen. Und ein Loch im Schädel.«

»Du hast doch selbst gesagt, dass Jón das Loch mit der Schaufel in den Schädel geschlagen hat.«

Der Alte fletschte die Zähne und strich sich über den Schnurrbart.

»Du irrst dich«, sagte er. »Unser Gerichtsmediziner glaubt, dass das Loch schon da gewesen ist.«

»Glauben tut man in der Kirche, Herr Hauptkommissar«, belehrte ihn Rósa. »Hier draußen zählt nur, was wirklich ist.«

Kormákurs Nasenlöcher weiteten sich. Er betrachtete Rósa, die seinem Blick nicht auswich.

»Es steht im Bericht. Der Bericht wurde gutgeheißen.«

»Dann möchte ich den Bericht gern sehen.«

Sie streckte die Hand aus. Jón betrachtete sie aus den Augenwickeln. Sie machte ihm beinahe Angst. Ihre Augen waren hart wie Stein. Der Alte zog den Wanst ein und die Hosen hoch.

»Wieso habt ihr den Bezirkspräsidenten erschlagen und dann eiligst unterm Baum verscharrt? War es wegen der Schnapsbrennerei, die ihr im großen Stil …«

»Na, darüber weißt du doch bestens Bescheid«, unterbrach ihn Rósa kalt. »Und wenn du wie gewöhnlich ein paar Flaschen willst, gehst du leer aus. Aber keine Sorge. Das Geheimnis ist bei uns gut aufgehoben.«

Die zwei Polizisten schauten sich an. Der Kommissar wurde nervös.

»Wenn wir das nächste Mal wiederkommen, graben wir deinen ganzen Hof um, das verspreche ich dir«, knirschte er. »Da bleibt kein Stein auf dem anderen. Wir nehmen deine ganze Bruchbude auseinander, wirst sehen.«

»Den ganzen Aufwand wegen einem Skelett? Das bezweifle ich. Die Sache ist doch längst verjährt. Du kannst dir die Mühe sparen. Du wirst nichts finden, und das weißt du auch.«

Hauptkommissar Kormákur öffnete den Mund, doch bevor er einen Ton von sich geben konnte, gab es hinter ihnen einen Knall: Die Türscheibe auf der Fahrerseite des Polizeiautos prasselte in tausend Stücken aufs Sitzpolster. Die Polizisten duckten sich, in der Annahme, dass auf sie geschossen wurde. Falsch gedacht! Neben ihrem Auto stand Palli und hielt ein Stück Holz in den Händen, wahrscheinlich ein abgebrochener Ast, den er unterm Götterbaum gefunden hatte. Er machte zwei Schritte rückwärts, bis er neben der hinteren Autotür stand, holte aus und schlug das Holz so ins Fenster, dass es ebenfalls zersprang.

»Palli!«

Jón rannte den zwei uniformierten Polizisten hinterher zum Auto.

Palli ließ das Holz fallen und flüchtete sich hinters Flugzeugwrack. Jón blieb resigniert stehen und schaute zu, wie die beiden Polizisten versuchten, Palli zu fassen. Das dauerte eine ganze Weile, denn Palli trickste sie mit Hilfe des Wracks immer wieder aus, lief darum herum, kletterte durchs Cockpit, hüpfte über den Flügel, bis sie ihn endlich zu fassen bekamen und sie allesamt zu Boden gingen. Da begann er panisch zu kreischen und wild um sich zu schlagen, sodass er den beiden erschreckten Polizisten erneut entglitt und sich tränenüberströmt in die Arme seiner Tante flüchtete.

»Lasst den Idioten sein!«, brüllte der Hauptkommissar. »Ihr macht euch selbst zu Idioten.«

Jón schaute dem Polizeiwagen lachend hinterher, hob das Stück Holz vom Boden auf und streckte es in die Luft. Dazu gab er einen Siegesbrüller von sich, als wäre er ein

Indianer mit seinem Tomahawk. Die Polizisten hinterließen nichts als eine Staubwolke, die schon bald vom Wind weggetragen wurde und sich über der Ebene verlor.

Jón bemerkte, wie schwer das Stück Holz in seiner Hand lag und schaute es sich genauer an. Fast hätte er es fallengelassen, als er realisierte, dass er einen Oberschenkelknochen in den Händen hielt.

Er vergrub den Knochen tief in der Erde unterm Baum, wo ihn Palli wahrscheinlich gefunden hatte. Dann stellte er seine Tante noch einmal zur Rede, fragte sie, wie Kommissar Kormákur in die ganze Geschichte verwickelt war – doch ihr Schweigen war beharrlicher denn je. Ihre Gesichtszüge zählten seit ihrem Zusammenbruch einige Falten mehr, ihr Haar war grauer, ihre Bewegungen waren bedächtiger geworden, und ihr Schweigen endgültiger. Und so stellte Jón keine Fragen mehr. Er beobachtete sie manchmal dabei, wie sie zu sich selbst sprach, undeutliches Gemurmel, gelegentliches Gezische, ganz wie es Großvater in seinen letzten Jahren getan hatte.

21

Manchmal, wenn es mittags nichts zu tun gab, wenn die saubere Wäsche im Wind wehte, die Pferde schläfrig auf der Weide standen und Tante Rósa in der Stube Bäume sägte, saßen Jón und Palli an den Götterbaum gelehnt und schauten zum Horizont. Als erwarteten sie jemanden, irgendwen, den Pastor, die Kavallerie, einen amerikanischen Militärjeep oder den Postboten, der über die Anhöhe gelaufen kam und einen Brief hoch in die Luft hielt und rief:

»Ein Brief! Ein Brief für Jón Pálsson von Niki aus Hamburg. Es ist ein Liebesbrief!«

Doch da kam niemand. Wen kümmerts. Jón saß gern unterm Baum. Leben ist Warten. Hier hatte er seinen Frieden.

Er war froh zu wissen, wo sein Vater begraben war. Der Götterbaum war dessen Grabmal. Was ihm auch immer zugestoßen war, jetzt hatte auch er seinen Frieden. Sein Sohn hatte ihn gefunden und würde sein Versteck niemandem verraten. Niemand sollte in diesem Grab herumwühlen. Jón wurde plötzlich bewusst, dass hier sein Zuhause war, hier auf Steinholt, wo er geboren worden und aufgewachsen war, wo seine Eltern gelebt hatten und gestorben waren. Und da wusste der hagere Steinholt-Bursche, der so groß war, dass sein Kopf immer in einer Regenwolke steckte, dass die Zeit reif war, Steinholt zu verlassen. Er war bereit zu gehen. In Hamburg hatte er ein halbfertiges Leben, das es fertig zu leben galt.

»Du musst mir etwas versprechen«, sagte Jón zu seinem Bruder, der neben ihm an den Baumstamm gelehnt im Gras saß.

Palli hob den Kopf.

»Du musst mir versprechen, dass du nicht traurig sein wirst, wenn ich gehe.«

Eine Krähe flog im Tiefflug vorbei. Palli zeigte mit dem Finger auf sie und schaute ihr nach. Ob er Jón hörte? Ob er verstand?

»Ich kann dich leider nicht mitnehmen, aber Tante Rósa wird gut auf dich aufpassen. Ich komm dich besuchen, und ich bringe dir Schokolade mit, soviel du willst. Versprochen.«

Jetzt lachte Palli und klatschte in die Hände. Er hatte verstanden.

»Und wenn ich etwas Ordentliches studiert habe, komme ich dich holen. Dann stecken wir Tante Rósa in ein Altenheim. Da kann sie alle tyrannisieren, das wird ihr bestimmt Spaß machen, und wir verkaufen den Hof und die Pferde, und dann nehme ich dich nach Hamburg mit. Was sagst du dazu! Würde dir das gefallen?«

Palli hatte aufmerksam zugehört. Sein Blick verlor sich am Horizont. Speichel tropfte ihm aufs Hemd. Er schien nun wieder völlig in seiner Welt versunken zu sein, die so schlimm nicht sein konnte. Jón betrachtete ihn traurig. Er fasste ihn an der Schulter und zog ihn ein wenig zu sich hin, und Palli ließ sich fallen und legte seinen Kopf in Jóns

Schoß. Jón war etwas perplex über die plötzliche Nähe seines Bruders, doch dann strich er ihm behutsam übers Haar.

So blieben sie sitzen, die zwei ungleichen Brüder, am Grabe ihres Vaters, im Windschatten des Götterbaumes, dem einzigen Baum weit und breit, sonst nur die buckeligen Weiden, steinige Halden und sich verlierende Flüsse, ein untiefer See, Milliarden von Mücken, ein kleines Dorf, umgeben von einer Steinwüste, von Lava zerfressen, auf einer schwarzen Vulkaninsel weit oben im Nordatlantik, Meer zu allen Seiten, die Erdkrümmung am Horizont, die Erde, die Planeten, das Universum … Und die zwei Brüder schauten zum Horizont, wo sich die Sonne langsam senkte und die Schatten auf Steinholt wachsen ließ.

»Wenn ich wieder weg bin«, sagte Jón, »und du fühlst dich einsam, dann setzt du dich hierhin, an diesen Baum, dann bist du nicht so allein, denn Papa ist hier.«

Palli richtete sich auf und schaute seinen Bruder fragend an.

»Papa ist hier, wirklich«, wiederholte Jón und klopfte mit der flachen Hand auf den Boden.

Wenigstens seinem Bruder wollte er das Geheimnis anvertrauen. Er würde es schließlich nicht weitersagen. Doch Palli starrte stirnrunzelnd auf die Hand seines Bruders, den Mund halb geöffnet. Jón befürchtete, dass er ihm zu viel anvertraut hatte, den Vater nicht hätte erwähnen sollen. Und so beeilte er sich zu sagen:

»Schon gut, Palli, es ist nicht so wichtig. Es spielt sowieso keine Rolle. Papa ist ja schon lange weg, doch er passt auf dich auf, wo immer er auch ist. Es ist gut so, wie es ist.«

Palli schaute seinen Bruder dunkel an, machte ein Gesicht wie ein Kind, das sich weigert, schlafen zu gehen. Dann sprang er auf die Beine und rannte davon, als hätte ein Blitz hinter ihm eingeschlagen.

»Palli!«, rief Jón seinem Bruder hinterher.

Er sah, wie Palli zum Flugzeugwrack lief und mit beiden Handflächen aufs Blech zu schlagen begann. Dazu gab er alle möglichen Töne von sich. Jón seufzte traurig. Die verfluchte Messerschmitt. Vielleicht war sie schuld an all dem Unglück, das über Steinholt hereingebrochen war.

»Pah, pah, pah!«, rief Palli und schaute zu Jón hinüber.

Ob Palli bewusst war, dass dieses Flugzeug die für ihn verheerende Pistole nach Steinholt gebracht hatte?

»Pah, pah, pah!«

Palli trommelte wie irre auf den Flugzeugrumpf. Jón horchte auf. Er hob das Kinn, als hörte er ein seltsames Geräusch in weiter Ferne. Ein Glöckchen, das bimmelte.

»Joh, Joh, Joh!«, rief Palli und malträtierte nun die Messerschmitt mit Füßen.

Jón richtete sich langsam auf.

»Pah, pah! Joh, joh!«

Jón erstarrte in gekrümmter Haltung, stützte sich mit einer Hand am Baum ab und glotzte ungläubig zum Flugzeugwrack. Er stand bewegungslos, als hätte man ihn am Baum festgenagelt. Plötzlich streifte ihn eine Erinnerung wie eine Gewehrkugel, und Jón zuckte zusammen.

»Pah! Pah! Joh! Joh!«, schrie sein Bruder noch immer.

»Das kann doch nicht sein. Unmöglich!«, presste Jón hervor.

»Pah, Pah, Pahpahpah!«, schrie Palli, und plötzlich ganz deutlich: »Papa! Papa! Papa!«

»Das Flugzeug«, krächzte Jón. »Das verdammte Flugzeug. Der Soldat!«

Die Erinnerung überrumpelte ihn hinterrücks, verpasste ihm solch einen Schwinger, dass es ihn glatt aus den Schuhen hob und um Jahre zurückschleuderte. Rauch stieg vom Flugzeugwrack empor, schwarz und giftig. Der Wind trug ihn über den Hofplatz zum Haus, und bald stank es auf ganz Steinholt nach verbranntem Plastik. Am Fenster stand die Mutter und hielt Jón in den Armen. Er weinte so laut er konnte, doch es war nicht der Absturz des Flugzeuges, der ihn so erschreckt hatte. Es war nicht der stinkende Rauch, der ihm den Atem nahm. Es war das Entsetzen seiner Mutter, das sich auf ihn übertragen hatte. Sie hielt ihn ganz verkrampft in den Armen und sagte wieder und immer wieder:

»Allmächtiger! Allmächtiger!«

Und je lauter er brüllte, desto heftiger drückte sie ihn an sich.

Jóns Vater saß neben ihnen auf einem Stuhl und hatte sein Gesicht in den Händen vergraben. Er jammerte:

»Oh Gott. Jetzt kommen sie. Jetzt kommen sie bald. Sie werden ihn finden, verstehst du!«

»Nein, nein!«, weinte Jóns Mutter.

Er richtete sich auf und brüllte:

»Sie werden ihn finden!«

Draußen vor dem Haus standen Tante Rósa und der Großvater. Palli versteckte sich hinterm Stall bei den Hühnern, wo er sich immer versteckte, wenn es Zank gab. Der Großvater war beim Baum gewesen, wo er ein Loch ausgehoben und einen toten Mann darin vergraben hatte.

Jóns Beine gaben nach, als die Erinnerung an dieses Bild emporquoll wie der Rauch aus dem Flugzeugwrack. Er fiel auf die Knie, verharrte auf allen vieren. Sein Großvater hatte den Bezirkspräsidenten vergraben, hier, unter seinem geliebten Götterbaum. Hatte sein Vater die Leiche aus dem Hochland nach Hause gebracht? Jón machte die Augen zu und presste die Lippen zusammen. Gab es auch dazu eine Erinnerung? Oder war der Bezirkspräsident hier auf Steinholt umgebracht worden?

Jón konnte sich nicht erinnern, und er schluchzte wütend auf. Die Erde zitterte unter dem Aufschlag des Jagdbombers. Jón öffnete die Augen und sah, wie Großvater die Schaufel fallen ließ und zum Haus hinüberstiefelte, den Blick auf das Wrack gerichtet, das sich in schwarzen Rauch hüllte. Plötzlich schlug eine blutige Hand an die Cockpitscheibe, blieb da einen Moment lang kleben und rutschte kraftlos ab, verschwand wieder im Rauch. Großvater wollte ein paar Schritte vorwärts machen, doch Tante Rósa hielt ihn am Arm fest, schrie ihn an und zeigte auf das Flugzeug. Der Großvater blieb unentschlossen stehen, schüttelte den Kopf und wollte sich losreißen, doch Tante Rósa hielt ihn zurück. Sie drehte sich um. Sie zeigte zum Küchenfenster hoch. Da stand ihre Schwester, bleich und verstört. In den Armen hielt sie ein Kleinkind. Sie sagte: »Allmächtiger! Man muss dem Mann doch helfen!«

Auch der Großvater schaute zu ihr hoch. Bestimmt hätte er sich losreißen können, wenn er gewollt hätte. Doch er ließ sich von Rósa zurückhalten. Er wandte seine Aufmerksamkeit wieder dem Flugzeug zu – die blutige Hand war nun nicht mehr zu sehen. Jetzt erst riss er sich los, ging mit hängendem Kopf in den Stall und kam mit einer Axt zurück, ging an Rósa vorbei, ohne sie zu beachten, direkt aufs Flugzeug zu und schlug mit der Axt auf die Cockpitscheibe ein, immer wieder, wie irre, bis sie endlich zersprang. Er ließ die Axt fallen und hievte den leblosen Piloten aus dem Cockpit, ließ ihn auf die Wiese plumpsen und zog ihn einige Meter weit vom Wrack weg.

Jóns Mutter hielt sich die Hand vor den Mund und wimmerte. Rósa kam ins Haus gerannt und verpasste Jóns Vater, der in der Küche fluchend und jammernd auf und abging, eine solch heftige Ohrfeige, dass er augenblicklich stillstand und mit der Flucherei aufhörte. Und während ein paar Sekunden vergaß Jón zu weinen, so unerhört kam es ihm vor, dass Tante Rósa seinen Vater schlug. Doch der wurde nicht böse, beruhigte sich und schien geradezu dankbar. Er folgte Rósa nach draußen, wo sie sich mit Großvater besprachen.

Doch, da war ein Tier! Jetzt erinnerte sich Jón. Er sah seinen Großvater, diesen alten Nazi-Verehrer, der sich auf einen Pferderücken schwang und dem Tier die Fersen in die Seiten schlug, als wären die Russen hinter ihm her. Im Schlepptau hatte er zwei weitere Pferde. Bald waren sie am Horizont verschwunden.

Inzwischen schleppte Jóns Vater den toten Piloten zum Baum und begann ein weiteres Grab auszuheben. Rósa zog dem Piloten die Uniform aus, kniete sich über ihn und hob seinen leblosen Oberkörper hoch, damit sie ihm die Jacke ausziehen konnte. Jóns Vater versuchte, nicht hinzusehen, was ihm jedoch nicht gelang. Er übergab sich neben dem Baum.

Jón kämpfte sich auf die Beine und torkelte angeekelt vom Baum weg, schaute hoch in den Himmel und wünschte sich, dass er sich nicht länger erinnern würde. Doch er konnte sich der Bilder nicht erwehren. Sie flackerten vor ihm auf, manche verschwommen, andere deutlicher. Er sah, wie Rósa dem toten Piloten die weiße Schwimmweste auszog, daraufhin verbissen an seinem beigen Overall zerrte, stolperte und mitsamt der Uniform, die plötzlich von den Hüften des Toten glitt, auf den Hintern fiel. Ein absurdes Bild, eine Charlie-Chaplin-Nummer, über die man hätte lachen können, wenn man den Kummer der Situation nicht erfasst hätte.

Jón blieb stehen und schaute sich erstaunt um. Es war seine letzte Erinnerung an die Gräber, an das Entsetzen seiner Mutter. Wahrscheinlich hatte sie ihn und Palli ins Zimmer gesperrt.

Es war totenstill auf Steinholt. Nur der Wind säuselte durchs Geäst des Götterbaums. Palli hatte sich erschöpft auf den Boden gesetzt, den Rücken müde ans Wrack gelehnt. Noch immer steckte dieser schreckliche Gestank des brennenden Flugzeuges in Jóns Nase, als er zu Palli hinübertorkelte.

Als ihn die Mutter weckte, war die Sonne schon fast untergegangen. Sie trug ihn hinunter in die Küche und sagte ihm, dass er sich vor dem Soldaten nicht zu fürchten brauche. Sie setzte ihn auf den Boden, und Jón machte große Augen, wagte sich fast nicht zu rühren.

»Ein Soldat«, murmelte Jón und schaute hinüber zum Haus.

Niemand sprach. Großvater saß dem Soldaten gegenüber. Er war erschöpft vom Ritt ins Hochland, und er roch arg nach Pferd. Die Frauen bereiteten das Abendessen zu, Palli hatte sich an den Rockzipfel seiner Mutter gehängt und ließ den Soldaten am Küchentisch nicht aus den Augen. Er hätte wohl gern gewusst, weshalb sein Vater in Uniform, die ihm freilich etwas zu klein war, am Tisch saß. Jón krabbelte zum Soldaten hin und zog sich an dessen Hosenbein hoch. Die fremden Kleider seines Vaters stanken fürchterlich nach Rauch. Der Vater hob ihn hoch und setzte ihn sich auf den Schoß.

»Du brauchst keine Angst vor mir zu haben«, sagte er und versuchte zu lächeln.

Die zwei Männer hatten Schnapsgläser vor sich auf dem Tisch stehen. Sie tranken, und auch Jón griff nach dem Glas seines Vaters, doch der schob es außer Reichweite. Er strich ihm mit der Hand über den Kopf, küsste ihn, und Jón verstand nicht, warum seinem Vater Tränen vom Gesicht tropften. Der Großvater wurde ganz verlegen und stierte in sein leeres Glas. Die Mutter servierte den Männern Suppe. Der Vater ließ auch Jón an dem für ihn noch viel zu großen Suppenlöffel kosten.

Die Erinnerung war so klar, dass Jón die Suppe buchstäblich im Mund schmeckte; die mehligen Kartoffeln, den Thymian und den Kumin. Plötzlich vernahm er das Brummen von Jeeps, und dann standen noch mehr Soldaten in der Küche. Jón schaute sich nach allen Seiten um, musterte einen Soldaten nach dem anderen, doch er erkannte niemanden, und der Vater hob ihn auf und überreichte ihn der Mutter. Sie schauten sich bei der Übergabe flüchtig an. Er nickte ihr zu, dann gab er allen die Hand, strich auch Palli über den Kopf, doch der hatte Angst vor ihm und wickelte sich in Mutters Rock. Vielleicht war er wütend auf ihn, weil er wusste, dass hier etwas Unsagbares vorging. Der Vater presste die Lippen zusammen, und die Soldaten griffen sich mit Daumen und Zeigefinger an die Mützen, entschuldigten sich, als wäre es ihre Schuld, dass das Flugzeug vors Haus gefallen war. Und Tante Rósa sagte:

»No problem. No, no problem«, als wollte sie die Soldaten so schnell als möglich zum Haus raushaben.

Die Soldaten nahmen den Steinholt-Bauern zwischen sich und führten ihn ab. Der drehte sich noch einmal um und schaute seine zwei Söhne an, versuchte zu lächeln, und formte mit den Lippen die Worte:

»Meine kleinen Banditen«, flüsterte Jón.

Die kleinen Banditen schauten ihrem Vater fragend hinterher, bis die Soldaten hinter sich die Haustür zugezogen hatten und es still geworden war.

»Papa!«, rief Palli, doch seine Mutter packte ihn und presste ihm die Hand auf den Mund. Wortlos verfolgten sie durchs Fenster mit, wie sich die Soldaten in einen der Jeeps setzten und davonfuhren.

Jetzt riss sich Palli los und rannte nach draußen, dem Jeep hinterher, doch er war nicht schnell genug, und bald war sein Vater hinter der Anhöhe verschwunden.

»Papa?«, fragte Palli und schaute seinen Bruder fragend an, als der sich zu ihm ans Wrack setzte. Doch Jón wusste keine Antwort.

Die Mutter hatte vom Fenster aus zugesehen und sagte kein Wort, doch sie zitterte. Sie trug Jón hoch in ihr Zimmer und legte sich mit ihm ins Bett, und bald kam auch Palli angeschlichen und kroch zu ihnen unter die Decke. Er fragte seine Mutter, wo Papa hingegangen war, doch sie gab von da an keine Antworten mehr.

22

Wo bist du, Vater. Lebst du noch? Atmest du noch? Denkst du gerade an mich? Was hast du nur getan? War es so schrecklich, dass du selbst uns verließest, mich und deinen Erstgeborenen, Palli, den du nach dir benannt hast? War es so schrecklich, dass du uns hast glauben lassen, du seiest tot? Vielleicht bist du ja tot. Gestorben in Kriegsgefangenschaft. Namenlos, keine Familie, keine Hinterbliebenen. Ein flüchtiger Schatten im Kriegsgeschehen.

Wo bist du? Ist es dir schwergefallen, mich zu verlassen? Hättest du mir noch sagen wollen, dass ich ein lieber Junge sein solle, tüchtig und ehrlich, dass ich keine Angst zu haben brauche, vor den Hunden, den Schulhofschlägern und den Winterstürmen, dass alles gut wird, wenn ich nur der Sonne vertraue, und darauf, dass alles ein Ende haben wird? Fürwahr. Wie gut hätte ich diese Worte gebrauchen können. War das, was du getan hast, denn so fürchterlich, deine Situation so ausweglos, dass du mir einen Vater unterschlagen hast? Denkst du manchmal zurück an diesen Tag im Herbst 1942 und überlegst dir, ob sich dieses ganze Versteckspiel gelohnt hat? Ich hoffe sehr für dich, dass wenigstens deine Flucht gelungen und deine Tarnung nicht aufgeflogen ist. Aber, ehrlich gesagt, es ist mir einerlei. Haben sie denn nicht gemerkt, dass du kein deutscher Pilot warst, sondern ein isländischer Bauer? Du musst ein guter Gauner gewesen sein. Ein Naturtalent. Du hast dich ja ein ganzes Leben lang verstellen und jemand sein müssen, der du nicht warst. Bestimmt haben sie dein eisernes Schweigen auf alle ihre Fragen, deine geistige Abwesenheit als Folge des Krieges gedeutet. Du hast sie glauben lassen, du befändest dich seit dem Flugzeugabsturz in einem anhaltenden Schockzustand, nicht wahr? Als hättest du die Sprache neu erlernen müssen. Man hat dich gefüttert und neu eingekleidet, auf ein Schiff gesetzt und nach Amerika oder vielleicht England verfrachtet, wo du in ein Kriegsgefangenenlager gesteckt wurdest. Egal wo du warst, du hast weiterhin geschwiegen, warst appetitlos und in dich gekehrt, einem Autisten gleich. Du hast an Gewicht verloren, wurdest mager und schwach, hast kaum geschlafen, denn du hattest Angst, du könntest im Schlaf Isländisch reden, deine Träume könnten dich verraten, und deine Tarnung würde auffliegen. Doch sie flog nicht auf, denn deine Mitgefangenen haben dich in Ruhe gelassen. Niemand hat Fragen gestellt, denn die Fragen waren längst beantwortet worden. Viele waren wie du. Männer, die in das Gesicht des Krieges geblickt haben und dabei zerbrochen sind. »Kaputt«, wie die Deutschen so schön sagen. Es fehlten die Worte, um den Horror zu beschreiben. Niemand stellte Fragen. Niemand gab Antworten.

Und endlich, als die halbe Welt in Schutt und Asche lag, wurde der Krieg von den Gewinnern feierlich für beendet erklärt, während ihr Verlierer noch ein paar Jahre ausharren musstet, nicht wahr? Oh, das müssen lange Jahre gewesen sein. Schließlich hast du deine Sprache wieder gefunden. Deutsche und englische Worte kamen nun aus deinem

Mund, wenn es auch nur wenige waren. Und man hat sich gefreut über deine Worte, man hat festgestellt, dass du ein ganz anständiger Typ warst, sanft im Gemüt und blitzgescheit. Ein lieber Kerl, mit seltsamem Akzent zwar, den niemand einordnen konnte. Du hast sie alle für dich gewonnen mit deiner stillen, liebenswürdigen Art. Hattest vielleicht die eine oder andere Liebschaft in der Gefangenschaft. Warst schließlich unter deinesgleichen. Bis man euch endlich zurück nach Deutschland brachte, in eine zerstörte Heimat, in ein Land, das du nicht einmal kanntest. Doch du hattest einen deutschen Namen, eine deutsche Identität, und natürlich bist du mitgegangen. Wieso denn nicht. Wie hätte das denn ausgesehen, wenn du plötzlich wieder in der Mývatnsveit aufgetaucht wärst! Du hättest Antworten liefern müssen, die niemand hören wollte. Also entschiedest du dich für Deutschland. Aber vielleicht wurde dir der Boden unter den Füßen dann doch zu heiß, und du bist gleich wieder weitergezogen, nach Amerika oder England ausgewandert, in der Befürchtung, die Familie des Piloten könnte dich ausfindig machen. Vielleicht waren diese Befürchtungen unnötig gewesen, weil es niemanden gab, der nach dem Piloten hätte fahnden können. Aber das konntest du unmöglich wissen und bist geflohen, fortgelaufen, denn darin hattest du Talent. In Amerika hast du ein neues Leben begonnen, hast dem Bauernleben den Rücken gekehrt, bist Staatsbürger geworden und hast vielleicht noch einmal den Namen gewechselt, damit wir dich niemals finden werden. Hast du bei diesem Versteckspiel manchmal an mich gedacht? Hast du es jemals bereut, mich und Palli verlassen zu haben? Wieso hast du uns nie ein Lebenszeichen gesendet, ein Weihnachtsgeschenk ohne Absender oder wenigstens eine Postkarte. Was hast du denn getan, das so schlimm war, dass du deinen eigenen Tod inszeniert hast? Ertrunken im Gletscherfluss, zusammen mit dem Bezirkspräsidenten. Eine geradezu wahnwitzige Story, die mir aufgetischt wurde. Ha! Vielleicht hast du dich nach Hollywood abgesetzt und versorgst die Studios mit farbenfrohen Geschichten!

Du hast ihn geliebt, nicht wahr? Hat er dich auch geliebt? Was ist passiert? Hast du ihn getötet? Im Streit, in der Eifersucht, der Verzweiflung darüber, nicht den Menschen lieben zu dürfen, den du wirklich liebtest? Nein, dazu warst du zu gutmütig. Du konntest nicht einmal den Tieren etwas zuleide tun. Ging es um die läppische Schnapsbrennerei? War es ein Unfall? Wieso versteckst du dich noch immer vor mir, Vater? Die Spuren sind verwischt, der Bezirkspräsident wurde feierlich beerdigt, doch geweint hat niemand. Und der Hauptkommissar wird demnächst pensioniert. Weiß der Teufel, wie er in die Geschichte verwickelt ist. Wen kümmerts. Der deutsche Soldat hat unter dem Götterbaum ein schönes Kriegsgrab. Und du, Vater, versteckst dich noch immer vor mir! Wieso kriechst du nicht endlich aus deinem Loch? Warte nur, ich werde dich finden. Früher oder später. Doch erst gehe ich heim, zu meiner Niki, und dann studiere ich zu Ende, es muss ja nicht Medizin sein.

Sei auf der Hut, Vater, ich werde dich finden. Und dann hast du hoffentlich ein paar Antworten bereit. Pass auf! Ich komme.

23

So unverhofft, wie Jón in der Mývatnsveit aufgetaucht war, so leise verschwand er auch wieder. Er verabschiedete sich von niemandem außer den Pferden auf dem Feld und den Krähen im Geäst des Götterbaumes, die sich an die flatternden Tücher gewöhnt hatten. Er schlich sich davon, bevor ein neuer Tag angebrochen war, und beinahe war es, als wäre er gar nie dagewesen.

Er verließ Steinholt in aller Herrgottsfrüh, bevor Tante Rósa oder Palli aus den Federn kamen. Er schulterte seinen Rucksack und marschierte dem Weg entlang Richtung See, doch in Gedanken war er weit weg, beobachtete seinen Vater, wie er als Kriegsgefangener an einen engmaschigen Zaun gelehnt eine Zigarette rauchte. Wie er sich überlegte, welche Himmelsrichtung er einschlagen sollte, sobald der Krieg vorbei war. Nach Kanada vielleicht, in die Wälder, wo es fast so dunkel ist wie in Island. Oder nach Tunesien, wo der Wind alle Spuren im weißen Wüstensand verweht.

Und Jón marschierte vorwärts, den Blick vor sich auf den Boden gerichtet, die Hände an den Schultergurten, und er war bei Niki, lag in ihren Armen, schloss die Augen und schmiegte sich an sie, vergrub sein Gesicht an ihrem schlanken Hals. Hoffentlich wartete sie auf ihn.

Und so verstrich die mehrtägige Reise zurück nach Hamburg zügig. Jón war ein geradezu mysteriöser Reisender, der auf dem Schiff, sein Gesicht dem Horizont zugerichtet, die meiste Zeit an der Reling stand. Ein ernster junger Mann, den niemand anzusprechen wagte, denn eine dunkle Aura umgab ihn. Und wenn er angesprochen wurde, dann fielen seine Antworten so knapp aus wie die Anweisungen eines Grenzoffiziers. Man sah ihn tief in Gedanken versunken auf dem Deck oder in seiner Kajüte sitzen, die Stirn in Falten gelegt, als versuchte er, einen Kriminalfall zu lösen. In der Mannschaftsmesse stocherte er appetitlos im Kartoffelpüree und reagierte verzögert, wenn ihn jemand darum bat, den Wasserkrug weiterzureichen.

Als er in Kopenhagen eine Fahrkarte nach Hamburg lösen wollte, vergaß er prompt, sein Reiseziel zu erwähnen, und als ihn die Frau am Schalter zum zweiten Mal danach fragte, antwortete er:

»Hamburg. Hab ich doch gesagt.«

Und erst, als er plötzlich im Hinterhof des mehrstöckigen Hauses in St. Pauli stand, wo er mit Niki im dritten Stock eine kleine Wohnung teilte, schreckte er aus seinen Gedanken. Er schaute sich um, als fragte er sich, wie er so plötzlich hierhergekommen war.

Die Bäume im Hinterhof verloren die Blüten, der schwüle Sommerwind wirbelte sie umher. Es kitzelte ihn in der Nase. Jón schwitzte, da er noch immer fast winterlich gekleidet war und ihm der Rucksack schwer an den Schultern hing. Herr Krause aus dem Dachgeschoss trat mit Pfeife im Mundwinkel und Hund an der Leine ins Freie. Er nickte dem Studenten zu, bekam jedoch keine Reaktion, da Jón nur gebannt zum dritten Stock hochschaute.

Erleichtert bemerkte er, dass im Küchenfenster noch immer dieselben Topfpflanzen standen, die Niki so liebevoll hegte und pflegte. Kräuter wie Basilikum, Salbei und Thymian, von denen sie kaum je Blätter abzuzupfen wagte, weil sie tatsächlich glaubte, sie würde den Pflanzen wehtun. Er bewunderte Niki für ihre Behutsamkeit, und er wollte nichts weiter, als von ihr gehegt und gepflegt werden wie ihre Küchenkräuter. Er würde nie mehr von ihr weggehen. Ehrenwort.

Jón atmete die warme Sommerluft und den süßen Pfeifenduft, der noch eine Weile im Hinterhof hing, tief ein und gab sich einen Ruck, betrat mit pochendem Herzen das Gebäude. Die Kühle des Treppenhauses und der Geruch von Kalk und Holz waren ihm vertraut, und er stellte beschwingt fest, dass ihn ein Gefühl von Heimkehr erfasste. Schon wollte er die Treppe erklimmen, als er bemerkte, dass die Tür zu Herrn Pauls Wohnung sperrangelweit offen stand.

Jón verharrte. Er warf einen Blick hinein, dann schaute er sich nach allen Seiten um in der Befürchtung, dass ihn sein Vermieter – der Baron – erneut überfallen und mit Fragen ausquetschen würde, wie an dem Tag, als er sich aus dem Staub gemacht hatte. Doch außer dem Brummen der Stadt war kein Geräusch zu hören.

Etwas stimmte nicht. Vorsichtig lugte Jón durch die offene Tür. Ließ der Baron seine Wohnung neu streichen? Da, wo die Kommode im Eingang gestanden hatte, lag nur noch etwas Staub, und in der Garderoben-Nische hing kein einziges Kleidungsstück.

»Herr Paul?«, fragte Jón in die Leere.

Der Name verhallte im Raum. Jón wischte sich den

Schweiß von der Stirn. Er stellte seinen Rucksack ab und trat vorsichtig durch den Flur ins Innere der Wohnung. Einige wenige Möbelstücke standen deplatziert im Wohnzimmer, das meiste jedoch fehlte, wie das edle Klavier und sämtliche Bilder an den Wänden. Die Vorhänge waren zugezogen und ließen dumpfes Licht aufs Parkett und auf die leeren, mit Nägeln verunstalteten Wände werfen.

Oh Himmel! War der Alte Opfer einer Räuberbande geworden? Plötzlich wähnte sich Jón in akuter Gefahr, fürchtete gar, dass er bei seiner Schnüffelei auf die Leiche des Barons stoßen würde. Doch als er realisierte, dass die Räuber waschechte Leseratten wären, da sie alle Bücher aus den noch vorhandenen Regalen hatten mitgehen lassen, schalt er sich in Gedanken einen schreckhaften Angsthasen.

Im Schlafzimmer standen ein metallenes antikes Doppelbett und ein leerer Schrank, was Jón letztendlich die Gewissheit gab, dass Herr Paul tatsächlich ausgezogen war. Oder nicht?

Die Küche war indes fast unangetastet. An der Wand über dem Gasherd hingen Bratpfannen in allen Größen, eine Wanduhr tickte zuverlässig, der Kühlschrank surrte leise. Jón öffnete ihn. Er war leer.

»Was zum …«

Jón bemerkte auf dem Küchentisch ein gerahmtes Schwarzweißfoto, einen Briefumschlag und ein Buch, und er schlug die Kühlschranktür zu. Hing dieses Foto nicht einst über der Kommode im Eingang? Jón nahm es stirnrunzelnd in die Hand. Es zeigte zwei junge, gutgelaunte Männer, die sich die Arme über die Schultern gelegt hatten und Wange an Wange in die Kamera lachten. Jón erkannte seinen Vater sofort, und er hatte keine Zweifel, dass der andere auf dem Bild der ehemalige Bezirkspräsident der Mývatnsveit war.

Der Bilderrahmen begann in seiner Hand zu zittern, und er legte ihn unachtsam zurück, sodass die zwei Mückensee-Bauern mit den Gesichtern nach unten auf dem Tisch zu liegen kamen. Jón griff nach einem Stuhl und ließ sich darauf fallen. Lange saß er einfach nur da, krumm und erschöpft, starrte auf den Briefumschlag.

Für Jón Pálsson.

Er drehte ihn zögernd in den Händen. Dann riss er ihn auf. Ein Schlüssel fiel auf den Tisch. Jón holte tief Luft, schloss die Augen und versuchte, an die beruhigende Landschaft der Mývatnsveit zu denken, wo die Sorgen und Tragödien der Menschen scheinbar nebensächlich werden angesichts der Kraft der Flüsse und der Winde, dem Überlebenswillen der Pflanzen, dem lebhaften Treiben der Vögel.

Geschätzter Jón, verzeih.

Jón hielt sich die zitternde Hand vor den Mund. Der Brief war in Isländisch verfasst.

Wie erklären, was ich nicht erklären kann. Ich habe dich und Palli willentlich verlassen, und das werde ich mir nie verzeihen können. Ich habe gelernt zu verschwinden, mich zu verstecken, und bin so gut darin geworden, dass ich mich nicht mehr aus meinem Versteck wage. Ich überlasse dir diese einfachen Wohnungen. Sie gehören dir.

Ich werde nicht aufhören, deine Laufbahn mit Interesse zu verfolgen.

Ich werde nicht aufhören, stolz auf dich zu sein.

P.

Jón hörte Schritte im Flur und steckte den Brief zurück in den Umschlag.

»Hallo Jón«, sagte Niki, blieb im Türrahmen stehen und hielt sich an der Leibung fest, machte sich klein, als würde sie sich gegebenenfalls dahinter in Deckung bringen wollen.

»Hallo Niki«, sagte Jón und blieb sitzen.

Ihm fehlte die Kraft aufzustehen. Sie schauten sich an, ohne etwas zu sagen, als fürchteten beide, Worte zu wählen, die verletzen könnten. Jón machte eine flüchtige Handbewegung, zeigte auf die Sachen auf dem Tisch und schüttelte verständnislos den Kopf. Schließlich sagte Niki:

»Er ist heute Morgen abgereist.«

Jón nickte betrübt und starrte ins Leere.

»Und die ganze Zeit wohnten wir unter demselben Dach«, sagte er, mehr zu sich selbst.

»Was ist das für ein Buch?«, fragte Niki.

Jón nahm es in die Hände, ohne es aufzuschlagen.

»Ein Tagebuch.«

Er betrachtete es, als hätte er plötzlich vergessen, wozu ein Buch gut ist.

»Willst du nicht nach oben kommen?«

Niki streckte ihre Hand nach ihm aus und lächelte schüchtern.

»Doch«, sagte Jón und stand vom Tisch auf.

Ende